永声树

YongSheng
Tree

戴思杰 著

北京出版集团公司
北京十月文艺出版社

永
声
树

YONG SHENG
TREE

它长大了会结香，就是人们说的沉香。你儿子虽然只有一个卵蛋，但出生之日，有人送沉香树种，一定命不同常人。

永
声
树

YONG SHENG
TREE

突然白鸽又出现了，悄然无声，像两颗流星，一前一后，直坠而下，几乎就要落到屋顶上了，它们从古牧师跟前一掠而过，当它们扑簌扑簌地飞腾到空中转弯时，阳光经那雪白色的腹部的反射，亮晃晃的，再次响起了鸽哨声。

永声摹绘一条完美的曲线，呈现胎儿身体的轮廓线，一条条肋骨，皮肤下面清晰可见的骨骼，都处理得十分柔和，洋溢着生命的颤动。对他垂在膝上的一只前臂，也下了一番精细的功夫。在细腻的皮肤下，画出了血管分布的线路，像一张编织细密的网，或者说，像一株年幼的白木香树纤细的树根，盘在前臂，一直蜿蜒至手背上，连静脉和动脉都画了出来。

永声树

YONG SHENG
TREE

我的眼睛潮湿了，我做梦也不会想到：这株六年前被火焚烧的大树残根上，萌发出了新的生命。

我把自己呼吸的节奏，调节到了在阳光中折转翻飞的白木香树种子的节奏。

有人来看木匠的儿子。

一条灰白的长蛇，蜿蜒爬上绿色的山坡。那是通往木匠家的土路。莆田江口一带的山丘，多是这种粗石灰质的沙土。如果从高空俯瞰，小路更像是一道狭窄的裂缝，在暮色中泛着白光。人们随时可以从这条裂缝掉进另一个时代。小路的尽头，是木匠的家。灰白色的长蛇，昂起头来，化为一块礁石，在山坡顶上，若隐若现。

永木匠坐在屋檐下的碎木屑堆里做鸽哨，正把一块削好的竹片，嵌入一个中空的细腰葫芦，作为音室的隔板。他的手指头滑过凿刀开出的哨口，口宽阔而平整，凿刀平滑的波痕，映出血红色的阳光。

这时，从外面来了一个陌生的女盲人，她是被请来对木匠两岁的儿子做一个鉴定的。院子的中心，放了一张木桌。显然，小孩从来没有上过这张木桌，他小心翼翼地在上面走了两步，左瞧瞧，右看看，像是来到一个陌生的国度。他戴着一个三角形的红色小肚兜，丝绸的，从胸部一直遮到最敏感的部位。

个子矮小，穿着长长的灰布裙子和红底带紫色小花的褂子，脖子上系条红围巾，发髻盘得高高的女盲人，迈开裹过的小脚，步履不稳，悠悠地走到木桌前。

女盲人瘦骨嶙峋的手拍打着木匠儿子脚上的小红鞋。鞋上有刺绣。她的另一只手——手指瘦得像鸟的爪子，长长的指甲在夕阳中寒光闪闪——刮过孩子差不多已经剃光了的头。他的头发只留了一小块，远看像一片黑色的残瓦，仔细一看，是桃子形状的。

陌生女人长长的指甲刮过小孩的肚兜。

"天啊！"她抬起头来大声说，"有麻烦了，孩子一边的卵袋是空的！不过另一边摸上去很硬实。有一个也就够了。"

永木匠的声音打断了她："只有一个，怎么传宗接代呢？"

"一个也可以延续香火了！"她大声地回答。

"原来如此。"木匠如释重负地说道。

"我的话毫不含糊，"她说，"从这一边摸，是一个长得挺好的小鸡鸡。"

永木匠长长地舒了一口气。他把一条长长的竹子立在院子的中心，用弯刀剖开，眯起眼睛，瞄竹片的边。夕阳的照耀下，竹片金黄金黄的，犹如一片颤悠悠、软绵绵的黄金。

他把女盲人拉到门前的一株小树前。两年前，儿子出生之日（1911年谷雨），有一个前往湄洲岛朝拜妈祖的香客，自称是越南的华侨，路过永木匠家，吃了一顿饭。临行时留下一些饭费，永木匠坚辞不收，来客只好回赠了一小包树种。永木匠在门前的空地上挖了小坑，将这些树种撒了进去。然而，令人惊讶的是，一个星期过去了，覆盖在一个个小坑上的河泥已经干了，却没有长出一株小树，更奇怪的是木匠门前的一些花草，比如说，前一年种下的海甘蓝，已经入苞了，竟然一下子衰弱不堪，很快就结束了生命。还有蓄了须的鸢尾草，没等开出它淡黄色的小花，就一一凋零了。同样的厄运也降临在刚刚发芽的茴香和苦薄荷的身上。直到第十天，终于有一点绿色的嫩芽破土而出，这是唯一的、有幸见到中国阳光的外国树。

"告诉我，"木匠对女盲人说，"你知道这株树的名字吗？它的气场太强了，它把周围的花草全干掉了。"

年仅两岁的小树高仅一米，女盲人蹲了下去，先是用手摸，然后用牙齿剔下了一小片树皮。树心凉凉的、软软的，气味很好闻。

"是白木香树，"女盲人很肯定地说，"别告诉人，不然，很多人会起歹心。"

"为什么？"

"它长大了会结香，就是人们说的沉香。你儿子虽然只有一个卵蛋，但出生之日，有人送沉香树种，一定命不同常人。"

鸽哨史的学者们一致认为莆田"永"字哨的成就，是因为创作者是一个木匠：既有犀利的工具，又有这个行业所擅长的雕镂的功底。除了鸽哨，永木匠在自己的领域，乃至在建造房屋的工程上，都达到了卓越的水平。莆田的县医院——福建第一座教会医院——尤其是主楼的楼梯，至今犹存，向世人见证着永木匠精湛优秀的技艺。当时，不用说莆田城里，就是全中国绝大多数的工匠们，连西洋楼房也从来没有见过。木匠只建过中国房子，不知道什么是地板、天花板，也没有见过螺丝钉，不会镶板门或框格窗户。而最复杂的，当然是建造楼梯。永木匠苦心孤诣地研究了很久外国人画的楼梯安装图。有一天他突然恍然大悟，看懂了那张图。当他花了几个星期最终把楼梯建造出来时，莆田县轰动了。尚未落成的医院工地上人头攒动，好奇的人们你推我搡。永木匠的母亲，迈开一双小脚，手拎长裙，金莲移步，众目睽睽之下颤颤巍巍地登上楼梯，那是多么恐怖而疯狂的经历啊！上楼梯后再从上面走下来，那更是一场生死大冒险。

小永也来了，父亲把孩子放在楼梯上，看着孩子用手和膝盖，一级一级地向上爬去。孩子不时停下来，仔细地端详楼梯的每一个细节。也许这就是童年幸福的一个巅峰时刻：父亲把他放在扶手的栏杆上，然后松开手，快步跑下楼梯，在下面向他伸出双臂："来啊！滑下来，儿子。"孩子闭了眼，松了手滑下去的时候，觉得像是在天上飞翔，他成了速度的主人，风驰电掣，他甚至听到耳边呼呼的风声。他还听到了从外面空中传来的鸽哨的声音，细微如线，慢慢地，悠扬极了。突然，哨声出现在近处，洪亮、高昂，越来越快，然后又减慢了，渐渐地远去。

离女盲人鉴定的日子，已经三年过去了，孩子五岁，他的耳朵居然能在众多鸽哨的声音中，分辨出哪一只是父亲的杰作。

莆田的鸽哨，无论城里的、涵江的、江口的，或者山里黄石的，多是葫芦做的；小小葫芦（小的如核桃，直径不过二三公分，大的可至十公分，如拳头），中置一个竹隔板，形成两个音室，系在鸽子的尾翎上，上天之后，由于受风角度不同，就会发出两个不同的音，一高一低。如果葫芦外再加几根竹管（也有人用芦苇管），管的长短不一，按音之高低排列，形成一道阶梯，那么一只鸽哨就不止发出两个音。当一大群鸽子在天空盘旋回转，带在它们身上的鸽哨——天哪，那可是百哨齐鸣啊！——像一个乐队不同音色的乐器一样，有高有低，有宏伟的，有尖细抒情的，各尽其能，奏出像交响乐一般雄厚而华丽多彩的音乐。

此时，从空中传来的鸽哨声，来自古牧师的鸽子。古牧师是一个美国传教士，养了一对从美国带来的白鸽。和中国的鸽子不同，它们长有很长的软毛，并因此而得名"Muff"（Muff的原意是指西方妇人冬天出门时笼在袖口的长长的毛皮手筒）。这一天，他终于得到了一对"永"记的鸽哨。当他亲手用针线将鸽哨系在两只"Muff"的尾翎上时，可以说是他在中国最美妙的时刻之一了。他来到新建成的教会医院的屋顶上放飞。他忘乎所以，看着他的白鸽翻飞、盘旋，仿佛抛在空中的石英石片，直至从天上传来的妙音，渐渐变弱。两只鸽子，变成两颗遥远的星星，消失在云中。他呆呆地站在屋顶上，还沉浸在鸽哨的鸣声中，过了半晌，突然白鸽又出现了，悄然无声，像两颗流星，一前一后，直坠而下，几乎就要落到屋顶上了；它们从古牧师跟前一掠而过，当它们扑簌扑簌地飞腾到空中转弯时，阳光经那雪白色的腹部的反射，亮晃晃的，再次响起了鸽哨声。古牧师的心为之一颤，流下了热泪。

无人可以确定这对鸽哨的价值，因为古牧师是直接和木匠的母亲做成的交易，交换的是木匠的儿子在古牧师夫人开班的西塾免费寄宿和学习六年，直至小学毕业。

"你的孙子叫什么名字？"牧师问道。

　　"叫小永，没取名，孩子太小，取个名，鬼一来就抓走了。"

　　"到学堂念书，必须有一个名字。"

　　祖母想了一阵，说道："那就劳驾你给他取个名吧，你是牧师。"

　　"他就叫永声吧，"牧师说，"声音的声，永家的鸽哨声。"

第一部

1
玛 丽 亚

夜晚两点，雨声。

小永并不是一下子就听出是在下雨，他还以为是父亲平稳、充实、不紧不慢拉锯子的声音，搅动了寂静的黑夜。然后，他突然想起来了，他不是在江口的家里，是在涵江的西塾，而且是在校长古夫人的家里，准确地说，是在古校长的女儿——永声的算术、语文、音乐老师——玛丽亚的闺房里。

古夫人是一个很善良的基督徒，她的父亲是一位牧师，她的丈夫古牧师是美国浸礼派传教团在福建的负责人之一。古牧师的父亲也是一位牧师，如果再往前上溯几代，这个人口众多的美国家庭中，一定还会有不少的牧师。

永声是涵江西塾中年龄最小的学生，古夫人没有让他和同学们一道住在后院的男学生宿舍。她本想让这个孩子和她一起住，但又怕影响丈夫的工作，于是，古夫人让小永声住进了女儿玛丽亚的院子里。

整个大院，分为七个小院。玛丽亚的院子命名为"闺房"，是因为她有一个不足周岁的小女儿。闺房院有三间屋：正屋（西方人称为起居屋，是全家人活动的中心），玛丽亚备课的办公室，然后就是寝室。玛丽亚的单人木床和女儿的摇篮占据了寝室的中心。摇篮紧挨着她的床，伸手可及，如果女儿醒来哭了，玛丽亚就要给她喂奶。在床的正对面，有足够的空间安放永声的小床，床前挂了一段白布做幕帘。

这个夜晚，永声在雨声中醒来，他看不见雨，只能听见雨声。他起来解手时，看见摇篮中的婴孩睡得正香，但是玛丽亚的床上却空无一人。

她到哪里去了呢？

外面雨不停地下着，急落的雨点在窗户的玻璃上划出一道道水纹。

以前，整个大院七个小院的每间房都是花格纸窗。但是古牧师买下后，拆掉了花格纸窗，代之以西方开敞的竖式窗户，每个窗户有两扇，每扇十二个格子，都装上了玻璃。

永声赤足走在正屋带有红玫瑰和绿苔藓花纹的地毯上，几乎没有声音。地毯下面不是中国传统的夯土，而是和县城里的教会医院一样，镶的是地板。

玛丽亚既不在正屋，也不在办公室。

看来她出去的时候天还没有下雨，她的床前还放着一双雨天穿的黑色胶靴，上面已经补了两三个粉红色的小圆块胶皮。永声的心里突然升起了一个愿望：半夜雨中送鞋。他手拎黑雨靴，走下台阶，来到院子里。

雨落在脸上，他觉得很爽快，好像无数的小水珠——不，应该说是小小的水晶球——系在一根根看不见的橡皮筋的尽头，从天而降，噼噼剥剥地打着他的脸，凉滋滋的水晶球膨胀了，但没有破裂，就又缩回天上去了。

整个大院究竟有多大，此时未满六周岁的永声，并没有一个准确的概念。几个星期前，他走进这座庄严、规整和隐秘的大院时，首先被一道厚厚的足足有几米高的外墙所慑服了。他必须抬起头来仰望，才能看见高高的墙头：那儿有几簇野草，不像在砖缝之间，而像是在白色的云朵之间，顽强地钻了出来，随风摇曳。

外墙下面是长长的甬道，也是每天晚上更夫敲着梆子，来回走动的更道。东甬道和西甬道像两只胳膊，围绕环抱着七个不同的院子。七套院的最前面是鸽院，院子较大，鸽子们可以啄食、挠土、洗旱澡、晒太阳。第二个是祖先堂院（已经改成基督教堂），接下去是客房院、牧师院，过了就是闺房院，后面有厨师院和后院。后院改成了古夫人的西塾。

数年之后，永声曾画过一张详细的平面图：除了整个套院的正面大门是位于中轴线以东（天真而狡狯的人们给恶魔设下的小圈套，据说后者只会走直线），六个院子的所有大门以及房门都位于中轴线，就像紫禁城皇宫里的所有重要大门都在一条线上。每到基督教的重要节日，古先生命令用人将每座院子的大门和正屋的大门全部打开时，祖先堂里的祈祷声和唱诗班的赞美诗的歌声，可以不受任何阻碍，直线传到后大门的打谷场。后院中心有一个石磨，每天有一只小毛驴被蒙上眼睛，推着磨石不停地转动，黄豆被磨成浓稠的白浆，制成豆腐。每到这种节日，小毛驴也被恩赐取下蒙眼的黑布条，站在后院，一眼可以望穿七个院子。

滂沱夜雨之中，永声赤着足，出了闺房院，顺着左边的更道，向后院的学校跑去。刚跑到厨房院时，从头到脚都湿透，已是落汤鸡了，但他并没有泄气，又顶着雨跑到了后院。平时玛丽亚在这儿待的时间最长，甚至超过了闺房。

后院里没有人。以前的一排仆人房——现在成了男学生宿舍，黑黝黝的，没有一点灯光。马棚和粮仓也早已改造成了学生宿舍，也是黑灯瞎火，一片鼾声。北面的房子被改造成教室，在后门的两边各有一间，此时也是关了灯，没有一个人影。

雨水有力地鞭打着后院大门，它不像正大门那样有两扇沉重庄严的门扉，不是以门轴插在木头的凹窝里来开启关闭，也没有又高又重的门槛。后门是由无数块绿色的厚木板相互连接，像饭桌一样拼接在一起，可以根据拉货物的车的大小高低，部分地打开。永声站在后门前，眼睛贴着木板的缝隙往外面看；打谷场上，除了一片片水洼，什么也看不见。

他顺着另一条更道往回跑，这条更道上，院子之间有一道圆月形的门。后院、厨师院、闺房院、牧师院……他一直跑到了祖先堂院的大门前，登上了它宽宽的台阶。

这个院的门和其他几个院不同，甚至整个套院的大门——雄伟而大气的正门——也没有它那么庄严、高大。这是一座用黑色的大木柱子支撑的门楼，比几米高的外墙还要高。门楼向两边展开宽大的瓦顶，每一道瓦槽里，都哗哗地流下一道瀑布。横跨的檐脊雕刻，在闪电之中瑟瑟战栗。

永声一进门楼，他的脚下就形成两道棕黑色的小溪。暖烘烘的水，透过薄薄的皮肤往外渗了出来，吧嗒吧嗒地滴在地上。

光滑而沉重的大木梁横跨门楼，从一根柱子延伸到另一根柱子。梁上挂了一盏马灯，雨扑打在马灯的玻璃罩上，发出哔哔的声音。他担心马灯会不会突然就爆炸了。

门槛对永声来说太高了，没法跨过去，必须把整个身体趴在上面，一个翻滚，才到了另一面。他已经没有力气再来一次急奔，只能在雨中一步步地穿过这个大院。水淹及他的脚踝，他能感觉到水底的鹅卵石和砖铺成的地，也能感觉到鹅卵石之间长长的野草，一种滑溜溜的接触。他笔直地向祖先堂涉水而去。这个五岁的小孩知道，必须保持一条直线，否则后果不堪设想。因为院子稍偏东南处，离中心线一米远有一个两米深、一米多宽、三米多长的大坑。每个周六，教徒就会用水桶挑了水，把它灌至齐腰深。第二天做完礼拜，主持仪式的古牧师就会沿着砖砌的台阶，走下砖台，站在水里，等待着教会的新成员从另一面的台阶上走下来，站在他的对面。牧师口中念念有词，将这个新成员的臂膀按入水中。永声曾经看见过这个仪式，但并不知道这就是基督教的洗礼（准确地说，是美国南方浸礼派的十分独特的洗礼），象征着昔日的罪已经被洗清，牧师手中托起的是一个死而复生的新生命。永声多年之后，还能记得古牧师每次在仪式的最后时刻，脸上是何等的神采奕奕。

祖先堂也和门楼一样，挂了一盏马灯，它的门实际上就是两扇厚厚的、精雕细刻的大木格窗。马灯的光就通过交叉的木格子，把它的图案清晰地投射在大块大块的平滑的地砖上，投射在带靠背的长椅子上（每到礼拜日，这些长椅上会坐满莆田人，一些两三岁的，甚至和永声一般年龄的孩子们会围着长椅子追跑），投射在古牧师每个星期天做礼拜时站着宣讲的讲台上，那里曾经是这座套房昔日的主人祭拜祖先放置长桌的地方。教堂中间，有一道幕帘，将男女信徒截然分开了。牧师站在他的讲台上向着面前的男人们布道时，他的高度恰好让他的头和肩显现在幕帘之上，女人们也可以看见他，听见他的声音。

拎在手里的玛丽亚的雨靴进水了，随着永声的脚步，发出哗啦哗啦的水声，在教堂里回响。他在幕帘的前面找了，又到幕帘的背后去找了，都不见玛丽亚的身影。

外面雨太大了，教堂里面也能听见滴水声。水从涂有黄褐色油漆的椽子上滴在他头上，也从斗拱上滴滴答答地落在平常信徒坐的长椅上。

永声不明白为什么南面的墙上——一道宽宽的很漂亮的墙——此时有光从一道缝隙中透了出来。他走过去，发现了玛丽亚的秘密祈祷室。

显然，一个五岁的小孩子不知道什么叫秘密祈祷室。一个成年的中国人，甚至一个皈依基督教多年的信徒，也难以区分基督教（又称"新教"）和天主教，更不会知道，何以在一个浸礼派的教堂，出现了一个小小的天主教的秘密角落。几十年后，一个朋友从美国回来时，给永声带回一本古夫人的小书：《我的涵江西塾》。书出版于1928年，里面提到了玛丽亚专用的小壁龛。玛丽亚不是新教徒，或者说，这个牧师的女儿曾经是一个虔诚的新教徒，但两年前她中学毕业后，去法国巴黎索尔邦大学攻读艺术史，爱上了风度翩翩的年轻教授。后者的家庭信天主教，于是，玛丽亚在他的家乡一个天主教教堂里举行了皈依天主教的仪式。古夫人还引用了玛丽亚的朋友、后来成了美国著名作家的卡特的一段文字。卡特受邀参加了玛丽亚的皈依仪式，把这个法国小教堂写进了她的著名的小说："这个村庄盛产李子，有很多高大的七叶树。一条倾斜的石子路蜿蜒而下，山坡下是一个石工精良、朴实简洁的教堂。教堂门前枝叶繁茂的梧桐树下，每周二和周五都有集市。晚上，几盏灯笼形的街灯，发出柔和的光。"在另外一封致朋友的信中，卡特描述了让她久久难忘的这次皈依仪式："祭台上精致的蕾丝、雪白的台布和擦得锃亮的铜器，祭台边辅祭的男孩子们穿着白色的蕾丝短罩衣，下面是深红色的长袍……"此事曾让古牧师夫妇坠入绝望的深渊。他们断然拒绝前往法国，参加在一个乡村的天主教堂里举行的婚礼。然而，当欧洲爆发战争，从未见过面的女婿被征兵送上前线，古先生立即写信给独生女儿，让她带着刚出世的小孙女来中国生活。"你和我们在一起，就是主赐给我们的福分。"他在信中写道。

教堂的南墙，有一个隐蔽的洞，原是一个空的壁龛，由雕砖拼砌而成，上面还有小的砖顶。以前，它的中国主人在这个壁龛里摆放天地牌位。古牧师将它改成了一个供女儿玛丽亚专用的祈祷室，里面完全按天主教的规矩布置。然后，修了一个可以推拉的活动门，一旦关上，外面就什么也看不见了。

当永声的小手轻轻将活动门拉开一个缝隙时，一个裸体的男人，穿过令人目眩、朦朦胧胧的烛光，出现在他的眼前。

五岁的孩子凝视着这个赤身的、被钉在横竖交叉的两条木头中心的受难者，在荆棘做成的王冠下，面部轮廓模糊的侧影，线条清晰而显得痛苦的前额和眉头，眼眶的刻痕，从颧颊直达下巴的严峻、坚挺、硬朗的线条……

永声顿时有一种恍惚的感觉。他闭上双眼，等他重新睁开眼时，才确定这个男人是一座木雕。多年前涂上的一层金色的颜料已经失去光辉。他觉得木雕的眼睛望了他一下，这眼光很平静，连眉头也没有皱一下，好像正和谁交谈，被一个意外来人的出现打断了，就望了来客一眼。而且，他似乎看见了孩子手中的一双女式雨靴，露出几分惊讶，好像永声手拎的不是补有粉红色圆疤的旧靴，而是灰姑娘——玛丽亚最喜欢讲的故事——那一双单薄、美丽而闪闪发光的玻璃鞋。永声以为这个男人会向他发一道命令，就像灰姑娘从仙地得到一辆马车时，收到了一个指令（他想不起这个指令来自何方了），吩咐她午夜十二点之前必须回家。她的玻璃鞋像钻石一样耀眼夺目，却也像窗玻璃一样，很容易就打碎了。"水晶和天堂一样。"玛丽亚曾这样告诉他。永声害怕这个男人生气了，哗啦一下把水晶世界和天堂全都砸得粉碎。

她就在这一片潮湿的雾气中站着。是她，玛丽亚，站在壁龛的阴暗光线中。

她的上半身几乎裸着，睡眼惺忪，目光下垂，嘴唇微微肿胀。她从一条紫色毛线编织的披肩下伸出手来时，永声感觉到眼前一道乳白色的光闪了一下。紫色的毛线披肩滑落了，露出高高隆起的酥胸，散发出一股热烘烘、白蒙蒙的热气。

这股热气在永声的脸上飘动，动得很慢，然后抚触他湿漉漉的肌肤。

她的左手托起右胸前的奶子，接着，用双手搓揉起来。突然，一道白色的乳汁射了出来。

永声顿时感觉到温暖、香甜的气息，像一股热风扑面而来，他身体的肌肤，一下子敞开了。

她拿起旁边的一个圣水盒。白色的乳汁不是流进去的，而是从她的奶子直泻而下，有如一股浓稠的、乳白色的岩浆，喷射到纯银打造的天主教祭器的边沿。一瞬间，白色的珍珠在黑暗中四溅。她双眼半闭，如在梦中，嘴唇半启，发出又像鼾声又像呻吟的喃喃声。她用一只手，端起银制圣水盒，放在受难者的嘴上。此时，从她的手臂，升起一道乳白色的光，一直漫延到木雕的上上下下，然后，穿过薄薄的、已经龟裂的颜料的表层，深深地渗透了进去。

受难者瞅着永声，似乎还眨了眨眼。稠重的乳汁顺着他的脸往下流淌，在他瘦削的双颊的凹处回旋，慢得像凝冻了的油脂。

壁龛里弥漫着乳汁的香味，在玛丽亚离去之后还久久不散。

在壁龛的墙边，放着两个大立柜。左边的有七个抽屉，每个抽屉有一个黄铜的把手。其中之一——当永声拉开之后——放着先前盛放过乳汁的纯银圣水盒。尽管玛丽亚离去前已将它洗得干干净净，但在永声的眼前，还是泛着不知所云的光辉，仿佛意味深长地向他诉说着一个秘密。

右边的大立柜里，放着刚才那尊受难者的木雕。沐浴之后，还很潮湿，先前斑驳龟裂的颜料不那么刺眼了，黄灿灿的，就像是透着水看到的黄金。

永声发现，在雕像头上的荆冠上，有一滴液体，白色的，也可以说，是油亮亮的象牙色。

还用说吗？一滴残留的乳汁。它挂在一小节荆棘上，展示着乳汁最后的美，它自身的重量把它拉长了，像是挂在树枝上一颗摇摇欲坠的龙眼。它又缩小了，它在即将要缩回到荆冠去时，又鼓了起来。这滴乳汁的下端部分即将坠落的一瞬间，永声张开嘴，向它伸出了舌头。

一粒潮湿而微温的种子，落在了热烘烘的、干旱的土地上。

木匠的儿子和受难者第一次接触的结局十分诡谲；出了祖先堂之后，永声一不留意，跌入了院子里那个大水坑。

当时，雨小了许多。还没明白是怎么一回事，我已经在水中了。脚一时触不到地，我才知道是掉进古牧师的洗礼池了。

下了那么久的大雨，坑里积满了水，比平常行洗礼时水还要深。我没想到水是温温的，等我的脚终于踩到坑底时，那儿的泥土也不是冷冰冰的。

我知道，我也许要死了。我几乎就要咽气了。突然有一道光——也许是你，玛丽亚老师，来找我时手电筒的光——把水照亮了，我觉得是一道神奇的光，简直把天上、地下全都照得清清楚楚。我的力气一下子大了许多，拼命扑水，我把头冒出水面，一边噏起嘴唇喷气，一边扑向水坑的边沿，没想到被坑底的泥土吸了回去。

"天哪，"我想，"原来古牧师施法的水坑，连坑底的烂泥也有这么大的法力。"

我的身子往下沉时，听见有人拉锯子的声音。我好像看见锯齿在水中上下移动。锯齿上甚至还有火花在奔跑。

锯子的声音是那么的熟悉，所以，当我看见拉锯的人不是爸爸时，还真没想到。

拉锯的不是一个人，而是两个人：一个站在高高的木架上，另一个在地上。

站在地上的那一个，是我。

而上面那个人却看不清楚。有时我觉得他很像木雕的受难者，但我也说不定。

我对他说，请把你的名字告诉我。

他站在高处回答说，何必问我的名字呢。

那人从木架上走下来，说："天黎明了。"

我一下子抱住他的腿，不让他走。

我说，不告诉我你的名字，我就不容你去。

他终于缠不过我，就说："我就是木雕上的那个受难者的父亲。"

说完这话，水里出现了一把梯子，他就让我顺着梯子往上攀爬。我以为会一直去到天上，谁知竟直接爬出了水面。

救永声出水者，是玛丽亚。她回到寝室，一见永声床上没人，慌了手脚，赶快去找。刚跑到祖先堂的院子里，就看见洗礼池的水面上漂浮着她的两只用小圆块胶皮补过的雨靴，就在这两只雨靴之间，突然冒出一个黑乎乎的东西，是孩子的头，她还以为他在嬉水呢！

闺房院里寝室的灯亮了。永声被放在了玛丽亚的木床上。

永声睁开眼又闭上了。他的耳边听见的还是水声，先是哗哗的洪水，淹没世界，淹没一切的洪水；后来，水声弱了下去，潺潺流动的响声，像落在银器上的乳汁。银一般清亮的声音远去了，取而代之的是玛丽亚的声音。她正在为他读《鲁滨孙漂流记》。他喜欢听她读书，他在水中看见的那个拉锯人，就出现在她曾经读过的一段《圣经》故事中。①

永声躺着，呼吸着，用鼻子吸着玛丽亚的被盖散发出的乳汁的香味。

玛丽亚的声音里，读到了一些物品，那是一张长长的清单，全是鲁滨孙从遇难的船上取回来的，也可以说是从大海手中夺回来的，是上天赐予的。他将它们带到孤岛上去……在永声的耳边，鲁滨孙的每一件物品的名字——哪怕是一个煤桶——听上去都犹如天籁之音。玛丽亚读的哪里是一张物品的清单，分明就是在唱一首最美丽的歌。这些物品的名字，散发着奶香，注定永远留在他的记忆里。

他躺在一张当地人称为"蓝夹缬"的双纱被下，尽管被子已经洗得褪色了，边角也磨破了，可上面沉静的蓝白图案，还可以看得清清楚楚：两个童子，大童持荷叶覆盖在小童头顶，荷叶里的积水倾泻而下，简直可以听见哗哗的水声和儿童的笑声。荷叶就像刚刚采折的，荷梗微微弯曲，凸起的叶脉很清晰，似乎还带着荷塘的水汽。艺师当初在柔软的蓝布上印出的白色线条，从荷叶上奔泻而下，象征着叶上积的水流了下来。但在永声的眼中，却变成一道很细的细线，也是白色的，连接着木雕受难者的嘴和玛丽亚的乳头。最初是茶红色的、发亮的，奶汁射出后，变成了更鲜艳的、潮湿的粉红色。

---

① 典出《圣经·创世记》第32章，第23-32节。关于天梯，见第28章，第12节。

玛丽亚告诉永声，他见到的木雕受难者是耶稣，与她的丈夫遇难有关。几个月前，她丈夫的整个船队被德军潜艇袭击，无一生还。后来，军方在沉船中找到了一尊耶稣受难像。玛丽亚写了信去，请求人们把这个拯救出来的圣像寄给她。

"记住啊，"她说，"劫难后幸存的残骸，是世界上最美好的东西。"

2
"割 礼"

它来了。在远方，在朦胧的天边，看上去像一个在海上失去了方向浮动的小岛。

一小时后人们方才可以辨认了，是它，妈祖船。它从湄洲岛乘风而来，那里有着名的妈祖庙。这天黎明时分，鞭炮声大作，人们抬着妈祖——由全县乃至整个地区选出的最美的一个少女扮演——从她的正殿的大门走出来，走下近千级陡峭的石阶。一座巨大的、五彩缤纷的方舟载着这个女神向莆田县城缓缓驶来。

妈祖已经死去几个世纪了。白天，她枯萎的身体在妈祖庙正殿的一座石棺里休息。每天晚上，重新找回旧日的美丽，变得光彩照人。她会站起身来，离开她的石棺，走到她当年亲手种下的一株白木香树下，倾听风吹拂树叶的声音。这株树在她升天几百年以后依然结出沉香，而且香味不减当年。院子里有一口她亲手挖掘的水井，每天晚上，她穿着洁白的长裙，胸前悬挂着一条天蓝色的锦缎织物的宽带，戴上她的戒指，在井水的倒影中孤芳自赏。然后，她从庙的正殿——不，她从远古的深处——走下高高的台阶，犹如从云端走下来，来到礁石上，为海上的渔船保佑祈福。

这一天，和每年一度的妈祖节没有什么不同，秋高气爽，海波不兴。天上飘着白云，莆田县城里到处是人，摩肩接踵，不仅有本地人、各个海岛上的渔民，也有来自东南亚各国的妈祖崇拜者和香客。

妈祖快到了，离县城南门只有一里路了，已经可以望见一长排灰黑色的城墙。十分钟后，连城墙上的雉堞垛子也看得一清二楚了。文庙的黄色琉璃瓦在城墙后面若隐若现。人们抬着妈祖，走到城墙的东南转弯处，看得见墙垛的背后，高高的魁星阁多角的屋檐，翘向天空，跃跃欲飞。

鼓声隆隆响起，意味着庆典仪式的开始。人群急哄哄地向城中心拥去，顷刻间，鼓楼被人潮包围了。最近几年的妈祖节，都没有清朝的县官讲话，取而代之的新政府尚在一片混乱飘摇之中，早已把这个海滨的县城遗忘了。于是，登上鼓楼发表演讲的是一个当地绅士。他刚讲了几句，抬着妈祖的队伍已经进了城门，离鼓楼只有几百米了。盛装打扮的男男女女停止了眉来眼去，打情骂俏。一时间显得安静极了，静得人们胸口发紧，年龄稍大的人已经热泪盈眶了。

渔民们唱起了一首当地久远的渔歌：

> 我们为了妈祖而来，
> 这是我们神圣的习俗，
> 高高在上的妈祖向我们微笑，
> 我们载歌载舞，
> 以表达我们对她的敬仰。

玛丽亚和永声不是坐船来的。因为从涵江到莆田城，走木兰溪须逆水而上，而且水面上挤满了参加节庆的大大小小的舢板。玛丽亚用她的荷兰产的"三枪"牌自行车，载着永声。他这一年七岁，与两年前入住围房院时相比，体重增加了不少。她选了一条泥土小路，颠颠簸簸十几里，来到莆田县城。他们站在人群的最前面，激动不已，妈祖从他们的头上抬了过去。

鼓楼下方万众欢呼时，突然，站在自行车坐垫上的永声"哎哟"一声，身子顺势蹲了下去，滑到了自行车的行李架上，蜷缩成一团。

"痛——"他对玛丽亚说。

永声指着腹部，正要说一句什么，却已经痛得说不出来了，他的身体从自行车的行李架上往下滑。

看来他的疼痛非同小可。玛丽亚推着他，穿过人群，匆匆赶往医院的途中，她不时转过身来，用手擦去他脸上的泪痕。永声痛得没法坐稳，一次又一次地从自行车的行李架上往下滑。

正在这时，有人从背后拍了一下他的肩膀。转头一看，是新剪了头、穿着一件崭新的蓝布上衣的父亲。妻子最近刚流产，躺在家里休息，他就带了母亲进城看妈祖。

永木匠一看，知道情况不妙，抱起儿子就往医院跑。

玛丽亚蹬着自行车，气喘吁吁地跟在他们后面。

终于到了雅礼医院。这就是永木匠几年前亲手参与建造的医院。他曾骄傲地让儿子从自己修的楼梯上滑下来。现在，他几步绕过医院前竖着的一个几米高的栏杆，进了第一阶层。

当初，主持医院修建的美国工程师听取了永木匠的建议，考虑到中国人喜欢平房的心理，利用医院背靠着山坡的地势，没有建成一栋高楼，而是建成了三个不同水平的连为整体的靠山建筑，只有最高一个阶层是两层楼的住院部。

玛丽亚声嘶力竭的叫喊声在长长的过道里回响。因为节日的缘故，第一阶层的接待室、等候室都空无一人，药房的玻璃窗紧紧关闭，对面的化验室也没有人。

第二阶层，全是诊疗室，也没人。一直到了第三阶层，才找到了唯一的值班医生——一个五十来岁、蓄着很好看的花白小胡子的美国外科医生——查理。

查理大夫迅速地做出了明确的、不容置疑的诊断：隐睾。

他用中文一字一句地向永木匠解释何谓隐睾时，后者的脑海中浮现出一个女盲人的画面：她的瘦骨嶙峋的手捏住尚在襁褓之中的永声的阴囊，说，另一边的卵袋是空的，不好。

"另外一个到哪里去了？"他问查理大夫。

"现在不知道，可能在腹股沟，也可能在更高的位置，在腹腔里。既然孩子叫喊腹痛，我必须找到它，把它牵引回它应该的位置。"

"它不会自己回落吗？"玛丽亚问道。

"孩子已经七岁，自己是不可能回落了，只能手术。"查理转过头来，问永木匠，"你同意给孩子做手术吗？"

"同意。"

其实永木匠并不太清楚一个手术的确切含义，他以为是某种医学的戏法，与"奇迹"有关：在肚子里的每一个角落寻找一个隐藏的睾丸。查理耐心地解释了一番以后，他最终弄明白的一点是，手术后孩子需要在医院住院部待上一个星期。永木匠回家去拿孩子住院需用的被子和其他生活用品。一路上，他得意扬扬地向每一个认识的人大声说："我儿子要做手术了。"

查理大夫请玛丽亚留下，参加手术。

"我曾经读过护士学校，如果不是因为天生害怕血、见了血头会发晕的话，我就不会改行去当小学老师了。"玛丽亚回答他。

"没关系，你只消坐在那儿，背对手术台，用笔记本记下我说的每一个字。它们将载入这个国家的医学史，至少是泌尿外科史：中国的第一例隐睾手术。"

小永的祖母闻讯赶来时，手术室的大门已经关上了。

她用尽力气敲门，没人听见。她毫不气馁，绕到建筑物的背后。在一个明亮的玻璃窗的背后，她看见一间空荡荡的白色房间的正中有一张平台，好像是一张门板，上面躺着她的孙子。平台那么长、那么大，孙子的身体那么小、那么孤单，可怜巴巴的，被包围在一个白色的世界之中。白色的墙壁，白色的天花板，还有不少白色的金属盘子。盘子里放着各种金属器械，她认出了各种大小的精巧剪刀、针，还有长长的金属柄上熠熠发光的刀刃。

她看见一个穿着白大褂的外国男人，戴上白色的手套，手捋着花白的胡须，走到永声的床前，将一个奇怪的硬物塞入孩子的嘴里。他对她的孙子在说着什么，但听不清楚，她猜想是命令孙子张开嘴巴。

她自己也不明白什么原因，这个奇怪的硬物——亮晶晶的、又细又长——竟让她感到如此恐惧。她止不住双腿颤抖，两只小脚站立不稳，泪水一下子就流了下来。

正在这时，坐在窗前记录的玛丽亚，并不认识这个女人就是永声的祖母，她哗的一下拉上了厚厚的窗帘。这个看似无心的小动作，竟埋下了祸根。谁知道，如果玛丽亚打开窗户，向这个哭泣的妇人解释清楚，那支细长的玻璃棒只不过是一只平常的温度计，那么后来事态的发展，又会是什么样呢？

当查理大夫向永声的头部俯下身子时，孩子似乎闻到他花白的小胡子散发着柠檬的清香。熟悉的香味，玛丽亚的父亲每次在布道前都要喝一杯柠檬茶。他的布道，永声从未真正听懂过，但他能感觉到每一个字都散发着柠檬的清香味。

永声情不自禁伸出手抓了一下查理大夫微微上扬的胡须的边缘，然后哈哈大笑。

可惜他的祖母没有听见孙子的笑声，她已经离开了手术室的窗户，寻找另外的入口去了。也许需要一扇忘记关闭的门或窗户，她一定要进入这个建筑物，从白色世界救出自己的孙子。刚才塞入孙子嘴里的硬物，已经被他吞咽下肚了，可怕的毒性，正在全身蔓延，将要夺走孩子的生命。

"小淘气鬼，让我用氯仿麻醉你。"查理大夫在永声的耳边温柔细语，"我从来没有得到过乙醚，只有氯仿。"

玛丽亚一丝不苟地记下这句话。

查理用一个白色的面罩，里面放有滴了药水的棉布，捂住孩子的鼻子。

"这是什么香味呀？"永声想。不是柠檬的清香，这个香味太浓了，他都快出不过气来了。对了，家门前那株白木香树用小刀或牙齿揭开一小块树皮，就会闻到这种凉凉的、软软的香味，就是这种香味。

从孩子的角度看上去，大夫的脸上好像挂了一个玩具：他的胡子会抽动，真是太好玩了。哈！原来是他的嘴唇在操纵翘起的胡须……孩子睡着了，什么也不知道了。

手术室的门"砰"地推开了。

站在门后边的，是永声的祖母。她一定是从这一层楼的某一个打开的窗户爬进来的。

她的第一反应是孙子已经死了。

"杀人犯！"她发疯地冲向手术床，"你怎么敢用这个白色的大东西捂住小孩子的鼻子和嘴巴，你杀死了我的孙子！"

她像一头野兽一般扑过去，她伸手去抓永声脸上的面罩，查理大夫把她推出门去，他以为她是楼上跑出来的精神病人呢。

可怜的小脚女人，她本来要抢走孙子，起码是要把窒息孩子的犯罪工具"白色的大东西"抢获在手，却只抢到了孙子的一件上衣——白棉布褂子。

查理大夫身穿白大褂，精神饱满，神色严峻，大声地向他的临时秘书玛丽亚说出日期、地点及手术的每一个步骤，脸上现出神圣不可侵犯的样子：

"首先是切口，用11号手术刀在腹股沟韧带上方做一平行的斜切口，长度是4.5公分，这条切口太漂亮了，小姐，你如果会绘图的话，可以把切开皮肤和皮下深筋的这条切口画出来。现在开始寻找睾丸……以前我曾在不少病人的腹外斜肌腱膜浅层里找到隐睾，然而，我们的中国第一例病人的这个部位什么也没有。我改向另一部位——更常见的睾丸隐藏处——Denis-Brown袋中寻找，也没有。我不得不在这个部位的外环口，用9号手术刀切开腹外斜肌腱膜，终于……"

他一本正经地抿着厚实的嘴唇，眼睛里露出戏谑的神气向玛丽亚示意：腹痛的制造者就在那里。

"病人的隐睾位于腹股沟管内，有鞘膜包裹。"他说。

玛丽亚竭力在自己的记忆里搜索当年堪萨斯州护士学校课堂里学过的解剖学名词，然而"鞘膜"一字却怎么也想不起了。

忽然，她似乎看见了什么。

"查理大夫——"

"你是不是要我告诉你鞘膜的每一个字母？"

"你看，查理大夫，屋顶上有人。"

"我们没有时间关心屋顶，我亲爱的助手。现在，把抽屉里的卡尺拿出来，我要将这个睾丸从鞘膜里取出来，对它进行一次精确的测量。"

玛丽亚听从他的吩咐，找到卡尺，放在他戴着白手套的手中。

"记下，隐睾的长度是1.5公分，宽0.4公分，它的精索从腹膜里分离后，长4公分，睾丸的主要动脉由其后缘穿过睾丸纵膈，分成许多分支，进入睾丸的实体内，与病人的另一个睾丸不一样，这个右侧隐睾的血供来自腹主动脉……"

"查理大夫——"

"什么事？"

"那屋顶上有一个女人，挥舞着白旗，好像在大声呼救。就是刚才冲进手术室的那个女人。"

"小姐，我不允许您分散我的注意力。记下：我切开腹内斜肌和腹横肌约2公分，可惜您不是真正的助手，必须由我自己将睾丸向下牵引。由于精索长度差了一点，我使用一深弯拉钩，伸入精索与后腹膜之间，轻轻向下牵引……"

玛丽亚的头再一次发生短暂的眩晕。

她知道，这和以往的头晕症不一样，不是由于看见流血，而是由于查理大夫嘴里吐出的医学名词与窗外的画面之间的怪异对比。

夏末的阳光，变质的阳光，好像是在看过度曝光的新闻照片，尤其是那个女人手中挥舞的白旗。多么像一部没有洗印好的电影默片（她曾在巴黎和法国丈夫亲眼目睹过刚发明的、被称为电影的奇迹的诞生）。屋顶上的女人像一个幽灵似的，不连贯地做手势，动作夸张、机械，她的颈子似乎变得更长，好像有一种看不见的力量把她的头往后拉，让她仰着头，不知疲倦地挥舞白色的……突然，玛丽亚心一紧，她辨认出白旗并不是白旗，而是永声的白布褂子。她仿佛听见了由她亲手浆洗过的白布褂子在风中哗哗的声音。

现在，她明白了，那个女人爬到屋顶，在为永声招魂。

但是，已经太晚了。

医院门前出现了人群，一个由旌旗和一片黑压压的人头组成的沸腾场面，难分细节。尽管她什么也看不清楚，但她本能地感觉到，在城里抬着妈祖游行的群众全来了。

她再一次警告查理说："情况严重了，来的人越来越多，可以说是倾城出动。"

"群众嘛，就像小孩子一样，见了自己的粪便，都会目不转睛，看得如痴如醉，更不用说来看一个女人在屋顶跳舞了。"查理满不在乎地说。

这时，玛丽亚透过窗帘之间的缝隙，看见了永木匠。她看不见他的脸部（毫无表情的面部，不时短促地抽动一下），看不见他的脸上直淌汗水，只能看见他跨着大步，狂奔而来。他的腿像是从地面腾了起来，摆脱了地心引力。他的手中有一个什么东西，闪闪发光。

他一个个地赶过前面的人。当群众冲进大门时，他已经是最前列的几个人之一了。

他手中拿的是一把斧头。

玛丽亚没有想到，永木匠和人群，并不是因屋顶上的女人"招魂"而来。事情，比她想象的更为严重。

此时，手术正进入最后的关键时刻。永声的阴囊，不，应该说只是阴囊的一侧，即那个女盲人称之为"卵袋空着的一边"，已经被切开了。

查理继续大声地、坚定地宣告着他的每一个步骤："亲爱的助手，你应该把这个手术中最美的动作，用简图画下来。我的长弯钳夹住了这个被找到的睾丸，或者说夹住了它的鞘膜的下极，轻轻牵引出阴囊部的切口。对，即将大功告成了，我再次仔细观察精索血管走向，矫正了精索血管最微小的、可以忽略不计的扭转。在把精索远端筋膜与皮下肉膜缝合两针后，我将睾丸纳入阴囊，即皮下肉膜与精索外筋膜之间。下一步，我开始缝合阴囊皮肤……"

话音未落，一声巨响，整个房子似乎都在震颤，吓得医生的缝合针也从手上滑落了。

"什么声音？"他的声音在发抖。

"一把斧头在砍大门，"玛丽亚说，"我想，是孩子的父亲。"

"他要杀我？"查理一边说，一边跑去拉开厚厚的窗帘；不是朝向大门的窗，而是相反一面的窗。拉开窗帘后，立刻可以看见医院背后的山坡。

查理推开窗，一步跨了出去，逃之夭夭。

一个手术怎么会引起暴动呢？

首先，手术的地点：外国的教会医院。

其次，做手术的医生：一个外国人。

但更关键的是施手术的部位。可以说在这个极具象征意义的、被称为"命根"的敏感部位上的任何误解，都可能将一个平常的小手术演变成一场噩梦。

误解了。

莆田城里一个赫赫有名的老学究——数年前曾经是最早一批传教士的中文老师，后来又被聘请为传教士翻译的《圣经·旧约》中文版修改润色，工作了整整一年——向众人宣布：

"寻找什么隐藏的睾丸！骗人！永木匠的儿子，正在被他们施以割礼。"

不用说，这个老先生是莆田城里唯一知道"割礼"的中国人。

他用铿锵有力的声音，当场向众人表演了他超人的记忆力，背诵了一段《圣经》："神对亚伯拉罕说，你和你的后裔必世世代代遵守我的约。你们所有的男子都要受割礼……生下来第八日，都要受割礼……这样，我的约就立在你们肉体上，作永远的约。"[1]

老先生又举了《圣经》中另一个例子：大圣人摩西曾因忽略了给儿子行割礼，险些被杀灭。幸得他的妻子西坡拉及时醒悟，用火石刀割下儿子的阳皮，掷在摩西脚前，才免除上帝的惩罚。[2]

可以想象老先生背诵的这些经文在群众中，尤其是在永木匠心中，会引起何等的震动！他们站在懒洋洋的太阳下，只觉得一阵阵寒战袭来，让人毛骨悚然。这是个何等陌生的神啊，与他的臣民立约，并把立约的记号刻在一个小孩子的生殖器上。

永声的祖母在屋顶上挥舞的小白褂子，对于潮涌而来的人群来说，就是向正在进行割礼的手术室发起进攻的信号旗。

玛丽亚第一次拿起一根手术缝合针时，意识到自己的手在发抖，但她没法让自己的手不抖。弃阵而逃的查理医生给她留下了两个需要缝合的切口。

---

① 典出《圣经·旧约·创世记》第17章，第10-11节。

② 典出《圣经·旧约·出埃及记》第4章，第24-27节。

她首先缝合阴囊。

每当斧头砍在门上的声音传来，她的全身就一阵哆嗦，针也在抖，已经穿入针眼的线也脱落了。

为了让自己的神经安静下来，她模仿查理，大声地自言自语，当年在护士学校时背诵过的一连串的解剖学名词，在沉重的斧头击门的节奏中，脱口而出："阴囊的缝合，可以说是六个层次的缝合。1.它的皮肤；2.它的肉膜（天哪！原来肉膜的肌层如此薄，与阴囊的皮肤结合得如此紧密）；3.提睾肌膜……"

这一招果然很灵，手中的针不再颤抖，还没等她背完解剖名词，阴囊的缝合已经完成了。

而腹股沟的缝合显得容易多了，她只用了几秒钟就完成了。

正当她对这两个缝合的切口进行消毒敷料包扎时，斧头击门的声音停止了。

有一段时间——也许只是一秒钟，甚至一秒钟的十分之一——整个房子显得很安静。

她一不小心，把消毒伤口用的碘酒瓶打翻了，瓶子在地上滚动的声音，让人心惊胆战。

在一片寂静中，传来了另外的声音，已经冲入过道的人群，乱七八糟、彼此相撞的声音，好像人人争先做遇难儿童的救星。当这些急促的脚步声传到玛丽亚的耳里，没有人说话，脚步声越来越近，像在她的头上形成了一股强大的气流。这种气氛令她窒息，她听不见谁在下命令，只看见一大群人的上身在手术室晃动，越来越密集，她用眼睛寻找永木匠，打算把孩子交给他。

她找不到他，只见一片黑乎乎的轮廓不清的面孔，越逼越近。呼吸声、喘气声、刺鼻的汗臭味……突然有人从她手中把孩子抱走了。

孩子被举起了，他的双腿叉开着，渐渐托在空中，从人们的手中，一个个往外传。

玛丽亚看着孩子离她远去。他的头朝下，嘴巴张开了，却还没有醒来；接着，他的头部在人群的手中又重新朝上了，身体垂直，他好像醒了过来。他瞪着玛丽亚，脸上显出惊诧发呆的神情。

永声就这样从玛丽亚的视野里消失了。

这一次误解，尽管事件之后，基督教会不断地解释说，《圣经·旧约》中的割礼仅与以色列民族有关，而信奉《新约》的基督教早已废除了这一习俗，但还是在莆田人中留下了深刻的、难以挽回的影响。人们对那个奇怪的西方上帝感到恐惧，信徒的数量急剧下降，每到周日，前往福音圣堂参加主日礼拜的信徒，只敢只身前往。整整几年，福音圣堂里再也听不见孩子们的笑声了。

永声在手术之后，来不及消毒和包扎，就被抢回家来。他的腹股沟和阴囊的伤口出现肿痛，一个中医的外科郎中说是中了"流火风"。永木匠每天摘了树叶——当年，为了纪念儿子的出生，永木匠在家门前种下的白木香树——把树叶捣碎了，用蜜糖调拌了，均匀涂敷在伤口上，直敷到这株树的树叶被摘光了，红肿才消失。

这株白木香树，还在继续往高处长。这年夏天最后的一场暴雨来临时，雨珠沿着光秃秃的、在雨中显得漆一般黑的、亮闪闪的树枝，沿着差不多小碗那么粗、年轻、光滑的树干，你追我赶，蜿蜒而下，与永远一去不复返的童年，永远无法寻觅的童年，一起流走了，消失了。

3

燔 祭

祖母个子矮小，瘦瘦的，只要她稍稍一低头，脸就完全不见了，只剩下头的后面那个发髻：黑网中一小把枯草。不过，她抬起头时，老天啊，她的脸部有那么丰富的变化，可以说，瞬息万变地抽搐着。然后，突然一个戏剧人物式的微笑，她脸上的皱褶犹如铁匠作坊里的风箱，慢慢地拉长，直至几乎展平了，消失了，风箱重新收紧，皱褶又抽搐起来。

永声十三岁时，一天早晨，扶着老太太来到院子门口。天色晴朗，站在树下，可以看到远处的大海。此时，血红色的太阳正从灰色的海中升起。白木香树虽然还不是一株参天大树，但是，也可以说像一个高高的、忠实的卫士，屹立在永家的山坡上，傲视苍穹。树上叶片闪闪，仿佛是披上了绿色的织锦。它就像那些炫耀自己大衣的狐毛衬里的富人一样，轻轻晃动一下，树叶发出沙沙的响声，藏在绿叶后的荚果不经意地闪露出来。

祖母伸出皮包骨头的手，戴在手腕上的玉石手镯、琥珀手镯、玳瑁手镯闪着寒光，互相碰撞着，叮当作响。树干苔痕斑斑，老太太长长的手指甲戳入白木香树树皮，她用力将它掰开，树皮下面露出柔软、苍白，有点像锯末一样的树心。

祖母把鼻孔凑近树心，贪婪地、久久地呼吸。直至她的唾液，从嘴角流入树心，渗透到木的纹理之中。

然后，她颤颤巍巍地蹲下。她不是坐在树根上，而是撩了撩她的黑色长裙，趴在树根下。

她趴在那里就不动了，就像是从树上飘下的一大片黑色的落叶，一直到中午。

永声曾去偷偷看过祖母的房间。那是一个黄昏，夕阳从高高的小窗上照进来，把木窗格子的图案投射在她雕了花的床头板上。半明半暗的房间里弥漫着中药味和便桶里发出的臭气。（便桶就在进门的左边，永声刚一出现在门口，一大群苍蝇嗡的一声，像一团绿色的、亮晶晶的云一般，从便桶里升起。）老太太坐在床头，没戴手镯，耳边一副小小的铜耳环，头发——不能叫头发，只能叫最后几根草——也没有梳理。由于眼睛看不见，她用手在一个梳妆盒里摸索了好半天，找到了一串淡紫色玻璃珠子的项链。玻璃珠发出像发白死人骸骨那样互相碰撞的声音，打破了房间的寂静。那一张曾经可以瞬息万变的脸已经僵硬了，薄薄的、蜡黄色的、干瘪的皮肤紧缩在尖锐的骨头上，就像阳光把一张黄色的面具戴在了她的脸上。

她正试着把项链挂在脖子上时，突然就入睡了，项链从手里滑下，落在地上，她竟然全不知道。地上是红砂石板，断了线的玻璃珠子落在上面，蹦跳着，高高地弹了起来，像一块块骸骨画出一道道或苍白或淡紫色的弧线。清脆的声音此起彼伏。

从祖母的身体——是的，不是从她的嘴或鼻孔——而是从整个身体，传出一种浅浅的呼吸声……玻璃球沉寂了，屋子里一时间很安静，浅浅的呼吸声也渐渐消失了。

正当永声以为祖母将会长眠不醒时，她突然爬了起来，趴在床上喘气。

这个孩子第一次看见一个垂死的人，他半睡半醒地看着祖母的痉挛和挣扎。她的所剩无几的灰发因为汗水变得颜色更深了，一根根蜷曲起来。她的两只前臂屈起，脖子僵直，头部向后仰着，身体向上弓起，让永声想起一张绷得紧紧的弓。她的肋部急促地一起一伏，两只脚——没有裹脚布，赤裸裸的扭曲的小脚——两小撮变形的骨头，一阵阵地后踢。突然，她凝神不动了，万籁俱寂中传来了鸽哨鸣叫的声音，那声音好像是在屋子四周绕来绕去，不是从门口，而是从高高的小窗进到屋子里来的。这不绝如缕的哀鸣，让小木窗上泻入的昏黄的光黯然失色了。

屋子里黑黝黝的，那声音也是黑黝黝的。永声看见他行将就木的老祖母眼睛睁得大大的，再也不让自己的目光离开那扇传来黑黝黝的鸽哨声的小窗。

永声端给她一碗龟龄集的药汤，里面放有大补药"万年碧血"（据说是北方古战场地下沉淀凝结成块的人血）。老太太肿胀的嘴唇刚刚润了润药水就闭上了。她用轻得几乎听不见的声音说：

"弄点白木香树的木屑来，我要闻闻它的味道。"

从这时起，老太太进入了一段平静期。床边桃花心木的椅子上放了一个大木盒子。此时，家门口的白木香树不过十三岁，尚不能结沉香，但是，发出的甜香味越来越浓。她坐在床沿，不断地用手从木盒子里捧起木屑，闻了又闻，然后撒在床的四周。偶尔，拍打一下沾满木屑、像是用沙子做成的胳膊。

不过，这段平静期并不长，几天之后，她病得更重了。

一个极其严寒的冬季，几乎从来没下过雪的莆田，竟然像铺上了一张巨大的、白色的、脏兮兮的桌布。永声的祖母的房间里，点了四个火盆，一片黄色的煤烟和浓烈的"万年碧血"的药味混合在一起。床的四周，厚厚一层锯末屑，由于潮湿，变得滑腻腻的。火星落在上面，悄无声息地化为阴郁的沉寂。

外面雪花纷飞，不过还是来了不少亲戚探望她。永声以前还不知道，家里竟有如此多的亲戚。他们有的戴着笠帽，有的撑着油纸伞，步履蹒跚地爬上永家的小山坡。木制的伞骨在寒风中嘎吱嘎吱地响，随时都有折断的可能。

亲戚们在正屋的门前脱下鞋，跨过高高的门槛，把带来的礼物，水果、点心、家禽、鸡蛋等等放在饭桌上。他们之中的大多数人并没有去祖母的屋里看她，而是在正屋里烤火，往冻僵的手哈气，和永木匠夫妇一起讨论祖母的病情。他们的声音压得很低，偶尔有人咳嗽，也是尽量轻声。

永声想听他们说些什么，也不用吩咐，就在灶房的炉上提了烧水的铜壶，走进正屋给客人们斟茶。突然，人们一下子就停住了话头。众人的目光集中在他的身上，他感觉到狡黠的眼神里，似乎暗藏着一个阴谋。

他一跨出屋门，一些残言断句像四溅的碎片，飞到耳边：

"红喜事。"

"……婚聘办隆重一点，永木匠就这么一个……"

"娶一个黄石那边的山里姑娘，十个大洋，绰绰有余。喜事一冲，老太太的病就过去了。"

"樟林村那边的渔家姑娘，比黄石的还省钱，更能干……"

晚上，召开了直系亲属的正式会议，除了老太太和永声，全部成员无一缺席。开始是低沉的辩论声，偶尔有谁急促地说话，声音依然压得很低。后来是永声的母亲反驳的声音，她甚至说出了几句骂人的话。夜深人静，这几个粗野的字眼在院子的空气里回荡。

永声听见父亲和母亲在争执，母亲似乎为了什么事在恳求父亲。父亲好像拒绝了，紧接着又是一阵坚决的请求。

门忽然开了，父亲出现了，满脸通红，身体像木偶一般僵直，母亲也出来了。

"你儿子只有十四岁，还是个孩子。"她说。

"又不是叫他生儿育女，是叫他娶媳妇，给我妈冲喜，增寿。"

"毕竟只有十四岁，怎么娶媳妇——"

话音未落，永木匠一记有力的耳光，打得他的妻子踉踉跄跄，差点摔在地上。

"你到樟林村去，找一株好的香樟树，"祖母对父亲说，

"我孙子的婚床，必须是最好的樟木做的。"

樟林村背靠园顶山。那是木兰溪下游流域唯一的一座孤零零的小山，由于离海湾近在咫尺，两岸土地的盐渍之重，与只长茅草、盐花的沙滩，没多少区别。

第一个晚上，永木匠父子无法回家，就在樟林村外一个废弃的瓦窑里露宿。无边无际的海涛的咆哮让人心惊胆战，但瓦窑里却像避风港一样，生起火来很容易。永木匠拾来不少树枝，点燃篝火。

黄色的火苗沿着树枝蜿蜒上爬，爬到另一树枝上，永声突然想到，眼前的情景，很像他曾经看过的小话剧。当时，他还住在古牧师家，玛丽亚组织学校的老师和同学排练了一出戏，名叫《燔祭》。讲的是一个《圣经》故事，故事的主角——啊，对啦！是由古牧师扮演——一个名叫亚伯拉罕的老头。永声觉得他们父子此时很像荒山中的亚伯拉罕和他的儿子以撒。

在那次轰动莆田全县的隐睾手术之后，被强迫停学回家的永声就再也没见过玛丽亚和古牧师夫妇。他太小了，无法单独前往涵江去找他们。所以，莆田城每年一次的抬妈祖游行时，他总是在人群中寻找他的妈祖——玛丽亚。后来，在他读书的私塾，有同学说玛丽亚早就离开了涵江，去向不明。她的父母回美国去治病，也一去没有复返。

父亲的一双青筋虬结的大手，左手握住了酒杯粗的竹子烟竿，另一只手用汗迹斑斑的草帽扇火，烟冉冉上升，盘旋卷动，喷出猛烈的火焰，发出爆裂声。火光在父亲黑里透红的脸上，在他的鼻下的胡子楂儿上，在他耷拉的大襟汗褂下露出的黑黑的一段脖颈上，左蹿右跃。火焰最初是从几根小树枝开始，后来是投入火中的一株树干。手臂粗的青冈树，腾起很高的火焰，将父亲的身影放得很大，投射在瓦窑的拱顶上，拱顶闪烁的幽光显得十分昏暗。

墙壁上父亲的阴影与周围深沉的黑暗交融在一起的时候，瓦窑渐渐变得空旷起来，废砖旧瓦之间，传出了童年时代在古牧师的家里演戏的声音：

古牧师的七套院落的大院的第一进——祖先堂，搭起一面很大的木板，上面画着褐里带红的、被大火燃烧过似的岩石。从木板后面，传来了神的声音："亚伯拉罕，你要带着你的儿子，就是你的独生子，你所爱的以撒，在我指示的山上，把他献为燔祭。"然后，舞台上出现了亚伯拉罕和他的儿子以撒，时隐时现，象征着他们走在崇山峻岭之中。当时饰演亚伯拉罕的是古牧师，而他的女儿玛丽亚饰演以撒。但是，当永声在旧瓦窑的黑影中回想起这一幕时，不由自主地用自己的父亲取代了古牧师，而由他自己扮演以撒。

"不，我不是演以撒，我就是以撒。"他心里想。

他看见舞台上的一老一小，一前一后，走进一个山洞。

茂密的野藤从洞口蔓延下来，孩子有点害怕，不敢进去。

"进去吧，别害怕。"他父亲说。

这个山洞并不深，但此时，在孩子的眼中，却显得深不见底，无边无际，异常神秘。洞里凉飕飕的，一股阴冷的潮气迎面扑来，永声打了一个寒噤。山洞中黑影重重，怪石峥嵘。

孩子说："父亲！"

父亲说："我儿！我在这里。"

孩子说："我们火石跟木柴都有了，可是这山洞里没有做燔祭的羔羊啊。"

父亲说:"我儿!神必自己预备做燔祭的羔羊。"

他们来到一处:洞顶和洞的侧部,有两三个空穴,形成了山洞的光源。日光从外面泻入时,裹着一团团浓雾,还没有照到地面,就已经十分微弱了。

突然,孩子——永声——注意到一双眼睛,好像萤火虫似的发着光。是一条大约有三四米长的蟒蛇!从嘴到鼻孔,赤黑两色的鳞片闪烁了一下。它浅黄色的身体上有云豹般的大块斑纹,颈部很美,有红黑斑点,像雉雉的头颈部。

永木匠为蟒蛇垒起祭坛,他在祭坛上铺好木柴,把儿子捆了,放上柴堆。蛇的身体抖动了一下,它颈部美丽的赤黑色的斑点闪动着。

《燔祭》中最让孩子害怕的一刻来到了。

"亚伯拉罕就伸手拿刀,要杀他的儿子。"

不,是永木匠!

永声好像听见远处有人喊了一声什么,或者说从遥远的记忆中的祖先堂传来一个声音,是耶和华的使者的声音,从天上呼叫:

"木匠,莆田的木匠。"

父亲说:"我在这里。"

声音说:"你不可在这童子身上下手,一点不可害他……现在我知道你是一个孝子,因为你没有将你的儿子,就是你的独生子,留下不给你的母亲。"

父亲立即亲手为十四岁的儿子做一张床,作为结婚礼物。

在樟林村背后的园顶山上找到的一株虎皮樟树先改成厚木板，再锯成薄木板，用于做床头板等等。

永木匠眯缝着眼，顺着木料看过去，拉线，打粉，自己画线。他很享受"一搂、一松、一弹"的过程，喜欢听线在弹完之后，像琴弦一般发出缕缕不绝的余音。他在裤子上擦擦手，然后把一条笔直的线，十分准确地打在散发着浓烈香气的、呈现着明显的天然虎纹的木头上。

床做得很快，一天一个样。

樟木的刨花、锛子砍出的碎片、凿子开出的榫眼、垂直方向的榫头……所有这一切，都像涌来的潮水，在这个十四岁少年的大脑中漂浮了片刻。一个稍纵即逝的瞬间（其实是两个星期，因为永木匠坚持他儿子的婚床必须是全莆田县精雕细琢的婚床的巅峰）。

永木匠每天工作到深夜。有时，儿子半夜醒来，还能听见他在干活儿。永声的房间旁边，有一间空着的房间，是为他准备的新房。里面已经放了新做的几张桌、凳、毛巾架、梳妆台，上面高高地堆着婚床上需要的红色被盖。这间屋没有点灯，一片漆黑。在黑暗的另一边，是父亲工作的地方，木雕刀的声音从那里传出来，穿越空着的房间，一直传到永声的房间里。

父亲常说，他的头脑是不会记忆的，而他的手（小心翼翼的手，紧紧攥住了凿子，另一只手举起铁锤），他的手指，他的肌肉，甚至是他的肩膀都会记住："你做了一个榫头，这个榫头就藏在你的身体里面了。而你雕过的一只兽爪、一个兽角、一片兽鬃毛，永远都刻在木匠的手指上。"

他为儿子的六柱架子床做了三面围栏。在后面的围栏上，他透雕了石榴花，喻多子多孙；左右两面的围栏，也是镂空了，用的是海棠花的图案，喻金玉满堂。而用来支撑和连接床座、围栏、床顶架的六根柱子上，雕了十八条螭龙，床腿的肩部刻兽头，足端刻兽爪、兽角。

新婚之夜，永声这个十四岁的新郎，整个晚上都吓得躲在一张方桌的下面。方桌也是父亲的结婚礼物。那是用做婚床后剩余的木料做的，为了保持天然虎皮樟的美观，没有上漆，强烈的香樟味直往鼻里蹿。

所以，从桌下的低角度看去，那张婚床像一座岛屿，矗立在半明半暗、光影摇曳的一片红色海洋之中。床头堆积如山的红色丝绸、被盖，更让这张床像一座燃烧的岛屿。洞房门上的帘布是红绸的，挂在房间外面的马灯，透过红色的窗纸照进来，一片红光笼罩。蜡烛的气味，或者说，是蜡烛熔化时发出的热气，弥漫在洞房里。

十六岁的新娘，比永声大两岁，是一个来自海边的樟林村的小姑娘。

永声曾恍惚听人说，她的父亲是樟林村唯一的画屋老爹，人称"酒鬼画爹"，最喜欢画鹤，因姓黄，人称"老黄鹤"。不过，那人又说了一句让永声百思不解的话："从姑娘弯腰走进花轿时起，她姓什么，人们就忘记了，以后她就跟着你姓永了。"

她此时坐在那一片红色海洋的正中，准确地说，是那座燃烧的岛屿上。她慢慢地解开她的长辫子，很粗，黑油油的，长达一米的辫子上系满了各种五色缤纷的细绳。这些细绳解下后，系在她的手腕上。

桌下的新郎抬头凝望着灯笼。灯笼也是红色的，里面放着几根蜡烛，都点燃了。灯笼是用一条链子吊在高高的天花板上，白蜡往下滴时，摇摇欲坠，时而鼓胀了，时而凝缩了，然后又再次膨胀起来，慢慢地滴落到热烘烘的、干燥的土红色地砖上。

她倚靠着雕有螭龙的床柱，马上就睡着了，她和螭龙快要融为一体时醒了过来。后来，洞房的灯笼中的蜡烛几乎烧尽了，屋子里的光变成了柔和的暗紫色。她编结着长辫子，解开了，又编结一次……

藏在桌子下的新郎看见，一个女人黑色的身影，投射在墙上。

新娘赤足走了过来，一点脚步声也没有。不，是一种虽然听不见、却从墙壁上发出回响的声音，像山洞里的蟒蛇，让永声毛骨悚然。

她的黑影变大了，拉长了，微微地左右摆动——

蟒蛇颈部的赤黑的斑纹，现在看上去，是暗紫色的。它的头部发出灯笼似的红色的透明的光。

一点声音也没有，蟒蛇像一道闪电，出现在新郎藏身的桌前。

女人的黑影晃过新郎的鼻尖。

永声听见蟒蛇从桌上拿起一盏油灯，揭开灯罩时金属发出了碰撞声。

新娘穿的一双粉红色的缎鞋，伸手可及。她的黄色的长裤也是缎子的，刚才走过来时，飘动着，是褐色的，现在停下不动了。平伏光滑的缎面，又变成了闪闪发光的黄铜色。

灯亮了，开始有点暗，但突然一片黄绿的光线迸发在桌子前面的地上。可以听见油灯的火苗发出的噬噬声。

她点灯到桌下来抓我吗？

新郎的呼吸越来越急促。

女人的黑色的身影，在手中油灯的照耀下，摇曳晃动，走出了永声的视野。

他听见她走到洞房的一个角落，在一张帘布的后面，揭开了马桶。然后从那个角落里传出了一道瀑布倾泻在马桶里的声音。

瀑布声渐渐弱了，是一条小溪的潺潺流水。终于，停止了，静极了。

突然，令人魂飞魄散的一声尖叫，从洞房外面传来，为莆田版的"燔祭"画上了句号：

"阿妈呀，你怎么就走了……你怎么忍心就这么扔下我们不管了……"

原意是为垂危祖母冲喜的这次"早婚"失败了。人们甚至怀疑，它是否加速了老太太的死亡。

4
鹤 铃

永声的老丈人酒鬼画爹，是樟林村唯一的职业画墙人。他在小两口新建的草堂的墙上画了一只白鹤，正昂首阔步走在一片浅褐色的沼泽地中，它突然转头之际，瞥见了爬动的一只蜗牛，眼睛为之一亮，它多么喜欢的食物啊！画爹把白鹤头部一颤一颤的感觉都表现出来了。阳光照射在金色的、透明的鹤冠上。

莆田的少林寺有一壁画，画的是地狱里的恶鬼。幼时，永声曾随父到寺里去干活儿，只看了一眼壁画，以后再也不敢去少林寺了。每次路过，即使绕道而行，他也还能听见壁画上群鬼哭嚎的声音。而画爹在墙上画的这只白鹤，也是属于这一类"可以发出声音"的画作。你只要静静地站在它面前，哪怕几秒钟，你就可以听到它的羽毛的窸窣声，甚至可以感觉到它最细微的绒毛的悸动、起伏，散乱成一片。就连它不胜重负的长腿（与它的身体相比，不合比例地细瘦）发出的轻微的咯吱声，也能听见。

年仅十四岁的永声忍不住走近，用手摸一摸。果然，画爹是用真正的五色油漆，就像人们漆船用的上等油漆，一笔一笔画上去的。白鹤的鸟喙，或长趾上的一个指甲，要画上几个小时。他先在墙上刷了一层漆黑的底色，厚厚的一层堆积而成的黑色，不光滑。粗粗的颗粒，是用锅底多年的黑烟炱，加以磨成细粉的黑贝壳，混合而成。有的部分是用浓缩的墨汁，配以细如雪的黑珍珠粉或黑岩的石粉。它不像漆器那样熠熠发光，而像一张厚厚的绒布，挂在皮影戏台上，在这张幕布上没有绽开绚烂的百花，没有飞过百鸟，没有游弋着一些水下动物，而只有一只白鹤。

画爹还在大鸟腹部与腿相交处，画了一个金光闪闪的铜铃，又在鹤足长长的中趾下，写了两句诗：

> 鹤来永家坡，
> 铃响木兰溪。

把每一句的第一个字放在一起，就是永声妻子的名：鹤铃。

永木匠家位于江口镇外龙泉山的一个小山坡上。龙泉山东西绵延十余里，沿着山麓一条看不见的线，分布着数十个小村庄。这片起伏不大的丘陵，多已开辟为农田。永木匠在宅后的山坡上，拥有几亩山地，儿子结婚后，主要从事父亲制鸽哨的事业，所以，这片土地就交给儿媳妇，开发成果园。

几年之后，一片绿色的树林像一块铁皮上剪出的一个剪影，刺破了蓝色的天空，出现在永家的小山坡上，十分显眼，方圆几里，目力所及，都能看见。

鹤铃首先在这一片山地的周围，种上了枸杞刺和紫荆做篱，在树的四周，细心地种上容易生长的、缀满粗糙的皱巴巴叶子的常春藤。又在篱内外种刺槐、扁柏，种得很密，形成了防风林。凡有小沟、小溪的地方，都种上了柳树。

这片土地共约七亩。她用了很大力气，终于把地里的大小石头清除干净，种上了龙眼树。由于土地贫瘠，必须为每一株树苗先挖好一个洞穴，到山下取肥沃的河泥壅根。她又在龙眼树林中埋一大粪缸，每天早晨，赤着足（幸而她出生不久就废除了女人缠足的传统），到江口镇上的几家屠户那儿去，把他们不要的杀猪水，装入两个木桶，一前一后挑回家去。一日儿趟，每一趟她需停下歇息数次，脸上流着闪闪发光的汗水。直至登上山坡，她再把担上来的杀猪水，或存入粪缸，或手执一个粪档档——档档像小木盆似的，有菜碗那么大，安上一根长三四尺的竹棍做把手——直接在担来的木桶里舀起肥水，朝一窝窝树苗浇下。

永声夫妇结婚四年后，永木匠被福州一个嗜鸽如命的富人聘请，离开莆田，住在著名的三坊七巷里制哨。夫妇俩用父亲寄回的钱，又购置了南面的一块地，约五亩，土稍好一些，种上了荔枝树。鹤铃也从下面担了好泥上去，每株树根覆盖的好泥达三四指厚，这样才不会被太阳晒干。他们还把豌豆、胡豆种在荔枝树之间，从穿过果园的小路起，直至草屋为止，还有沿着果园的土墙下，全都种上了。

木匠院的老屋在一次台风中坍塌之后，他们建了三间草堂。正屋，小两口的睡房，还有一间用作厨房和堆放工具处。正屋朝南，永木匠曾请假专程返回莆田，在建房过程中小露一手。正屋的墙是由二十余片木板条组成，下面有一道凹槽，平时插入木板，则成了墙壁，取下木板，正屋的墙就变成了敞开的大门。门的左边南瓜牵起藤，爬上了屋檐。门的右边有一些天竹。

草堂的前面，是和永声一起长大的白木香树，低处无枝，像一把撑开的巨伞，拔地而起，屹立在山坡上，傲视苍穹，树干上苔痕斑斑，永声和他的妻子常常站在它古老粗壮、蜿蜒纠结的树根上，把鼻子贴近树干，闻它散发出的淡淡的香气。

鹤铃曾经和丈夫一起，到福州去拜访过公公婆婆。永木匠的主人葛家住在三坊七巷的黄巷，大门口有一副对联，写的是"丹井传家远，黄楼卜宅长"，读过几年私塾的永声想起来了，便告诉妻子这对联用的是东晋时葛洪的典故。不过，究竟这一家人是不是葛洪的后代，就无法得知了。

尽管葛家大院不是贾宝玉的大观园，甚至连当年涵江的牧师公馆的七进大院也比不上，但是它有一鸽园，里面有一个不小的水池。池畔有供鸽子嬉戏的假山，由太湖石叠成，流水淙淙，一道飞泉从高处落下，令人感到一阵小雾扑面而来。还建有雕梁画栋的鸽舍，其中每一个格子间的门栅是用红色的珊瑚石做成的。门栅可以滑动，里面绿草茵茵，像铺上了一层厚厚的地毯。墙上贴满了镜子，到了晚上，这些鸽舍灯光闪烁，各种鸽子们在镜前走动，精雕细刻的屋檐，被来自内部的光线照亮了；光影摇曳，似乎摆脱了尘世的重力规律，随时都会飞起，载着鸽群消失在夜空之中。

著名学者葛兆光在《葛生蒙楚》一书中写道："我的爷爷葛滋承（1890？—1952）……大概20年代末，从营长一直当到了当时海军陆战队混成旅的副旅长。这里又有一件有趣的事儿。民国那会儿，也许当官需要资历或学历。我爷爷有学历，号称是"保定军校第六期学员"，算起来，和著名的叶挺、顾祝同、邓演达、薛岳，都是同一级的同学。保定军校原来是清朝北洋速成武备学堂，在民国初年，名声仅次于黄埔军校，也是赫赫有名，1921年到1923年间共有九期学生毕业，里面出了很多战将。很多年以后，我弟弟葛小佳在美国教书时，特意去华盛顿的美国国会图书馆查阅保定军校的资料，发现确实有'葛滋承'这个名字。可是听我父亲晚年病榻上的叙说，才发现这是一个颇搞笑的故事。原来，我的爷爷压根儿就没有去军校读过书，用他的名字去军校真的读了军事学的，是他最小的堂弟，也就是我的四叔公。换句话说，我爷爷用了四叔公的毕业文凭，而四叔公却用了我爷爷的考试成绩……更有趣的是，四叔公学成文武艺回来，却没有货于帝王家。他毕业的时候是20世纪20年代初，他却压根儿不愿意进入军界做事，原因据说是他发痴一样地爱上了养鸽子……"

所以，延请莆田的永木匠住进葛家大院制鸽哨的，并不是海军将领葛滋承，而是他的一个堂弟，而葛兆光和葛小佳的祖父只是为这个嗜鸽如命的四叔公，一掷千金，营造了一个梦幻天堂——鸽园。

关于永声和鹤铃的福州之行，养鸽界流传着一段故事，说的是葛家主人的四对名贵的拃灰。

中国另一位赫赫有名的鸽痴梅兰芳在《舞台生活四十年》中，讲到一幅关于一只朱砂眼浅色拃灰的油画："有一天，一位最关切我的朋友冯幼伟先生很高兴地对我说：'畹华，我在无意中买到一件古董，对于你很有关系，送你做个纪念品是再合适不过了。'说着拿出来看，是一个方形的镜框子，里面画着一对鸽子。画底是黑色，鸽是浅浅的灰色，鸽子的眼睛和脚都是红色，并排站在一块淡青色的云石上面，是一种西洋画的路子，生动得好像要活似的。我先当它是画在纸上的，跟普通那样配上一个镜框。经他解释，才知道实在就是画在内层的玻璃上面，仿佛跟鼻烟壶里的画性质相同……据说是乾隆时代一位西洋画名家郎世宁的手笔……我看了着实可爱，带回家去，挂在墙上，常对着它看。这件纪念品，跟随我二十几年，没有离开过，现在还挂在我家的墙上。"

以梅氏的财力和人缘，久寻拃灰而不得，只能与一镜中画鸽相伴二十多年，可见拃灰的价值，而葛氏竟有四对，岂不让梅大师大妒而饮憾终生吗？

王世襄曾经在《锦灰堆》合订本第二卷中提到："娇小玲珑，矫健善飞，堪称天生尤物的拃灰，别看它体型小，却胜任背大哨。我的一只斑点亮灰，系'鸣'字大葫芦，随盘从不落后，是因为一只大公点子承受不了，才让它佩戴的。"

王先生所谓斑点亮灰，即除翅端两道深色棱外，身上遍布有美丽的斑点或细纹，乃拃灰中之精品，而"鸣"字大葫芦，指与老永同时代之另一位北京的制哨大师，鸽哨上署名"鸣"，而点子是指全身白色、尾部十二根尾翅的一律白色的鸽子。

既然拃灰有如此优点，葛家大院的主人，趁永声来福州探望父母时，提出要永氏父子在鸽园为他的拃灰各造鸽哨两对，以竞高下，还雇用了两个摄影师，用同样的摄影机、镜头和胶片，分别拍下了永氏父子在两间不同的房间里制哨的全过程。葛家大院的主人对每天拍下的画面进行研究和比较，最终发现，备料之后，从重要的工序"挖口"开始，父子俩的动作完全一致，他们都是在一条长竹板上，一连挖出四个哨口的背面，然后，锯锉打磨成形后分段锯开，再将一个个哨口蒙在不同的葫芦上开口，甚至每个哨口和葫芦上开口的吻合度，也相差无几，如出自一人之手。锉刀用力的大小和位置，也一模一样。为鸽哨髹漆时，他们都是只漆哨口，留下葫芦肚，竹管、芦苇管皆本色，使哨体更轻。他们不约而同地将竹管的上一底层（竹管有两个底层）向上提高了起码一公分，鸽哨的音色顿时高亢不少。只有最细心的收藏家才会留心到父子之间唯一的差别，是他们的署名，若不细看，都是一个"永"字。但是，父亲是用刀直下，让人感觉到每一笔画的中部的刀锋，上端的那一点呈三角形；而儿子的字体则不见其锋，撇和捺的起端和收幅，呈波浪般的姿态，似隶书。

这次福州之行是以鹤铃朝拜鼓山而画上句号的。她在婆婆的陪同下，步行登上了山顶，走进了传说中求子最灵的那个山洞。洞中昏暗冥冥，能听见泉水声。她来到一块大岩石的面前，烧香膜拜。也许，它曾是大海中的一块礁石，数百万年前，被汹涌的浪潮冲刷和打磨。在它的正中，有一道凹进去的深痕，代表女性生殖器。

不过，1931年的春天，发生了一件事，改变了年轻的鸽哨制作者。

这件事就是古牧师的归来。

5

纯 净 的 水

大概情况是这样的：几年前，古牧师心爱的孙女——玛丽亚的独生女，曾与童年的永声同居一室——在北京患伤寒病死了。此后，全家迁至山东传教。而玛丽亚与美国一个传教士结婚，后者是长老派牧师。长老派是古牧师所属浸礼派的宿敌，玛丽亚不得不和丈夫去了中国西南传教，从此断了消息。不久前，古牧师的老伴，当年曾在涵江创建小学的古夫人，又听从上帝的召唤，踏上了通往天堂之路。古牧师年逾花甲，且身染重疾，希望回到他视之为第二故乡的莆田。

永声去涵江，想听古牧师归来后的第一次布道。离牧师公馆大门还有大约五十米，一种气息，多年之后还保持在大院高墙之中的气息，一种自身散发的、从一个隐秘的深处继续渗出的气息，包围了他，让他透不过气来。在一个敲击铁砧似的撞击声中，沉重的门扉，在他的身后关上了。突然，涵江镇喧闹的回声被远远地隔在外面，再也听不见了。

童年时代，曾显得高耸入云的围墙，已经不再让他仰望时产生目眩了，它不再是一道不可逾越的、不透光的栅栏。它遭受过一次大火。永声曾听说，因为他的所谓割礼，人们冲击和火烧基督堂没有成功，但墙上还是留下了一片炭黑的、拖得长长的印记。砖头上、瓦上都覆盖着一层铁灰色的东西，让人想到肮脏的小餐馆的厨师手中摇晃的油锅锅底。

墙的高处，在黑色的砖缝之间，有几簇顽强的野草，甚至还有一两株小树，迎风摇曳。

外墙下面是昔日长长的更道。当年更夫敲着梆子、来回走动的东西甬道，曾像两只胳膊，围绕环抱着七个院子。现在，两条甬道已被野草和荨麻占据了。

冷不防，一个忧伤的鬼魂，从裂痕累累的墙角，或者说，从厚厚一层青苔的地上，冒了出来，注视着永声。永声立刻认出来了，是当年玛丽亚用来载他的自行车的残骸，尽管前轮已经没有了，而后轮的轮辐钢条也缺了一大半，尽管已经成了一堆生锈的废铜烂铁，歪歪斜斜地翻倒在墙角，他还是认出了它。他走过去，蹲在它面前，用手轻轻拍打它，像是招呼一个老朋友。他用手摇动脚踏板时，感觉到上面微温犹存，好像是玛丽亚打着赤足，载他去莆田县城。他似乎又看见年轻的美国女老师从踩动的脚踏板上竖起身子，像踏在马镫上一样，高高地站着蹬车……

　　这一天，永声坐在祖先堂的后排一个不起眼的位子上。他闭上眼睛，打了一个盹。迷迷糊糊中听见人声渐渐嘈杂，男女教徒们来齐了，在帘幕的两边坐下，布道即将开始了。

　　永声忽然醒来，四周出奇地安静，连咳嗽的声音也没有。古牧师正站在讲坛上，他生病了，弓着腰，无法直立，忽然，他抬起一双似乎比过去更加发亮的眼睛，凝望着高处，好像在天花板上寻找一道裂缝或断口。然后，他的眼睛扫过听众的一张张面孔，最后在永声的身上停留下来。

　　他久久地凝望着这个不认识的陌生人。他的嘴唇动了一下，吐出几个字，这几个字是一个一个散开了吐出来的，就像琴师有时一个个弹出来的音符："木匠的儿子。"

　　在最初的一瞬间，永声不知道，这个木匠的儿子，并不是他自己。因为对他来说，祖先堂里，除了他之外，没有人是木匠的儿子。无论是在江口，还是在涵江，都没有人和他一样，是木匠的儿子。

这一个个分开发音的字缓缓落下，然后是另外的字从牧师嘴里急促地飞出，一些陌生的中国字聚集在一起，发出一阵轰隆隆般的声音，接着又重新放慢了，一个字一个字清晰地吐出来："木匠的儿子。"

古牧师不愧是出自祖传三代的牧师家庭，他的布道十分生动。永声记得，童年时，他亲眼看见这位牧师花了很多时间，写下了手稿，手稿堆满了壁橱，又占据了书桌，直至在他办公室的地上四处高高地堆了起来。但他从来不拿着笔记照本宣科，好像这些布道文的笔记一旦写在纸上，就已经刻在了他的记忆里。

古牧师讲述着木匠的儿子的一生。他讲述时，声音压得低低的，讲着讲着，就变成一场演出。他像一个高超的戏剧大师，一个人扮演众多的角色：审判官、巫师、犹太商人、叛变者、使徒……接着，不知不觉，他开始借助语言的翅膀飞翔，越飞越高。他从云端中用一只鹰眼，从高处观察耶路撒冷当年的每一个场景，向听众叙述耶路撒冷对面的橄榄树山。在橄榄树山西面的山脚下有一个山洞，木匠的儿子耶稣曾在那里与他的信徒相遇，也是在那里被逮捕。他讲到橄榄树山的三座山峰，其中有一座是毁灭之神的山峰，所罗门王的外国籍嫔妃在这里为他们的神祭祀上供。另一座山峰，是基督教的圣地——升天峰。耶稣复活后的第四十天，早上七点钟……

古牧师讲到这里停下来，让人们想象遍山的橄榄树的滚滚林涛，这座最高峰的山巅渐渐从雾气中显露出来。神圣的气氛越来越浓，木匠的儿子耶稣向他的十二个使徒讲了最后的话之后，他的身体升起来了，重力规则、地心引力都不存在了，一道乳白色的云雾，从山顶蔓延而来，好像一场放慢了速度的雪崩，包围了他立足的石头。雾变得越来越浓，当太阳——最初的阳光——穿过雾气时，木匠的儿子已经从使徒们的眼前消失了。

"他们看见的，是一种均匀的光辉。"古牧师说道，"如此均匀，他们甚至连天和地都无法分清了。在一阵银色的云雾中，一切颜色，一切形状，都消失了。这种短暂的幻觉，就是我们称之为的永恒。"

永声早已明白，这个故事的主角不是他。不过有什么关系呢，古牧师在教堂里说出这几个字——木匠的儿子——的次数越频繁，他就越骄傲。他知道自己已经和一个神联系在一起了：我们都有一个木匠的父亲，我们度过童年的木工房，可以和世间一切王公贵族的宫殿相媲美。天哪，以前他还不知道，玛丽亚那壁龛里的受难者的木雕的头上，有一些白色的斑点，现在才明白，原来那就是落在耶稣头发上的点点刨花。

布道结束时，古牧师一边分发圣餐，一边背诵着《圣经》："主拿起面包，祝谢上天。他把面包掰开，递给他的使徒们，说，'这是我的身体，给你们了。'"

永声接过圣餐时，顿时感觉到面包散发着一种他熟悉的味道，锯末和木板的香味。

"先生，"永声说道，"能不能请你给我做洗礼仪式。"

古牧师用犀利而幽深的目光盯着他：

"告诉我，你为什么要入基督教呢？"

永声本来想回答说："我在这个院子里读过书，就住在玛丽亚的闺房里……"但是，他脱口而出的竟是下面这句话：

"我是一个木匠的儿子。"

祖先堂院子里的洗礼池，由于长期没有使用，早已变成了一个散发着腐臭的污水坑。坑底长满了像螃蟹一般的水草。莆田夏季多雨，洗礼池的坑壁在雨后竟长出一株树苗，它不但盖过原本贴着坑壁生长的青苔和野草，它的树根还紧绷绷地箍住了洗礼池，把它箍得都变形了。永声用了两天时间才把它弄得干干净净，又重新修了通向池底的阶梯。

除了古牧师和永声，什么人都没有，太静了。牧师公馆本来就是"寂静"的同名词，此刻，弥漫着另一种寂静。当他们面对面地站在水池中时，开始落雨了。雨点轻微的响声逐渐扩散到高高的院墙上飘动的野草里，和墙下那辆自行车的残骸上，最后把他们包围了。

古牧师弓着腰，无法完全直立，他开始背诵施洗的三位一体条款。

在他的声音中，混入雨点落在水面上发出的沉闷的响声。稍远处，雨落在院子的砖地上的声音也能听到，一种有间歇性的震动，像古牧师背诵的《圣经》中的这段文字，每一个音步节奏清晰。一串看不见的珠子，落在他们的周围，把祖先堂的院子扩大了。

> 所以你们要去，使万民作我的门徒，奉父、子、灵的名，给他们施洗。①

---

① 典出《圣经·新约·马太福音》第28章，第19节。

古牧师朝着水面长长地吹了一口气。永声觉得牧师额头上裂出的一道道沟壑般的纹路，和水面上的波纹一起，向四面扩散。

牧师又吹了第二口气，虽然看上去没有用力气，只是一个仪式中的象征动作。但他吹第三口气时，永声注意到牧师像树根一样隆起的血管，盘在太阳穴上。

"只有牧师才有权利为人祝福。你知道牧师用哪一只手给人祝福吗？"

"不知道。"

"右手。"古牧师说，"给人施洗礼时也用这只手。永远记住我的这句话：给人施洗礼，是一种祝福。"

他的右手举在空中。永声凝望着他手上蜿蜒的皱纹。雨点落在手上，顺着手指弯弯曲曲的纹路流下来。他的手背上有两条粗大的血管，本来颜色就和中国人的血管不一样，雨水流过后，灰色变淡了，蓝色却变得更深了，一种带有浅绿的蓝色。他弯起三个指头，只剩下食指和中指。他注视着汇聚于指根处的雨水。食指和收起的拇指之间的皮肤，绷得紧紧的，充满血色。

牧师的食指和中指，像放慢了动作，缓缓地蘸了水，举在空中，画了一个"十"字。

和向水中吹气一样，手指入水、出水、画"十"字，也重复了三次。

永声既看着他又没有看他，年轻人的双眼满含着振奋的狂喜，又像是痛苦的激动。

他的头被牧师的手浸入水中。

"我，受洗了。"他像孩子一样，不由自主地说，冷不防噎了一口水。

他在水中睁大眼睛：一片光点包围着他，每一个光点在水中又分解成好几片，不停地颤抖，变成一道银光闪闪的痕迹。忽然，永声看见了她。玛丽亚像一个微不足道的光斑，出现在水中，然后，在一团雾气中向他走来，散射的光线使她的身体动作很奇特。这些光线照射着她的面孔，照射在她手上抱着的中国木偶——每一个木偶的衣服的边缘，都有几百万个微小的水滴，发出一种银色的光泽——她的右臂抱着五岁的永声。她为木偶洗礼，一个接一个。在洗礼池浸一下，再拿起来。最后是小永声。她用右手的食指和中指插入水，画"十"字三次，然后，将小永声全身浸入水中。永声还听见她的声音：

"还有什么比水更自然、更美呢？上帝太伟大了，选了水这种最纯洁清澈的液体做洗礼。"

6

鸽 仆

四十六只美国毛脚白鸽，从古牧师在北京后海的一座四合院，由鸽仆王老根装在二十三只特制的木笼里，千里迢迢，坐了火车、汽车、轮船，乃至舢板船、三轮车、农民的独轮手推车，终于来到了主人的莆田旧居，只比他晚到了三个星期。由于王老根沿途的细心照料，竟没有一只鸽子夭折。

但王老根已经受聘，要去庆王府当鸽仆，第二天就急匆匆地赶回北京去了。古牧师自幼喂养毛脚白鸽，当年，为了鸽子们脚上的长毛不被鳞次栉比的屋瓦伤害，曾经改造了牧师院七座院子的屋顶，除去了瓦垄。现在毛脚白鸽的后代们又跟着他，就像吉祥纳福"抃灰"的镜画伴着梅先生，自北而南二十余载，不可分离。但现在古牧师没有能力照顾它们了。

他的健康情况越来越糟糕。"在山东时，我的身体是一年不如一年，到了北京，一月不如一月，而现在是一天不如一天了。"他说。

在鸽群到达的当天，他的新教徒永声，一个很随意的小动作，引起了他的注意。永声伸出左手抓住鸽，而右手的拇指准确无误地捏着鸽的头之下、颈之上的部位。古牧师一看，便知道这是行家识鸽之公母的习惯动作，当美国母鸽——它和中国母鸽一样——在永声的手里，缓慢地睁开它温柔妩媚的红色的眼睛时，永声已被古牧师聘请为新一任的鸽仆。

永声住进了牧师公馆。尽管从某个角度看，这个古老的七套院还保持着原貌，没有沦为废墟。但是，一眼望穿整个大院，已经是一个遥远的回忆了。除了祖先堂、牧师院，其余的院子，包括永声度过了两年时光的闺房院，全都关闭了，甚至后院、厨师院都已经堵死不再使用。牧师栖身的卧房之外，只开了客厅一间屋，同时兼作厨房、饭厅、盥洗间。进了大门后的第一个院子是当年的鸽院，任凭风吹雨打，鸽舍的一个个木笼的栅门，有的已经朝里倒下，仅靠着一个合页和自身的重量支撑，但这重量已经渐渐使它歪歪斜斜地陷入腐朽的门框之中。

锯木声、凿刀声、刨刀声、锤子声此起彼伏，打破了牧师公馆的寂静。永声对木匠的十八般武艺并不陌生，很快一座新的鸽舍出现在牧师的眼前：内有界成方格的窝眼，外有围成小屋的棚子。为了让白鸽更加鲜明夺目，一尘不染，古牧师让永声把鸽舍漆成紫色。一般鸽子初来乍到之时须经历两周旳"禁飞"阶段，才能认清新环境，熟悉棚窝。它们的翅膀——准确地说，是鸽的尾翎（美国鸽和中国鸽一样，有十三只尾翎）——必须被扎起来。以前一直是古牧师亲自动手，但现在他视力下降，只能把这件工作交给新的鸽仆。他要永声选用最细的针，还检查了棉纱线的结实程度。永声正要下针时，古牧师又用铁尺进行核实，确实是在离臀尖四公分的地方。铁针终于在八根尾翎之间平穿而过，然后打结系牢了，古牧师才露出了满意的笑容。

永声把扎好翅膀的鸽子，一只一只地放上屋顶后，古牧师就和他一道走得远远的，佯做漠不关心状。永声会藏在一个角落里，一边观察鸽子们的神态和动作，一边听古牧师如数家珍，将每只鸽的健康情况、体力的强弱，乃至性情习惯等等娓娓道来。永声很快就可以辨别它们之中的强者、领袖、卫士、打手，乃至边缘化的弱者。所以禁飞阶段一结束，鸽翅上的棉线拆除时，他已对这群鸽子了如指掌。每天清晨，他戴上白线手套，挥动竹竿，首先让领袖和它的几个卫士上天飞翔一阵，然后才让浩浩荡荡的大部队离开鸽舍，与先头部队会合，在空中展开闪烁，分裂为几十个轻盈的小粒。这时，才轮到最后几只尚未成年的幼鸽。它们一经放出便使出最大的力气，顷刻间扶摇直上，融入前面大部队的圈子。于是三批鸽子浩浩荡荡，兜的圈子越来越大、越飞越高，直至飞到远空，直到只能看见蓝空中几点飘忽闪动的银光、晶莹雪白的石膏……一个小时后，它们从天而降，向着牧师公馆飞来，向着牧师的鸽仆伸展开白色的翅膀，羽毛中透下缕缕阳光，一起徐徐降落在屋顶上。

这一年，古牧师六十三岁，深受一种可怕的疾病的折磨。这种病在中国极为罕见，却在西方肆虐猖獗（很多年之后，永声才知道这种病的学名：强直性脊柱炎）。他只有完全向前弯下身来，就像一个人深深地鞠了一躬，就再也直不起来了，然后费尽九牛二虎之力，才能向前挪动身子。头缩在肩胛里，直没到耳朵，脚向后戳着，手臂抬至和头一般的高度，身子埋得如此之低，远远看去，像一只大虾在爬行。

这个被判处终生站立的囚犯，只有站着时，身体没有什么痛苦。他告诉永声，他希望像外国舞蹈演员的练功房一样，在他的房间的墙壁上，安置金属把杆。由于此时莆田的工业几乎不存在，没有制造金属把杆的条件。但是木匠的儿子很快就在牧师公馆里，设置了木制的把杆：一根长长的木条，首先是安置在古牧师寝室的墙壁上，然后，木制把杆延伸至客厅，沿着客厅的四壁，走了一圈后，又发展到阳台、走道，在几个木桩的帮助下，穿过大院，进入到祖先堂。又从祖先堂的后门，贴着墙壁继续前行，直至布道或主持婚礼、丧仪的讲台。

开始时，古牧师抓着把杆，一寸又一寸向前挪动身体。从寝室至祖先堂不到五十米的距离，他需要整整三个小时。几个星期之后，古牧师的病加重了，已经不能再扶着把杆、坚韧不拔地迈出沉重的脚步了。

到了做礼拜的日子，永声直接去古牧师的房间。古牧师已经穿好衣服，坐在床上。墙壁、天花板、地板、家具，一切照旧。当年的那几把楠木的官帽椅（靠背都是用的宽厚的弯板，扶手与后立柱相交处钉嵌铜件），两张一腿三牙罗锅枨方桌（腿子不在方桌的四脚，而是稍稍缩进去一些，全莆田县仅永木匠一人会做），两个烛灯架放在被称为高束腰三弯腿的供桌上，一张仅有两扇的漆木屏风，文人用来搭晾字画的黄花梨巾架，甚至桌上的紫檀木拜匣……从外形到每一个细节，全都符合永声的记忆。只是它们的颜色全变了，好像它们全被泡在一个染缸——放有烟褐色染料——里面染过，或者是一度洪水浸进客厅，全部家具淹没其中，浸泡了数日后才又打捞出来晾干了。玛丽亚钟爱的大小不一的一整套白铁盒子，高居在牧师卧室的一个五斗橱上。她曾经用墨汁写在上面的中文，字迹已经十分斑驳，勉强可以认出"咖啡"或"茶""黄糖"或"方糖"等字样。她曾经在每个盒子上用丝线系上彩色的玻璃坠子，这些坠子当年曾在过堂风中发出轻微的互相碰撞声，钻石般闪闪发光。此刻，这些坠子也像是在染缸中长久泡过，暗淡了，昏黄黄的，光泽尽失，无动于衷地看着永声在它们的微微刺耳的音乐声中，移步、转身，向躺在床上的病人古牧师鞠躬，然后蹲下，让古牧师趴在他的背上，抓稳了。由于西方人与中国人的体形不同，古牧师病得皮包骨头之后，体重并不轻，永声必须将右腿跪下，然后借助支撑作用，慢慢地站起来，再迈出第一步、第二步……把古牧师一直背到祖先堂，最后将他放在布道坛前。布道坛周围也设有木把杆，古牧师站定后就可以开始讲道了。

　　不久，古牧师的中国女厨因父亲去世，请假奔丧三个月。在这期间，虽然牧师能给的报酬十分微薄，永声的妻子鹤铃还是接受了这个临时性的工作，住进了牧师公馆的厨师院（介于闺房院与后院之间的一个院子），每日买菜、洗菜、切菜、炒菜、做饭，掸掉家具上的积尘，擦洗地板，甚至穿上厨娘的旧围裙，站在厨房的大院里，清洗各种各样的铜锅（她最喜欢的笑话："中国人厨房用铁锅，美国牧师的厨房用铜锅，请问天堂的厨房用什么样的锅？"每次话未说完她自己就先咯咯地笑起来）。她清洗的时候，大大小小的铜锅在她手上发出金属的撞击声，打破了大院的寂静。她会去擦亮每一扇门上的黄铜把手，一共有一百零八个沉甸甸的黄铜把手，是当初古牧师买下这座大院后，专门写信在芝加哥的一家商店订购的；现在，七个院子的五十四扇门，铜把手大多数早已积满铜锈，有的甚至已经锈得无法拧动了。

　　她最喜欢的是用美国肥皂为牧师洗衣服。牧师和他的临时炊事员兼背夫的衣服，既不是在一个水槽里洗，用的清洗物也不一样。后者的衣服是用皂荚树结的果荚或是菩提树结的荚壳搓洗了，放在大石凳上用刷子刷；而美国牧师的衣服，是用美国肥皂清洗。美国肥皂摸上去有滑腻腻的感觉。她喜欢用手去压破衣服下面聚起的肥皂泡，很享受把衣服从盆子里拿起来，抖一抖，再放入清水时，看着蓝色的水泡在水中静悄悄地涨大、伸长，最后散开。

此外，她喜欢做的一件事，是到牧师院走一走。尤其是进入了初秋之后，牧师院的地上，铺了一层枯叶。"像地毯一样。"她说。永声发现，妻子入住牧师公馆后突然变了，与平时操持家务和果园的女人，几乎判若两人。她对丈夫说，院子里有的地方，叶铺得很厚，她的赤脚走在上面，什么声音也没有。不，是什么声音也听不见，却能感受到那最细微的声音，感觉到脚掌踩到了正在腐烂的、黏糊糊的落叶上。

牧师的客厅，没有点灯，只有卧室的灯还亮着，可以看见牧师的身影投在窗帘上，一动不动。尽管窗已关上，听不见写字的声音，但可以断定，他正站在桌前，拿着笔写他的布道文草稿。静极了。牧师院里听得见飒飒的风声、黑夜的嘈杂声、地板被老鼠啃咬的声音。鹤铃声称她甚至听见一种极其细微的窸窸窣窣的声音，那是一片树叶从树枝上无声无息地落在了铺满枯叶的地毯上。

永声怀着欣慰的心情，见证了酒鬼老爹的女儿的蜕变。他甚至开始考虑，是不是让妻子接受洗礼。这时，厨娘提前一个月回来了。鹤铃结束了她的临时职务，回江口去了。

一个傍晚，刮起了西南风，永声的鸽群一个劲地往南边飞，越来越远，似乎不想回家了，太阳已经落山，但一种闪烁的光亮，把终于在高空出现的鸽群包围起来。

突然，永声有一种感觉，今晚，鸽群有点异样。该不会是它们贪玩，遇上别家的鸽群，被人家拆散了，甚至在混战中吃亏了，被人家裹走了两只？

据古牧师说，王老根朝天一瞥，只消一秒钟，就可以报出有多少只鸽。只要鸽群不超过四十只，他报出来的数都不会错，古牧师自己也可以数到二十只，而永声才开始练，只能一只只地数。

包围鸽群的亮光逐渐减弱时，他已经反复数了几遍，多了一只。

陌生者不难识出。它身黑如漆，在号为"踩云盘"的毛脚白鸽的大队伍中，十分鲜明夺目，当队伍排成一条白色的长龙时，它正好飞在靠前的位置，简直可以说是"画龙点睛"。

此时光线变幻莫测。外来者的羽色黑而微微有点泛红，让永声想到了某一个锈迹斑斑的铁器，难道这就是鸽友常常为之垂涎三尺的"铁牛"？那可是只有耳闻、已经好久没人见过的极品啊！永声的心颤了一下。最后的光辉在西边的天空消失了，龙头突然蜷缩了一下，永声定睛看去时，那只黑鸽不见了，正在降临的黑夜把它吞噬了。

这一夜，永声在梦中重见了这只黑鸽，它还在飞，在夜空中画了一个优美的"8"字时，周围的天穹缓慢地旋转起来，天鹅星座、仙后星座、御夫星座等等——幼时玛丽亚教他认识的星座们——像闪闪发光的微尘，从高空落下来。

第二天，永声便开始四处打听，谁家有这样的黑鸽。很快他就知道，莆田城里的一个著名黑道人物何老四刚买了一对名鸽，但不是"铁牛"，而是更加罕见、堪称神品的"劈破玉"，自头至尾，生有一条细白色羽，将漆黑的鸽身，分为两半。

天哪！世上真有如此花色的鸽子吗？永声决心把它收入自

己的鸽群。于是，他选出了十只白鸽中的精英进行战术训练。终于何老四家的鸽群在一个清晨远征涵江，永声再次看见那只黑鸽时，心又一次颤动。何家的鸽群越飞越低，连那一道将黑鸽隔为两半的白线也清晰可见。永声扬起竹竿，他的十只精英立刻升天，直奔何家的鸽群而去。后者的队形顿时大乱。经过训练的白鸽果然厉害，趁对方乱了阵脚，也不恋战，直接转头往回飞。这就是鸽家们常用的战术"兜着就走"，果真兜走了何家三四只鸽子。

可惜没有"劈破玉"。几只被裹来的俘虏，全是无名鼠辈，永声不屑一顾，当场释放，用竹竿把它们赶走。

皇天不负有心人。过了几天后，"劈破玉"再次出现了，和第一次出现时不一样，这次它们是一对，飞在美国白鸽的大队伍中，像两颗明亮的黑珠，晶莹剔透。说时迟、那时快，永声将他早已准备好、一直关在笼里的一只母鸽——那可是牧师公馆的王后啊！多少雄鸽为它打得头破血流——抛上屋顶，正在高空中盘旋的鸽群顿时乱了队形。

还用说吗，何老四那一对号称神品的黑鸽就这样被裹到了牧师公馆的屋顶上，成了阶下囚。永声走进鸽舍，拿出最好的玉米为他的十只精英喂食，又为每一只精英佩戴上他做的鸽哨，以示奖励。但他还需要解决一个难题，怎么把这一对"劈破玉"藏起来，不让古牧师看见。全莆田的养鸽人之中，只有一个人，从来不裹别人家的鸽子，即使外来鸽降在他的屋顶上，也一律轰走，那就是古牧师。

这一年的中秋节，永声放假回家。他天刚亮就起床了，前一日挑担子的一个理发匠从门前路过，给他剪了发。他换了一身干净的衣服——不是平常毛蓝布那类的深色的衣服，而是葱白布的，样式也合身，显得他人十分灵活，还穿上新的黑布鞋和白色的干净袜子。

天空是干干净净的蓝色，不少的树已经落叶，田里的稻谷也收割了，莆田平原显得空洞、平坦。

离家不远处，有一条小河，上面架有一座小石桥。一个挑着油桶的小贩，边走边敲他手中的竹梆子，走到桥上歇脚。他的围腰和两只衣袖，都油得发光。

他大声地喊叫："小永，怕不怕我的油桶把你的干净衣服打脏哟？"

永声走过时给了他两个铜圆："今天中秋节，大家高兴。"

突然小贩手指着山坡上草堂前的白木香树大喊道："小永，你马上就要当爹了！看啊！是什么东西在迎风飘扬呀！"

白木香树已是一人伸开双臂才能合抱的大树，左边的一桠树枝上飘着一片血红色的羽毛。不，它不是一片羽毛。永声立刻快步向山坡上跑去，一直跑到树下。树兴奋地战栗着，发出低微的簌簌声，有两只小鸟在树上叽叽喳喳地叫着，然后忽然不见了，只能听见它们的翅膀的扑打声。接着它们出现在另一细枝上，在树枝的末端，系有一件东西，曾引起小贩的兴奋喊叫，也引起了小鸟的关注。

那是一根平凡的红绸条——永家望眼欲穿，等待了八年的红绸条。它是按照莆田的老风俗，挂出信号，向全世界宣告：媳妇怀孕了。

天，云，小树，映在静静的水中。水像玻璃。盆是木头做的，盆沿很厚，一对"劈破玉"出现在盆沿上，互相对视，各自拉开一翅，似乎向对方展示扎在翅膀上的棉线。两个俘虏隔着水小声说话，它们的声音在光滑的水面上迅速滑动。水的下面是尺寸不同的木块，有一种朴素的美，木块之间浸有桐油，但看不见将木块扎在一起的铁丝。雄鸽朝着水探探身子。水是银色的，像一盒水银。雌鸽似乎更勇敢，索性用嘴去够水。它比雄鸽矮小，和所有的名鸽一样，短嘴。所以它够了好几下才够着水。它像女人似的一甩头，把够着的水甩在雄鸽的翎羽上。

永声在旁边的小树下，放了一个小木凳，坐在那儿观察。这对"劈破玉"脾气倔、个性强，当俘虏已经好几天了，还一直绝食，也不愿和毛脚白鸽同窝。一连好几小时，用嘴去啄翅膀上的棉线，直到啄出了鲜血，落下片片细毛。

但是，永声知道，鸽子——无论高低贵贱，中国的还是外国的——都喜欢洗澡。哪一只鸽子能抵御摆在院子正中的一盆清水的诱惑呢？阳光下洗个澡，多舒服，神经松弛了、斗志丧失了，只要一下水，就是被驯服的第一步。

雌鸽像一个爱干净、喜欢沐浴的女人，突然直端端地跃入水中。它是用胸脯触水的，并没有马上打开翅膀，水现在慢慢地爬上它的身体，弥漫开来，羽毛的颜色变得越来越深。水升起得相当快，直到它在水中只露出一个头来。雄鸽好像是怕它在水中窒息，于是就像一个救美的英雄，勇敢地跃入盆里，用翅膀扑打着水面。

突然，从身后传来了咳嗽声。永声的心一沉，糟了！古牧师站在后门。

准确地说，古牧师正弓着腰，双手紧抓住木扶杆。扶杆从他的院子通到祖师堂，又穿过祖师堂的院子，直到鸽院的后门。

几个星期以来，他从来没有出现在这个院子里，这是第一次。

永声赶快站起来，想用他的身体遮挡住"劈破玉"，但是已经来不及了。

古牧师目不转睛地盯着这对从未见过的黑鸽。

"劈破玉"在水中已经忘记了俘虏的身份，玩得高兴起来，它们散开尾翎，欢悦地抖动身子，相互扑腾，一时间水花四溅。黑色的羽毛湿透以后，那道从头到尾、穿过全身的白羽，在阳光的照耀下，像油漆一样的闪闪发亮。

深知自己违反了古牧师定下的规矩，永声觉得无地自容，埋着头等待主人大发雷霆。

第一个出水的是雌鸽。它跳到木盆外面，猛一抖擞，几百颗晶莹的小水珠便洒落在地上，濡湿了一片干土。它好像一个女明星，享受着观众死死盯住的眼光，一步一抖擞、一回头、一流盼，慢慢地走到一坪浅草，像贵妇人一样卧下，拉开左翅梳理。然后，似乎生怕人们没有注意到它的特点，又故意将背上的小毛蓬松了，用嘴去梳理那根美丽的白羽。

一件不可思议的事情发生了，古牧师在突如其来地出现在门口之后，又不声不响地扶着木扶杆，慢慢远去。

永声松了一口气，古牧师没有看见这一对"劈破玉"吗？难道他站在那儿，脑子里还在思考和准备星期天的布道，连黑白也分不清了吗？也许这座牧师公馆像一只破船，满载着他的布道文，在《圣经》的汪洋大海中漂流着，在这座大船里，所有的形状和颜色对他来说，已经消失殆尽，只有偶然的、短暂的幻象从中突然闪现。也许是他的健康状况更糟了，昨天还能胜任的大脑，今天就已经不行了，一夜之间轰然坍塌了，再也分不清谁是他的鸽仆、女厨、墙上飞奔的蜥蜴、角落里的蟑螂，或是半夜里像一支浩浩荡荡的军队在大院里横冲直撞的老鼠们？

在以后几周的训练中，"劈破玉"显示出很高的飞翔天赋。但是，正当它们已经被纳入每天最早起飞的先锋部队，永声准备让它们在鸽群中发挥一定的骨干作用时，何老四的手下人把它们抢走了。

由于妻子怀孕，永声常常天未黑就步行回江口去了，第二天大清早又赶回涵江。所以出事的那个晚上，是古牧师的中国女厨取代了他，在接待室的小屋里睡觉，看守着牧师院的大门。

"外边有光，"女厨后来向永声讲述说，"大约半夜两点吧，光透过半壁的缝隙，斜斜地、一长片一长片地照进来。我找了一条窄缝往外瞅，进来了六七个人。他们是从高墙上攀爬过来的。有人管领头的叫'何老五'，一定是何老四的弟弟，也说不定是个堂弟，大排行老五。我只听见那些人喊他，听见他的说话声，但开始时看不见他。他们哪儿也没去，连祖师堂也没去，就在第一个院子，就在你的鸽房里，打着手电筒，找到了一对黑鸽子。他们是冲着它们来的，还准备了一个鸽挎

（长方形的鸽笼子）。他们用手电筒照黑鸽子，看它们身上的白线，然后把它们关进鸽挎里。我看见谁是何老五了，他走路时脚是跛的，戴了一顶鸭舌帽，还是皮的，灰衣服，手上拿着一把刀，亮晃晃的，是一把匕首。我看见有两个穿黑衣服、戴毡帽的人拉何老五，何老五气汹汹的，拉不住，'哪个拉老子，老子就杀哪个！'他一边说还一边举起他的匕首，吓得拉他的人赶快躲在别人的身后。'老子只要还有一口气，就要把外国白鸽子杀得干干净净。'他凶神恶煞般拿着匕首，钻进鸽房子。我又看不见他了，我听见他打开一个个鸽笼栅门的声音，听得见鸽子扑打翅膀的声音。先是他去抓它们的时候，鸽子在笼子里拍打翅膀，然后是鸽子被宰了头，扔在地上翅膀还在扇动的声音，一只接一只、一个鸽笼接一个鸽笼地杀。杀到最后，他不再用匕首，干脆用手拧断鸽子的颈脖，我听得到骨头碎裂的声音和鸽子扇翅膀的垂死挣扎的声音，混成一片。"

鸽舍的墙上溅满了血，每一个鸽笼的前前后后都是血。鸽血在地上蜿蜒成河，稍不小心，走在屋子里的低洼处，血会没过脚踝。血泊在晃动，透过木窗照进来的光线在血泊中微微闪烁着。每走一步，永声的脚下，土地在颤抖，在旋转。被宰下头时，鸽子的血流得很凶，一定是向外喷射，血柱从它们的脖子往外流，分了叉，染红了雪白的羽毛。满身是血，自己的血，同伴的血。落在血泊中的鸽头，有的眼睛闭上了，有的眼睛还睁着，睁得很大，瞳孔也放大了，眼睛还盯着另一只宰下的鸽头。永声发现，睁着眼睛死去的鸽子是最可怜的，它们不是挨了一刀就死去了，或是脖子被拧断了，它们中了一刀后，往往还中了第二刀。无法知道两刀之间相隔多长时间，几秒？几十秒？一分钟？永声怕死，他更怕的是挨了一刀后等待第二刀的那一段时间。

何老五一定是站在血泊中完成的大屠杀。从鸽舍到大门，有一个跛子的脚印，已经微微发黑了的血迹，一浅一深。

永声怀着一线微弱的希望，把鸽子的尸体数了两遍，没错，四十六只毛脚白鸽，无一幸免，他在后院挖了一个大坑，埋葬了它们。他一边清扫，一边想："都是我惹的祸，如果没有裹进'劈破玉'，也就没有这场悲剧了。"他一会儿想逃跑，跑得远远的，永远不回莆田了，一会儿又想到莆田城里，用一根铁棍，打断何老五的另一条腿。

傍晚，还在滴血的鸽笼，被堆在院子里，冒起了青灰色的烟，烟慢慢地向上散开，向远处飘去，与涵江镇房屋上白色的炊烟混在一起。

直到天黑了，永声才走进古牧师的卧房。房间里还没有点灯。

"你在哪里？"永声问道。

"床上，"牧师说，"刚才很痛，现在好一点儿了。"

永声把油灯点亮了，古牧师穿着衣服，倚靠着叠好的被盖，手里还握着一根拐杖。女厨为牧师准备的每日一餐的饭和菜，还放在床旁的一张小桌上，没有动过。女厨说过，她不敢把噩耗告诉牧师。

"我想辞职，"永声迟疑了一阵说道，"你的鸽子全走了，不需要鸽仆了。"

"上哪儿去了？"古牧师诧异地问。

永声不敢看古牧师，他知道每一个字，都是一粒子弹，射入牧师已经病入膏肓的身体。

他开始讲述事情的来龙去脉。古牧师很久都说不出话来，他的两只骨节粗大的手死死地抓住拐杖。拐杖帮他保持身体的平衡，没有滚下床去。

永声一会儿想把牧师抱在怀里，一会儿又想是不是应该告辞了。

桌上放着一本《圣经》。永声突然记起古牧师布道时曾经讲过的一段《约伯记》，就翻开书把它找了出来。

油灯把永声站着的身影投射在墙上。因为他的一生中，这是第一次拿着书，向人读《圣经》，而且是用他不太熟悉的国语念，所以，一开始就念得结结巴巴，语调直白，没有任何感情。他的声音完全找不到抑扬顿挫的音调。

耶和华问撒旦说："你曾用心察看我的仆人约伯没有？地上再没有人像他完全正直，敬畏神，远离恶事。"撒旦回答说："人以皮代皮，情愿舍去一切所有的保全性命。你且伸手伤他的骨头和他的肉，他必当面弃掉你。"……于是撒旦从耶和华面前退去。

突然，从床上传来了牧师的声音。声音很轻，像是自言自语，永声读一句，他背诵一句。永声读的是中文，他念的是英语。

有一天，约伯的儿女正在他们长兄的家里，吃饭喝酒，有报信的来见约伯说："牛正耕地，驴在旁边吃草，示巴人忽然闯来，把牲畜掳去，并用刀杀了仆人；唯有我一人逃脱，来报信给你。"他还说话的时候，又有人来说："神从天上降下火来，将群羊和仆人都烧灭了，唯有我一人逃脱，来报信给你。"他还说话的时候，又有人来说："迦勒底人分作三队，忽然闯来，把骆驼掳去……"又有人来说："你的儿女正在他们长兄的家里吃饭喝酒，不料有狂风从旷野刮来，击打房屋的四角，房屋倒塌在少年人身上，他们就都死了。"

古牧师没有用英语的升降调，而是和永声一样，直白地、朴素地念，双手虔诚地放在腿上，就像在用一种古老的语言祷告，而不是在念诵经书。在他的启发下，永声改用莆田话念，他的纯正的语音和语调使他变得平静和自信了。

约伯便起来，撕裂外袍，剃了头，伏在地上下拜，说："我赤身出于母胎，也必赤身归回。赏赐的是耶和华，收取的也是耶和华；耶和华的名是应当称颂的。"

约伯的这几句话——或者说他们祈祷般的声音——穿越了时间和空间，袅袅不散。

"谢谢你为我精选了这一段，"古牧师说道，"其实，刚才和你一起念的时候，我一边在心里为那些死去的鸽子的灵魂祈祷，一边在想——"

"请说。"

"我在想，你来到这个世界，不是为了做做鸽哨而已，你是一块做牧师的料。"

这句令永声惊讶的话，在寂静中回响。

"做牧师的都是你们外国人。"

"你愿意吗？"古牧师柔声说，"我可以送你去神学院学习。"

永声用犀利的目光看着他。

"为什么我可以做牧师呢？"

"你是一个木匠的儿子。"古牧师把温暖的手放在永声的头上说，"无巧不成书，莆田的第一个牧师将是木匠的儿子。"

毛脚白鸽全部遇难二十几个小时之后，天蒙蒙亮时分，涵江镇的街头，出现了一只受伤的黑鸽。顺着它的背脊，有一条细长如线、泾渭分明的白羽。"劈破玉"。它要回牧师公馆去，用脚走着，一只翅膀上有一团羽毛被血沾湿，呈现深红色的一片。它穿过一个街口。在它的四周，房屋升向高处，一家旅店金灿灿的招牌在晨曦中闪闪发亮。旁边一间小饭馆已经开门了，正在生火煮饭，上货下货。没有人注意到这只鸽子，更没人会问它的翅膀是怎么受伤的。

很久之后，人们才听说了一对"劈破玉"的故事：它们回到莆田城里的何家之后，曾在涵江牧师公馆大开杀戒的何老五，叫仆人拿来针线，打开鸽挎，取出雌鸽，一手抓住，另一手拿着针，用粗线穿过鸽子的十三根尾翎。他正要打结时，雄鸽从鸽捁忘记关好的门里飞了出来，直扑向何老五，他来不及退避，眼睛被雄鸽啄伤。那一瞬间两只鸽子直飞屋顶。雄鸽首先看见一支猎枪的黑色光泽在闪耀，何老五眯着眼睛瞄准，轰然一声巨响，雄鸽从屋顶滚了下去，然后，又是震耳欲聋的响声，雌鸽看见从自己的翅膀下，流出一种像深红色的酱一般的东西。

这只孑然一身的"劈破玉"，曾经一度成为莆田人关注和讨论的话题：只有一只翅膀，它怎么还能穿过一个十公里的平原，涉过宽阔的木兰溪？况且那天还涨潮，整个河床被从大海倒流的海水淹没了。

它是从莆田一直用脚走到涵江吗？无人可以解答，但却有证人目睹这只受伤的鸽子，走上涵江镇口的斜坡。

"劈破玉"翻过斜坡，在由众多的小街窄巷组成的迷宫中慢慢前行，忽而往左，忽而往右，但始终没有失去方向感。它曾一度走进了菜市场。涵江人素来都是天未亮就上街买菜，所以，此时的菜市场里，闹闹哄哄的，人声鼎沸；拎着菜篮子的主妇和迈着小脚的老婆婆，蜂拥而来，谁也不会在昏暗的光线中注意到一只小鸽子，谁的脚都可能踩在它受伤的翅膀上……

它准确地到达了目的地：牧师公馆。

大门敞开了一道缝隙，一定是女厨出去买菜，忘记关门了。

院子里的大火已经熄灭了，但是火灰还有余温，空气中弥漫着被焚毁的鸽笼的气味，铺在院子中的石板呈灰色，微微带点浅紫色。

也许是带着伤长途跋涉之后，"劈破玉"口干了，四处找水喝。也许是鸽院里还弥漫着恐怖气味，令它窒息。黑鸽穿过这个院子，来到牧师公馆的第二个院：祖先堂。

它走进了祖先堂，里面还很暗。在牧师讲经大堂的深处，有一团光，它走过去，那里有一个壁龛，它看见主人——永声——跪在里面。

准确地说，永声是伸开双臂，趴在地上。

几个小时前，走出古牧师的卧室，永声需要做出人生的重大选择。去不去神学院读书，当不当牧师？他自己也没弄清楚，就在一种莫名的冲动下，沿着微弱的光线，摸索着走进祖先堂，一直来到一堵封死的木墙前面。当他用肩膀把木墙顶开，走进了当年仅属于玛丽亚的壁龛的那一瞬间，他从二十岁回到了五岁的童年。当鸽子走入时，趴在地上祈祷很久的永声，拿油灯来照鸽子。他用手保护油灯，灯光从他的指缝中泻出。

油灯的位置很低，照出了桌上的一个黄色木雕。受难者的面部是从下面照亮的，所以，从鸽的角度看，他头部的黑影是倒着出现在它的上方。永声换了一下手，立刻，光线从高处照来，受难者的鼻梁、额头、嘴唇顿时离开了阴影，熠熠发光。

鸽子走到木雕的侧面，尽管此时受难者处在逆光之中，隐没在阴影中的背部的肌肉依然隐约可见。

"谢谢你给我送来一个信号，"永声对木雕说，"一只折断翅膀的鸽子。"

话音未落，全部的烛光一下子就集中在——不，是被吸进了——穿透受难者脚跟的圆锥体钉子上。钉子有几个刻面，每个刻面上是用雕刻刀通过无数纤细的线交错表现出来的，有如这颗钉包了一层有纱眼的网。

"神啊，"永声喃喃地说道，"我愿意终身侍候你，当一个中国牧师。"

7
神　学　院

阳光从车厢的小窗，也透过四壁木板间的缝隙，落在永声手中的一个盐蛋上。

小时候曾经听过一个传说：宇宙是一个蛋，蛋清是包围着我们的大气，而蛋黄就是地球。永声拿出一根早已穿了线的铁针。铁针长约三公分，针尖无声地刺进盐蛋，穿透蛋壳，继续往深处插进去。永声甚至可以感觉到针尖触及油沁沁的蛋黄了。铁针穿过地球的核心，首先是针尖，接着是针孔拖曳着一条细线，一公分、一公分地从盐蛋的另一端出来了。

完成了宇宙大穿越的细线上，沾着一些细微的粒状物（准确地说，盐蛋的蛋黄在细线上形成了一些黄灿灿的疤痕）。永声伸出舌头，舌尖接触到细线上粒状物时静止不动了，让盐的味觉，带着微乎其微的蛋味，传遍口腔，又通过血管，传至全身的各个部位。

永声从包里拿出一个只剩下一半的冷馒头，咬了一口。他听见牙齿咀嚼硬石的声音，能感觉到舌头上和贴在上腭的一堆细屑。他不得不再次用铁针，小心翼翼地穿过那个早已留下无数针孔的盐蛋，让细线上的缕缕盐痕，帮助他把这个冰冷的石头吞咽到胃里去。他想："将来，我的孩子会听到一个动人的故事。父亲的一个盐蛋，吃了一个月，穿越了半个中国，就是为了到南京去读神学院。"

火车头哀怨的鸣叫声，车轮笨重的隆隆声，车厢晃动时发出的咣咣唧唧的声音……它不是一个客车车厢，而是一个朦胧的、油腻腻的、布满灰尘的货车车厢，晃动起来就像一堆喝醉了酒似的钢铁——大量的螺钉、螺母、铆钉，露在外面晃动着。金属的梁架晃动着。而那些席地而睡的人们——其实，已经分不清男人女人，勉强可以分辨的是他们模糊不清的轮廓——他们身边的行李，背篓中蠕动的、被绑了腿脚和翅膀的鸡鸭，也在钢铁粗野的节奏中晃动不已。

由于已过十一月，太阳很晚才升起。一个个地名，用油漆写在白色的木板上，闪闪发光。火车沿着一条刚建成不久的铁道线向北走，鹰潭、金华……以及更远的地方。看得见被焚烧的庙宇，废弃的铁丝网，野草长得很高的荒地，突然，原野里水渠密布，像灰色的折痕，纵横交叉，蜘蛛网一般的覆盖在初冬的水田上。随着食物的消化，血液重新开始在永声的血管里正常地流动，他慢慢地念着那些带着唐诗音韵的地名：嘉定、杭州、苏州、镇江、无锡、常州……这些地名，现在对永声来说，还不是有电车、小汽车、商店、电影院的城市。它们只不过是一些名字，一些笔画的组合体，没有其他意义，除非是通向某一个地方时必经之处的地名。

它们通往南京的金陵神学院。

车开了很久。晚上，寒风从小窗和缝隙间灌入车厢，四周冷冰冰的。永声的左边，坐着一个算命师：他的眉毛很浓，但头发已经脱落，两旁各有一绺，中央是另一绺。算命师是中途一个小站上车的，上车后就摆起小摊，给人算命。不贵，几毛钱算一次。他身上穿了一件过于阔大的毛呢军大衣，可能是和美国兵换的，古牧师也有一件这样的大衣。算命师的那件呢大衣带有一个尖形的风帽。他冷得透不过气时，尤其是在天亮之前，就把身子蜷缩进大衣里，脸隐没在帽舌下，看不见他的眼神。他坐在永声的旁边，像一座小小的尖形碉堡。

"快到南京了，我来给你算算命。"

"我没钱。"永声微笑着说。

"就给你来一次免费的吧。"

算命师拿出一个骰子。骰子只有妇女做针线时的顶针那么大，很像人们玩麻将时定先后次序用的骰子。每一面既不是圆点，也不是数字，而是几条黑色粗线条。有的连成一线，有的在中间断开。

"一个孔明扣，上面画的是八卦的符号。"算命师说。

他告诉永声，只消想一件事——一生中最希望实现的事，然后随意将孔明扣抛出，任其落地后自由滚动，它最后定在六面之中的任何一面，上面卦的符号将告诉我们此事能否成功。

永声神色肃穆，拿起他的包袱，把四周地板上的尘土驱走了，又用嘴吹了吹，直至方圆几尺的地面都干净得无可挑剔，仿佛一粒微小的尘埃都会影响或改变神的回答。

他毕恭毕敬地接过骰子，合上手掌，凝神屏息，让自己的全部心思，乃至整个人，都集中在一个小生命——远在千里之外的妻子的腹中胎儿身上。他的嘴唇微微哆嗦着："神啊，告诉我。我的孩子会顺利出生吗？"

骰子沾上了他的汗水，在他的手掌中翻一个滚，又一个……

他猛烈地摇动骰子，当他正要撒手，骰子即将落地的一瞬间，他停住了。

永声将骰子还给算命师时，他柔和的脸上出现了一种近乎童稚的腼腆。

"对不起，我再过一年就要当牧师了，基督徒只能信一个上帝。"

一个九平方米的寝室，有四张上下铺的单人床，住了八个学生。永声住的学生宿舍并不在金陵神学院的校区，而是在南京市的洪武路上。原来是一个制作酱油的作坊，有一个很大的后院。院子里零零落落地放着十余个大陶缸，有的早已打破，有的还完好无损。数年前的酱已经在缸底积了厚厚一层黑色的、龟裂的干酪般的东西，在北风中散发着刺鼻的酱盐铺的气味。这个院子前面的一排平房，被神学院买下做学生宿舍。

来自福建的学生，且不用说是莆田了，不管哪一个学科，谁不是以刻苦勤奋为人称道？永声在自己的床边贴了一段《圣经》上的话：

懒惰人哪，你去察看蚂蚁的动作，就可得智慧。

蚂蚁没有元帅，没有官长，没有君王，尚且在夏天预备食物，在收割时聚敛粮食。懒惰人哪，你要睡到几时呢？你何时睡醒呢？再睡片刻，打盹片时，抱着手躺卧片时，你的贫穷就必如强盗速来，你的缺乏仿佛拿兵器的人来到。[①]

南城图书馆——与金陵大学号称藏书四万册的图书馆相比，这边只能称是神学院和哲学系师生公用的一个阅览处——有一个圆形的院子，二层楼，大的藏书室二十余间。里面是一排排的木板架，但多是线装的中文书，包括一些珍贵的善本，也有不少日文书，或是英文、法文、德文的原版书，图册却寥寥无几。不过对永声来说，一本《达·芬奇笔记》足矣！他每天都会来这个图书馆，有时甚至一天来两次，有时是来看书，有时是来找萧明——图书馆的工作人员，后来可以说是改变了永声命运的一个人。他总忘不了从他热爱的那个书架上，取下达·芬奇的图册，像瞻仰圣迹一般，目光久久地停滞在那一幅《胎儿在子宫中的位置图》上。

一天上地理课，老师拿出了一张用透明纸描绘的地图。课后永声从老师手中要到了这张透明纸。他欣喜若狂，连夜冒着北风赶到图书馆，用削得很细的铅笔，花了几个小时，一丝不苟地将达·芬奇这幅素描摹绘在透明纸上。三角洲、河流、平原、高山、城市、国家的彩色图块上，逐渐显露出一个子宫的剖面图：一个被切开的球体。由于球体已经打开，所以，难以断定它是一个标准的圆球体，还是稍微带点椭圆形。与神学院

---

① 典出《圣经·旧约·箴言》第6章，第6-11节。

生物课老师所教授的"动物的两角子宫"不同，人类的子宫是一个单房的球体。永声用黑色的、铅芯质地柔软的铅笔，细细地摹绘这个球体，但没有画上阴影。让人想起老师在讲工业基础知识时展示的机械设计图，和工程师们制作图纸时使用的方法，如出一辙。球体的轮廓线循着一条完美的曲线延伸，接着弯曲成圆形。他借来了更为粗重的炭笔，摹绘球体的剖面，尽量保持达·芬奇的笔触和黑色的炭粉抹过的痕迹，呈现出子宫内壁凹凸不平的肌肉组织厚实温暖的质感。

接着，他不再用勾勒线条的笔法，而是用明暗法，细致地摹绘出了三个不同层次的胎膜。它们像三个臃肿、略显下垂的皮囊，包裹着胎儿。首先画的是第一层膜，amnion，中文称之为"羊膜"。膜的层层叠叠的每一个皱褶，蜿蜿蜒蜒的每一个曲折、每一个小小的凹形，都摹绘得惟妙惟肖。然而，永声特别用心的，显然是他称之为secundina（胞衣）的膜。这层膜与子宫内膜相连，那是用削得极细的一种硬质铅笔，用淡淡的银灰色，呈现出这一层膜上突出的一片又一片叶状的组织：每片叶上都有一层柔软的绒毛——如此纤细的绒毛，其重量不足以让任何一张叶片发生弯垂，它像毛茸茸的雏菊的花瓣，竖立着、吸吮着子宫的内膜所包含的奶一般的分泌物。子宫中的胎儿，被达·芬奇画得很像一座雕塑，更准确地说，像永声在世界历史教科书上所见过的古希腊浮雕，被切成片以后，嵌入这张铅笔素描的子宫中。永声模仿达·芬奇，再次改变了笔法：用部分明暗法，把胎儿的肌肉，画上了使之逼真的阴影，连身体的某些部分的血管，也纤毫毕现。然而，胎儿的下方没有阴影，或者说，他的下方没有画阴影的空间了。胎儿占据了整个子宫。

胎儿是以侧面呈现的坐姿。他的身体蜷曲成一团，无法看清他的面部。他的脸朝下，深深地埋于双膝之间，完全沉浸在创世前混沌的梦境中。于是，画面中最引人注目的部分，无疑是胎儿光秃秃的后脑勺，太大了，大得出乎意料，可以说是占据了整个身体的三分之一。由于胎儿侧坐，我们看不见他的下身，难以断定性别。永声摹绘一条完美的曲线，呈现胎儿身体的轮廓线，一条条肋骨，皮肤下面清晰可见的骨骼，都处理得十分柔和，洋溢着生命的颤动。对他垂在膝上的一只前臂，也下了一番精细的功夫。在细腻的皮肤下，画出了血管分布的线路，像一张编织细密的网；或者说，像一株年幼的白木香树纤细的树根，盘在前臂，一直蜿蜒至手背上，连静脉和动脉都画了出来。这两种血管都是用一种削细的硬质铅笔，画出了它们的线路，又用厚重的炭笔——削得更细了——小心翼翼地画上了血液流动的效果。然后，从静脉和动脉，分别又产生出无数的细如毛发的小细管。它们不是保持一个直的方向，而是由两种大血管贯连成网状，血液借着这许许多多的血管迂回、曲折、流动，直至指尖：如果仔细看胎儿垂在膝上的右手，可以发现指尖的颜色稍微深一些，令人感觉到这个初生的小生命的指头上的红润。

　　永声在这幅摹描的胎儿图下，又抄了一段他在神学课中学过的马丁·路德的一段话：“谁使上帝产生要创造男人和女人的念头，而且使他们俩结合起来？瞧，这男人，上帝配给他一个女人，她胸前有两个乳房，两腿之间有一个小洞，在里面放进人类种子的一小滴，就会从中长出这么大的一个身体。这微不足道的一小滴将变成肉、血、骨头、神经、皮肤……"

抄写完之后，永声觉得意犹未尽。马丁·路德的话并未表达出他的内心感受。达·芬奇的胎儿图，以一种神秘莫测的方式，把永声同上帝的创造联系在一起。更准确地说，一个小生命，在妻子腹中的那个胎儿，以前是一团遥远的星云，而现在作为上帝的一个创造物，犹如永声心中升起的太阳一样，照耀着他。

他感到，由于这个孩子，他成了上帝的选民。他用水在透明纸上洗去了马丁·路德的话，心怀感激地抄写了《圣经》中开头的一段。

> 上帝在第一天创造了光，他"看光是好的"。第三天，上帝又创造了地、地球和海，上帝"看着是好的"，直至创造了他伟大的杰作：人。

永声停下笔，看着达·芬奇的画，心中已经完全相信，如此的一个小生命，只能是神的创造，人类的任何创造，都不能如此完美。

他继续抄写下一句话时，感觉到不是某一个人，而只有一个神——上帝自己——才能说出这样口气的话：

> 上帝看着一切所造的都甚好。

永声一边抄写，一边想："我有信仰了。"

从此之后，就像人们喜欢把儿女的照片放在钱包里，永声随身带的是这张画在地图上的达·芬奇素描的复印品。他甚至没有皮包——因为他从来没有几个钱，也就不需要一个皮包，于是，这张图就放在他衬衣左上方的小兜里。透过薄薄的棉布，他可以感觉到图中的胎儿在胸前微微地颤动。

久而久之，在这块折了四次的长方形的透明描图纸上，各种不同的汗渍——拉丁文课测验时的"毛毛汗"，《圣经》原文分析课考试时的"颗粒汗"，尤其是布道实习，第一次面对信徒们时的冷汗，"整个胸部，如一个解冻的池塘"——这些捉摸不定、流动的汗水的汗渍，在有些地方混合在一起，在另一处又截然分开了，泾渭分明，形成各种不同色调的污斑。

每一个月的第一天，金陵神学院给经济贫困的学生发放生活补贴。永声领取的是金额最高的一等，每月两个银圆。他将其中的一半用于伙食费，购置被盖等生活必需品，另一半则寄回给福建老家的妻子。

他第一次去邮局寄钱是二月。在南京已是严冬的尾声，然而北风刮在脸上时，会立刻领略到什么叫风如刀割。这可怕的风可以从衣领吹进去，让全身都处于僵冻的状态之中。虽然永声没吃晚饭就出发了，但天还是很快就黑了。在这样的夜晚，城里各种纵横交错的街道，对于一个初来乍到的外地学生，其复杂性可以说比白天增添了两倍。全南京城只有四个邮局：新街口、中华门、宁海路、小西门。幸好萧明为他画了一张颇为详尽的路线图。

洪武路是一条横街，民国以前叫卢妃巷。因明朝嘉靖皇帝的宠妃卢氏曾住在这里，所以又称美人巷。永声出了宿舍，沿着这条路向南行，不一会儿，就有一条小河出现在他的眼前。

河上有一座石拱桥，桥上有树。根据路线图上萧明的注解，此河即南唐时的北护龙河。永声走到河边，发现桥下竟没有流水，只有一潭黑色的淤泥。而石桥自身，也如此深陷于土里，拱桥的下半部已被泥土淹没。从洪武路的街上，可以直接走到桥的拱背上。

过了河往南走就是南唐故宫的遗址了，几间卑陋的屋檐下，黯淡的油灯照着打铁、装卸、锯木的手艺工人。乱蓬蓬的头发，在呼吸中起伏的肋骨，油坊里有头小毛驴正在拉磨……手工作坊消失了，出现了菜园。由于前几天下雨，菜园的沟渠里的水和各种各样的菜叶，乃至浮萍，一直漫延到路上，形成大大小小的水潭。不过，这些水潭并不能破坏永声的好心情。他像一个放学回家的小学生，在水潭之间蹦蹦跳跳地往前跑。

到了朱雀路后，菜园就为无数的、窄得几乎容不下人力车的小巷所代替了。永声走进了其中的一条。他顺着曲曲折折的小巷狂奔了一阵，直到跑得喘不过气了、停下来查看路线图时，才发现他正走在著名的乌衣巷。然而，他没有见到传说中殷富人家的深深紧闭的朱红色大门，除了偶尔出现一个小小的院落，这里多是贫苦人家。小巷铺着石头，仅能走一个人。偶尔听见对面传来黄包车的铃声，永声赶快闪在一边，身子贴着墙壁，让车夫通过。

终于，出现了一条热闹的小街：三元街。接着，永声看见了夫子庙：一座黑黝黝的亭子，矗立在一片熙熙攘攘的人流之中。不过，他没有走近，所以只能远远地看一眼。孔夫子的神龛前香火星星点点，烟雾缭绕。黄包车来来往往，车子的底座都装着响铃，此时叮叮当当响成一片。小吃店的蒸笼里升起了水蒸气，咸水鸭高高地挂在案头上，散发着诱人的香气；叫卖小笼包子或咸煮鸡蛋的声音，在他的耳边起伏，化为一种特别亲切的气息。

他从来没有机会走进这样的街区。尽管兜里仅有一个银圆，但还是足够他小小地玩一玩，满足一下好奇心。不，他不仅没有停下，反而加快了脚步。第一次给家里寄钱的激动心情，可以说给了他一对翅膀，他几乎一直在奔跑，而不是在行走。即使偶尔放慢了脚步，也是为了看清拐弯处写着街名的牌子。他觉得天上有一个看不见的风筝，用一条看不见的线拉着他穿过贡院西街，又一口气跑到闹市中心的珠江路口。他知道这个风筝比秦淮河还长，比夫子庙更美，比南京城更大；是妻子腹中的那个小生命。

邮局是在新街口的一条又长又直的大街上。它的两旁都是商铺，这些铺子关得很晚，此时灯火通明。邮局对面，有一个外国人的大商店。相比起来，邮局的外表就寒碜多了，寒碜得你从门前走过，都不会注意到这是一个邮局。永声推开门走了进去，顿时就喜欢上了这个地方：一个职员正站在一个高高的梯子上换灯泡，房子里点了一个火炉，光线暗暗的，却令人有一种回家的温暖感。

房子里弥漫着一股糨糊的气味，桌子上也有已经干了、凝成了壳的一层糨糊（顾客们总是用一个刷子，反反复复地在信封的封口和邮票的背面刷上糨糊）。门的左边，有一个玻璃柜台，尽管上了锁，但几步开外，永声还是闻到了——他一走进邮局就已经闻到了——来自遥远国度的芳香，柜台里面陈列着各个国家的邮票。天哪！有许多国家，甚至大多数邮票的出品国，他连名字也还没有听说过呢。墙壁上映照出两个邮局工作人员的脑袋的巨大黑影。影子是由插在瓶子里的一支细细的蜡烛投射上去的（新换上的电灯泡拒绝工作，他们不得不点上了蜡烛）。一个黑影乒乒乓乓地往一厚沓信件上盖邮戳，另一个帮永声填写汇款单。

"桌子上有蘸水笔，你可以在附言栏上，写几句简短的话。"他对永声说道。

永声拿起笔来，正要写下"吃好点，为了将出生的孩子"，他突然笑了。他简直完全忘记了，妻子是一个不识字的文盲。于是，他用笔在留言栏上，端端正正地画了一个"十"，作为一个未来的牧师的签名。

和大多数神学院的中国学生一样，永声的第一次布道练习选择的主题是"登山宝训"，即《新约·马太福音》中第五至第七章。中国的第一代基督教神学家将此认为是耶稣思想的核心。

他的首次布道，将只讲"登山宝训"中的第一句："虚心的人啊，你有福了。"永声像莆田涵江的古牧师一样，为了准备布道词，不停地写稿，一直写到他的眼睛什么也不能辨认了，方才停下。他把写的稿纸交给了指导教师，一个来自德国的传教士亚当斯。

第二天，这个德国人来到教室，脖子上围了一条绿色的丝围巾，梳得纹丝不乱的灰白的头发，狭窄的额头，嘴唇微微翘起。他漫不经心地用两根指头夹住永声的布道词，在学生们的眼前晃动，好像手里拿着的是臭不可闻的狗屎。

“你可以在教室门前的大院里，去挖一个洞，把这些废话埋在里面。”德国人说道。

教室里一片静寂，永声感到无地自容。

德国人又说：“虚心的人有福了。圣经原文里有‘虚心’这个词吗？不懂希伯来语，可以查拉丁文版的嘛！你们不是在学拉丁文吗？”

这天晚上，永声突然在半夜里醒了过来。白天课堂上发生的一幕，历历在目。他流下了羞辱的眼泪。

第二天，永声重起炉灶。这次，他另选了《圣经》里的一段，作为布道的主题：

我若能说万人的方言，并天使的话语，却没有爱，我就成了鸣的锣、响的钹一般……①

他一遍又一遍地想象布道时的情景：有一张幕布将男女听众分开了，他会站在一个讲台上，用充满了对神的崇拜的声音，向他们宣讲他平时最爱的这段《圣经》，当他背诵到："如今常存的，有信，有望，有爱；这三样，其中最大的是爱。"他知道，就在他的嘴里发出最后的一个字"爱"时，他会转过头来，目光——鄙夷的目光——将投向坐在听众中的德国传教士，甚至会模仿他，微微翘起嘴唇：你这个连爱都不知道的家伙，懂什么是基督吗！

基督教小教堂由于做维修工程，暂时关闭。永声的首次布

---

① 典出《圣经·新约·哥多林前书》，第13章，第1节。

道改在神学院的礼堂进行。这个礼堂是法国的耶稣会神父建于17世纪，后来，清朝中期被太平军占用，大理石板和红色摩洛哥编玛瑙装饰的大厅，曾经成了洪秀全的会客厅。现在，这座教堂带有天主教色彩的部分建筑已不复存在，仅剩下礼堂的一个拱顶。当永声走上去时，光从拱顶照了进来，他觉得讲台呈现在一片昏暗的云雾之中。或者说，那道从顶上来的光束，还没到达讲台，在半道上就消失了。

他站在讲台前，这时，像一个登上舞台的话剧演员，在出场的一瞬间，把背得滚瓜烂熟的台词都忘掉了。更糟的是，这个失忆者想不起自己的角色了：为什么我在这里呢？

他看见那个德国传教士亚当斯坐在第一排。

永声努力回忆保罗的那一段话，但怎么也想不起来。《圣经》变成了一座陌生的古老城市，就像他每次去邮局寄钱必经的南京旧城；弯弯曲曲的街道，狭窄、幽暗，只能通过一个行人或一辆自行车。他在这个旧城迷失了，他听见黄包车的铃声打破了寂静，他赶快跑过去，车铃声已消失在一片雾中……《圣经》中的语言、短语、句子的安排，变成了符号，一个个消失在雾中。《圣经》中各种富有想象力的比喻，有一瞬间犹如一盏盏明灯照亮了这些狭窄小街的路口，突然一下子全熄灭了。

奇怪的是，在他脑子里一闪而过的，是《圣经》中关于战争，神的报复，毁坏人类住所的洪水、灾难、瘟疫、死亡、罪孽，以及各种为了展示上帝的神威，降临于人的各种惩罚。

永声抬起头来，看着高高在上的穹顶透下来的亮光，在灰尘的颗粒中闪闪发光，像一张网，从高处落下来。他定睛看去，拱顶中央，有一颗金色的星星。他想起了另外一颗星，几个东方博士看见的那颗星，"忽然在他们前头行，直行到小孩子的地方，就在上头停住了。"这时，他听见自己的声音说出了《圣经》中常常使他震动、可能也是最美的一句话：

那时，晨星一同歌唱，

神的众子也都欢呼。①

突然间，连他也不明白怎么一回事，无数的话语，一句接一句，几乎是拥挤着拥向他的舌尖。不过，他讲的不是保罗的书信，而是耶稣的诞生。

"那时，天还没亮，地平线是灰色的，地平线的前方也是灰色的。"

其实，说出这几句话时，他的眼前出现的是莆田江口的大海。天很冷，近处，波光粼粼，银白色。远处的海是灰色的。地平线看不真切，它已溶入灰色的海水中。

"一道朦胧的光线，映出三只骆驼的身影。"永声继续说，他已经分不清哪一句是来自老师读过的一本瑞士短篇小说，哪一句是自己的即兴创作，"坐在骆驼上的，是三个东方的博士，他们特地来拜即将出生的犹太人之王。他们不断抬起头来，注视着天上一颗小小的绿色的星星。你们以为是一颗一动也不动的星星吗？不，这颗星星在天空中进行着它的漫游。

"他们跟着这颗星星。此时，也有另外一个人，在一个

---

① 典出《圣经·旧约·约伯记》第38章，第7节。

马厩里，注意到了这颗星。马厩破破烂烂，墙已垮了一半，窗——一个长方形的窗——还在。玛丽亚看见这颗星星来到窗户的上沿，虽然小，但它的光却照射到马厩里，放射到玛丽亚的周围。"

口中说着马厩，永声想到的是他家草堂的一扇窗户，也是长方形的。妻子正在等待生产。出现在她窗上的，是什么呢？不会是一颗星，那是几千年才出现一次的。来到她的窗的顶点的，会是天空上一条鱼形的、长长的云吧。颜色很深，近乎黑色，一动也不动，飘浮在草堂幽暗的山丘上。

永声向听众们讲道："天快亮了，天空变成了一种淡紫色。一条长长的云，鱼形——刚才还是黑黑的，已经变成了浅浅的棕色——当马厩里传出婴儿的啼声时，云变成了橙黄色。

"天亮了，绿色的星已消失。三个博士看见，马厩上飘浮的那一条鱼形的云，出现了金色的光晕。而且鱼的背鳍处，乱蓬蓬的，闪着光，像是喷出的火花。三个博士都是精通云的语言的人，他们知道，已经到了。果然，他们看见，阳光照出一片断墙的轮廓。是一座古旧的破庙，原来有一道罗马式的拱门，已经坍塌了，庙前的台阶，也塌下去一块。庙前不远处，有一株橄榄树。"

永声眼前出现的是江口草堂的门前，一株白木香树——父母在自己出生时种下的。永声似乎看见，在白木香树的阴影下，在一块石头上，妻子抱一婴儿坐着。

"我从来没有看见过橄榄树，"永声说道，"只是在图书馆的一本画册里见过橄榄枝。那是关于挪亚方舟的画，高达三层的大船，一只鸽子正漂浮在水面上，鸽子的嘴里衔的是绿色的树枝。

"橄榄树下，一块石头上，已经离开马厩的圣母抱着小耶稣坐着，含着一种腼腆的笑容。她看见一片浮尘中出现的三只骆驼，她很惊讶骆驼向她走来，在橄榄树前停下了。三个年老的、看上去很有学问的人，从骆驼的行囊里取出各种各样的宝物——象牙色的、紫红色的、石榴红的、青铜色的、浅黄色的——黄金、没药、乳香、绿宝石……一切代表尘世财宝的东西，献给她怀抱中的这个婴儿。

"三个博士，围着婴儿。他们的脸是多么疲倦啊，他们书读得太多了（几千年的人类智慧，积在他们的脑子里，刻在他们脸上的每一道皱纹里，重重地压在他们身上）。读了那么多书之后，他们的眼睛已经半瞎了，所以，他们走得很近，俯下身来，久久地端详着这个奇迹——毫无疑问，人类诞生以来，或者说有史以来，一切奇迹中最大的一个奇迹——神变成了人。他们甚至已经听到，这个小孩在未来的一天，会告诉他的门徒（永声想起了《新约·马太福音》中的一段话，背诵了出来），门徒近前来，问耶稣说：'天国里谁是最大的？'耶稣便叫一个小孩子来，使他站在他们当中，说：'我实在告诉你们，你们若不回转，变成小孩子的样式，断不得进天国。所以，凡自己谦卑像这小孩子的，他在天国里就是最大的。凡为我的名接待一个像这小孩子的，就是接待我。'①"

亚当斯牧师当场给了最佳分：ＡＡＡ，然后，把永声叫到

---

① 典出《新约·马太福音》第18章，第1-5节。

了他的办公室。亚当斯知道，自己身为一个《圣经》的资深学者，要想在短短的时间内，做这样高水平的讲演，也不是一件容易的事。他记得，永声最初交给他的布道主题是"登山宝训"。他想知道，是什么原因让永声做出了改变。永声在对亚当斯答复时，尽量克制自己，只字未提指导教师傲慢的羞辱，只是承认，他的布道纯粹是一次即兴创作，而且他正在等待一个小孩子的出生。

此时，已是六月的第三个星期。妻子是在古牧师家担任临时厨师时怀孕的。那是去年的八月。也许当他登台布道时，在遥远的故乡，正好有一个小孩子呱呱落地呢。

亚当斯听得目瞪口呆。而永声曾经靠一个盐蛋，穿越中国数省，来到南京读书的故事，更是让他不断地以手拍击宽阔的前额，发出惊讶的叫声。他向永声许诺，要在教师中募捐，为永声筹集旅行的经费，回家探望新生儿。

一天，永声正在上课，老师叫他到教务处去一趟。永声走出教室时，心花怒放。还用说吗，一定是亚当斯牧师说情，校方决定破例批准他在学习期间回福建探亲。

永声读的是一种特殊的加强班，一年时间——从这一年的四月到次年的一月——要学完神学院的四年课程，哪怕缺席一天，也会造成不可弥补的损失。所以，没有寒暑假，也不允许各种理由的事假。

教务长的女秘书坐在办公室打瞌睡。她早已到了退休年龄，戴着一副厚镜片的眼镜，唇边长着浓浓的胡须。她知道了永声的名字之后，二话不说，就在一个百叶片的文件柜里找了一阵，结果什么也没找到，又在一个弯弯曲曲的台架上去找，在堆满卷宗的办公桌上找……然后，她什么也没说，就走出了办公室。

几分钟以后，永声才知道，这次接见与他的探亲没有关系。女秘书推着一个看起来是专门用来推文件的小车，回到了办公室。

车上有一个包裹。女秘书告诉永声，里面是古牧师的遗物；两个月以前他病重去世。在他的遗物中，提到了几件纪念物，请教会转交给他昔日的鸽仆：一件美国士兵的军大衣，已经很旧了；古牧师平常用的一本《圣经》——译为中文，每个字上标有罗马注音；另外还有他用过的一本教会日历本，上面古牧师在每一个周日，都记上了他讲道时所用的《圣经》段落的名字和章节；还有一双半新的皮鞋。女秘书一定要永声当面试试，甚至弓下腰，亲手为年轻学生穿上皮鞋，系上鞋带。尽管穿在脚上不合尺寸，大了起码两公分，必须在脚尖部分塞上棉团，但永声表示毕竟这是他一生中的第一双皮鞋，他准备每天穿着它去上课。

最后在这个包裹某一隐蔽的暗处，永声的手指无意间触到了一件小物品，立刻明白，那只曾向他带来上帝旨意的黑鸽也死了。那是他离开莆田前，用了两天时间，拿出父亲传给他的绝技，用一粒桂圆精心镂刻制成的一个鸽哨。他曾用细线缝制在"劈破玉"没有受伤的那只翅膀的第八支尾翎上。

七月的南京，天气之炎热，是永声所没有料到的。高温把他击昏了。每天晚上，图书馆的萧明，带上一个铁水桶，一张凉草席，来约永声去秦淮河边乘凉。萧明喜欢在白鹭洲的堤岸上，选一块地，舀了余温尚存的河水，把地浇凉，铺上草席，贪婪地享受微微的河风，直至天明。萧明会背很多古诗，可以把那些曾引无数诗人心旌摇曳的、从河房（一种妓楼）中传出的歌声，说得天花乱坠。著名的画舫驶过时在水中摇曳的灯影，华丽的船身，在萧明的口里，不会说它像一只甲壳虫，不，他会说："看上去像一只金褐色的、高高地挺起前胸的鞘翅目昆虫。"

但是，永声无动于衷。即使他躺在狭窄、充满恶臭的寝室里，热尘在眼前覆盖了一层角膜翳，手指、四肢正在熔化变成一种又脏又腻的油脂，他也没有去乘凉的心情。七月一天一天地过去，福建的家里尚无一信，连出生的是儿是女，也全然不知。

他甚至无法埋怨妻子，一个不识字的文盲怎么鸿雁传书呢？

然后，开始了漫长的八月，福建还是没有任何消息。永声先是在给妻子的汇款单的附言栏里，画了一个很大的问号，但还是没有回信。最后，他实在熬不住了，只好给父亲写了一封信（永木匠是全家唯一识字的人），请父亲专程去一趟莆田，尽管他深知父亲心疼每一文钱的习性，但还是恳请他"破费一次，看了以后发一个电报，告知孩子的性别。神学院的图书馆里有一本很厚的《姓名学》，我会在里面为孩子找一个好名字"。

萧明很快就要走了。这个图书馆的工作人员，曾经也是神学院优秀出众的学生，属于学校将向世界提供的中国第一批青年牧师。他来自苏州一个富有的基督教家庭，有优越的社会关系，被认为特别"具有演说的才能"。神学院白发苍苍的老院长曾说，上帝终于赐给他一个他希望得到的学生，就是指的萧明。但是，萧明曾经参加过一次抗日学生集会（其时，日本已经占领了东北三省），在与警方发生冲突时，他打伤了一个警察，被捕入狱。这个文质彬彬的富家子弟的脸部，竟在殴斗时破了相，被骑警的马刀横划了一道黑线。萧明先前精心蓄起的江南才子的八字胡，现在左边的一撇沿着这道黑线，从嘴角一直延伸到耳根。幸好家人为他四处奔走，有权势的人物出面担保，萧明方才出狱。当牧师是无望了，院长惜才，让他在图书馆整理书籍。骑警的马刀，将家传的基督教信仰一刀两断。那一本从童年开始就诵读的《圣经》让位于另一种圣书，其作者也是来自于《圣经·旧约》中的古老的民族。萧明常说："我的第二个摩西，他让第一个摩西创造的上帝趋于完美。"

萧明准备到赣南山区去参加红军。他的一个远方亲戚名叫萧克，是红六军团的司令。

他出发之前的一天，天太热了，神学院南边的小河，深黑色的淤泥发出的黏糊糊的臭气滞留在空气中久久不去，把他们赶出了图书馆。他们先去了秦淮河，河里翻浮着各种垃圾、西瓜皮、菜叶，甚至还看见一条死鱼苍白的肚皮。最后，他们决定到玄武湖去划一会儿船。

永声心情恶劣，到了玄武湖，竟觉得水面上荡漾一层白色的薄膜，空中飘浮着像在澡堂里的牡蛎色的半透明的空气。中午之后，木船晒得火一般的烫。萧明一面划船，一面讲他的政治理念，犹如一个男人叙述对一个女人的热恋时，难以想象听者的郁闷；犹如一个男人展示女朋友照片时，无法想象有人不会高声赞美她的美貌。他随口背诵了他最喜欢的一段《圣经》：

> 耶稣对门徒说："我实在告诉你们，财主进天国是难的。我又告诉你们，骆驼穿过针的眼，比财主进神的国还容易呢。"①

最后，他振振有词地说出了一个变成共产主义者的基督徒的心声："耶稣那么仇恨富人，要生在今天，一定是一个共产党人。"

这时，萧明嘴角那道长长的黑线扭曲了，小船轰然一声巨响，撞在一个桥墩上。永声的那张达·芬奇的《胎儿在子宫中的位置图》玻璃纸硬片，从衬衣的口袋里滑了出来，像一块即将溶化的乳状物，漂浮在晒得发烫的湖水上。从此之后，除了油光光、水亮亮、带有白色的盐粒的汗渍外，此图又被湖水染上了一层十分均匀的、淡淡的黄色，颇具年代的沧桑感，如同一幅古代名画。

永木匠写给儿子的信到达南京时，已是十月初了，换言之，离神学院加强班的结业之日，还差三个月。

江山易改，本性难移。永木匠最终还是舍不得发电报的钱。这个多事之夏，南方各省烽火四起，运作紊乱的中国邮政

---

① 典出《新约·马太福音》第 19 章，第 23-24 节。

系统竟能使这封信在两个月内到达目的地，还算运气不错了。

其实，永声这一天收到的是两封信。第一封信与邮政无关，准确地说，是一张纸条。清晨，在学校食堂去吃早餐，当他刚刚排到窗口把饭碗递给炊事员时，后者俯身从一个直径约一米半的大圆桶中舀起满满一勺滚烫的玉米粥，倒入碗内，木勺子碰到木桶的边缘，哐啷作响。炊事员从积了厚厚一层黏糊糊的黄色粥汁的围裙的小兜里，拿出一方小纸，和永声的碗一起，递到他手中，做得很自然，就像是找还他的一张饭票。

"萧明给你的条子，从湖南捎来的，你回去再看，看了以后就烧掉。"

话音刚落，炊事员已消失在玉米粥桶散发的热烘烘的蒸汽之中。

永声吃了早饭，还没来得及找个僻静处看萧明的纸条，就在去教室的路上遇见了收发室的工人老张。老张告诉他，收发室有一封他的信。

"福建来的。"老张说。

永声一阵疾跑，到了收发室，没等心脏和肺部恢复到正常状态，就拿到了父亲的信。

信封上的地址、姓名，是用毛笔写的，每个字笔画很粗，有的地方颇幼稚，像是用一支秃笔写的。

这封信其实不过两三段话；

这封信，其实不过四十九个字；

这封信，其实不过五排竖着的字，第一排十二字，第二排九字，第三排十六字，第四排十一字，第五排只有一个字。

永声却站在收发室门口，不知读了多少遍。三分钟……十分钟……三十分钟过去了，他还站在那儿。

不，开始是站着，后来站不稳了，只有靠在墙上，两只手拿着信纸——

读完以后，他抬起头来，看见南京的太阳也是黑色的。

他的眼睛还机械地回到信纸上，但读的已经不是那四十九个字，他读到的是另一种东西：人生的失败。所以，就像一个装小麦的口袋，突然，绳子解开了，口袋里全部的麦粒哗地一下子全散在地上。人也一样，每个人都由一个看不见的绳结，把各种情感——欲望、激情、矛盾的天性、动物性、温情、恐惧、骄傲、嫉妒——也就是说，组成一个人的基本成分，统辖在一个皮囊中。现在，永声的这个绳结突然被粗暴地解开了，剪断了。

江声浩荡。

他发现，自己已经站在燕子矶上了。

几个月前，他和好友萧明曾一起登过这块长江边的巨石。他们各自借了一辆自行车，从南京城里到燕子矶，蹬了几个小时。当时，还没开春，河风凛冽。他还记得，他们互相说话时，或是蹬着自行车喘气时，从嘴里呼出的气带一点蓝色。而且，萧明在一个军用水壶里装了点酒，天气之冷，水壶里的酒也冻结了。登上燕子矶之后，萧明喝了一口，递给他，他仰脖大饮，没想到流入嘴里的是一小块一小块的冰碴，只有铁的味道，没有酒味，得用牙一块块咬碎了，咽下去时才沿着喉咙，渐渐生出酒的气味，酒精慢慢流遍全身。巨石上光亮亮的，除了崖边立着一个牌，什么也没有。永声以为牌上是皇帝或某名人题的诗，但定睛一看，大吃一惊，上面写着：想一想，不要死。永声来到崖边，探着身子，往下胆怯地望了一眼。奇怪，先前连蹬几个小时自行车都丝毫没有疲乏的两条腿，在崖边竟有点发软，有种站不稳的感觉。脚下崖深数十米，沿着崖壁有一些稀稀落落的小灌木丛，静立不动。崖下是烟波飘渺，灰暗的长江，偶尔一只帆船或汽船驶过。

几个月后，重登燕子矶，崖边的那块牌子已经不在了。

"可见，和我一样，来这里投江跳崖的人还不少呢。"永声想道。

他看着一大群燕子在巨石的上空盘旋。崖下也有燕子，探出身子可以看见。它们从巨石受光照的一面飞向阴影的一面，然后又像一支利箭，从阴影中射出来，飞向阳光的一面。

"来为我吊丧的，是燕子，而不是乌鸦。"

此时，他忆起了永家祖坟的小嘴乌鸦。每到清明节，他都起得很早，换上一身干净的衣服，随父母到后山祭祖坟时，可以看到队形整齐的乌鸦。它们和燕子一样，有长长的翅膀，然而它们的飞行，和燕子完全相反：燕子飞得很快，穿梭往来，令人目不暇接；而乌鸦们缓慢地拍打着翅膀，在山坡上——整个山坡，全是永氏大家族的坟区，数百个坟，其中有的已经大半陷入土中，墓碑上的字迹也斑驳难辨——慢慢地盘旋、飞翔，排成的队列，是一个很清晰的圆圈，偶尔有几只落在圈子的外面，也立即振翅拍翼，努力追上大队伍，它们发出刺耳的嘈杂声。

"我不会和永家的人葬在后山了。"

着红彤彤的江水在他脚下晃动、起伏，涌现出一些似是而非的轮廓，像是几株大树和一群动物，像达·芬奇画的一个婴儿，消失在长江的波涛之中。

他突然想起了萧明的密信。朋友一场，读完信再投江也不晚。幸好，那张纸条还在，他在裤兜里找到了它。

上面也只有两三行字，不是竖行，而是从左向右用钢笔写的。字迹虽很潦草，但还可以辨识：

"红六军团长征至贵州攻占旧州时，遇到一对美国传教士夫妇。那个女的名叫玛丽亚，曾在莆田教小学，她说曾像照顾自己的儿子一样照顾你。"

8
长　征

永声在南京收到萧明来信时，是1934年的10月8日。

如果以这一天的全国军事形势画一张示意图的话，那么，战场的位置不是在江西。图上不会出现代表红军主力部队前进的曲线或矢径，也不会出现标志着中央红军每一个师的方块。原因很简单，中央红军八万六千名官兵是在那一年的10月10日离开了江西雩都，历史上著名的红军长征是从此开始的。而10月8日这一天的示意图上展现的，只是一条很纤细的前进线索，有一点像我们平时在地图上标出一条大江的起源时那样。那是一条细如发丝的蜈蚣，游走于贵州（当时中国最穷的省份）群山之间。山峰是用沿着山脊的起伏线画出的扇形水直线，涂上浅褐色的地方表示的是丘陵，被农民种满了鸦片。深褐色则是巨大的骆驼峰一般的高山。这条细如蜈蚣的线，代表的是萧明参加的红军第六军团。红军的抗日先遣队，在那一年的八月初，即早于中央红军两个多月就从江西遂川的横石出发了。而这个军团的司令员，被称为军团长的是萧明的亲戚萧克。红六军团这条线并不是像长江或黄河那样，从源头开始很快就波涛汹涌，河身越来越宽阔，在地图上发展成一条宽厚有力的前进线条，红六军团很像在塔克拉玛干沙漠中游走的塔里木河，被贵州的大山吸收了，隐没了。有时已不是一条线，不仅越变越细，而且变成了一些小点，犹如随时将会被蒸发掉的水滴，越来越分散，但它顽强地向湘西前进。

永声收到萧明的信后，并没有立刻前往贵州去找玛丽亚。他在乱糟糟、臭烘烘的南京下关车站的附近，用最便宜的住宿费，在一个低档的澡堂住了两天。通过澡堂的推拿按摩师傅，他认识了一个铁匠。铁匠铺就在车站旁边的一条小街上，除了打铁，打农具、刀具，还可以修理枪械。永声用他最后两个月的奖学金——四个银圆——买了一支枪。

铁匠问永声买枪有何用途，永声答道，去贵州山区。由于贵州遍种鸦片，每个烟农下地干活儿都带枪，在农闲时喜结伙持枪到大路上抢劫行人，已是全民皆知的事实，所以永声买一支枪，保护自己安全，是再自然不过的了。

这是一支1906年造的日本步枪，枪托已经裂开，枪栓生了锈。那天夜里，铁匠带着永声去试枪。他们沿铁路走了一公里，又穿过一片干涸的稻田。收割后残留的稻茬在脚下发出窸窸窣窣的声音。他们来到一个荒无人烟的山坡上，山坡的一面是萝卜地。那是深秋季节，萝卜叶子比黑夜还要黑，被霜冻得耷拉在一起。山坡的另一面荒坟满布，风带着泥土的气息，拂过坟茔。铁匠打开他背着的一个长条状的包袱，揭下厚厚一层绒布之后，露出了日本步枪。他把枪栓哗地拉开了，然后把枪递给永声。

枪沉甸甸的，差一点从永声手上滑落在地。

铁匠给永声做了一下示范动作，教他如何一膝蹲下，另一膝放在地上，如何左手持枪，下巴靠在枪托上瞄准。

枪的金属部分（枪管、枪栓、扳机）摸上去冷冰冰的，永声感到一种看不见但确实存在的、像钢一般坚硬的物质，突然侵入自己的体内。他的手指，准确地说，是扣住扳机的右手的食指，突然发生了一种蜕变，似乎被钢铁的寒冷冻住了，失去了知觉，不再传递任何信息。

月光下，荒坟微微颤动。雾慢慢积聚起来，先把另一面山坡上的萝卜淹没了，然后向着荒坟方向弥漫开来。永声看不清铁匠的面部，但听得见铁匠的声音。风吹来的坟墓的气息中，这个声音显得多么孤单、空洞。他喋喋不休地、执拗地叙述着他如何在一片兵营的废墟中找到这把枪，然后一个零件一个零件拆卸下来琢磨，全靠一双铁匠的手，找到了扳机正确的倾斜角度，甚至自己打造了一个精确度极高的弹簧，安装进去，使这支老枪复活了。

瘦狗偶尔发出几声吠叫，铁匠空洞的声音渐渐远去，被秋夜所淹没。他在一个荒坟边，捡到一只女绣花鞋，不知是有人将鞋丢弃在这儿，还是从荒坟中跑出来的一只鞋。鞋里还有袜子，但已看不出颜色了。铁匠把它挂在十米外的一株小树上，他从永声手中拿过日本步枪，上了子弹，扣动扳机。

永声吓了一跳，这哪里是一支枪，简直可以说是一只钢铁的野兽，发出一声号叫，撕破了四周的寂静，惊起一大群乌鸦。瘦骨嶙峋的黑狗，被枪筒口发出的浓烈的硝烟味儿刺激得兴奋异常，蹦蹦跳跳。乌鸦的翅膀沉重的扑打声和黑狗的狂叫声混成一片。挂在小树上的那只女人的绣花鞋被打成碎片，顿时被风吹散了。

幸好天已转冷，进入了穿棉衣的季节。这支枪并不长，背在背上，外面套件厚厚的棉大衣，谁也不会看见它。

很快永声就喜欢上了枪和他的肌肉之间的摩擦和接触。钢铁的感觉不光是侵入身体，现在钢铁成了他的身体的一部分。每走一步，枪栓就在背上传出轻微的金属声。他扔掉了古牧师那双美国皮鞋，穿上了萧明临行前留给他的一双皮靴，后跟上掌了一小块薄铁。夜里，他全身披挂的黑色身影出现在南京下关车站的站台上，等待开往南昌的火车。他将在南昌乘去长沙的长途客车，再从长沙去邵阳，然后搭车去黎平——贵州山区的一个小县城。站台上寒风凛冽，冻得他不停地跺脚。他是多么喜欢听皮靴与水泥地硬碰硬的声音在空荡荡的车站回响啊，他有一种战士出征时杀气腾腾的感觉。

谁还记得——甚至连他自己也记不起了——几天前，他还是一个马上就要当牧师的神学院学生呢？

永声为这次旅行画了一张路线图，神学院地理教师教过如何制作各种地图。既然是一次带枪旅行，他下意识选择了军事形势图的画法：自己的每一天是一个长方形的小块，从那儿延伸出相应的一条直线，直线顶端是一个箭头。在每一个走错的，或是遇到阻碍，或是无法找到木柴烤火的地方，箭头弯转折回，形成一个鱼钩般的符号，就像一支军队的参谋当某个兵种或军团与敌军遭遇时画的符号。一系列平行排列的鱼钩，忠实地记录了永声沿途的遭遇。不过，这张路线图的制作，在进入贵州，到达黎平之后就终止了。

黎平的小县城坐落在山谷之间，周围有一小片平坦的地方，出现了水牛和骑在水牛背上的小孩子。县城就是一条街，而且很狭窄：街上有米铺、酱盐铺、邮局、铁匠铺、百货店，都是以木板条为墙，白天拆了就是商店，晚上安上就成了家。街的尽头有一个德国慈善机构，但几个德国传教士早在红军到来前就不知去向。

从黎平开始，每天攀越高山。在峭壁上，有时只有一脚宽的石台阶。索桥悬在河上，旁边一个农民在山坡上挥舞锄头挖土豆。土地是深红色的。由于瞌睡和疲乏而迷迷糊糊的永声，已经没有提笔作图所需的那一点精力。

贵州人说："天无三日晴，地无三尺平。"前一句指的是这里的一切永远都泡在雨水中，不，更可怕的，是浸在雾中，一种冻得透骨的雾。而第二句是说这地方就只有高山。它的荒凉，并不是战争造成的，这个地方本来就是如此。漫长年月的地壳运动变迁形成了一个如此敌视一切生命的环境，相比起来，战争并不可怕。离开贵阳之后，开始时还能看到冻结的冬水田灰暗的水面，白霜覆盖在满是稻花的田地上。但不久山势逐渐险峻，山的线条在雾中模糊不清，时而像一个个奇形怪状的高达千米的巨人，时而像一片无边无际的巨大的坟墓。在静寂中回响的苍鹰的叫声让人魂飞魄散，它们在空中盘旋。偶然还可以看见一只突然坠入悬崖的乌鸦。这个地方，不仅是由于雨水的侵蚀变得荒芜，恶劣的天气，无数个世纪相继而来的寒霜和炎夏，使不少山坡光秃秃的，形成一道道冲沟。另一些山坡上虽稀疏长出一些发育不良的草木，它们却像枯骨似的东一点、西一点，四处乱撒。苗寨建在悬崖峭壁上，低矮的房屋，茅草盖的屋顶，赭色的石墙，无窗，似一个个阴森森的碉堡。路上的每一个角落，都可能跳出一只老虎或一个持枪的歹徒，旅行的人们只能结伴而行。攀爬陡峭的山坡时，永声的眼睛在一个平面上跟随着前面一个人的脚跟，在他的后面，又有人如此紧随着他，稍一失足，他的皮靴就会踩在后面的人的脸上。有不少商家驮货的马落在崖下摔死。

三个星期之后，即在这一年的十月底，当永声到达旧州时，红六军团带着两个西方传教士，已经离开了。

旧州很小，苗汉杂居，不仅无法与莆田相比，就是涵江，也比它大多了。但旧州城四周筑有一道高达十米的城墙，有四个门供人出入，每个门的两边有台阶直达顶部。每当土匪来犯，全城百姓每户出一人，登城抵抗。他们没枪，就从城墙上向土匪扔下大大小小的石块。据说，萨缪尔·布朗穿着他的牧师长袍，打着漂亮的领结，也多次参战。夫人玛丽亚亦有几次登城相伴。她英姿飒爽，手执望远镜，及时向人们报告她观察到的敌情。

然而，十月初（史料上关于红六军团攻占旧州的日期略有出入，但可以肯定的是在一日至五日之间），当玛丽亚站在城墙上用望远镜观察进攻者时，发现他们和往常的土匪不一样。

"虽然这群人也没有统一的服装，他们也戴着各种颜色不同的帽子，"她告诉守城的人们，"但是有一点，每个人的帽子前面，缀着一个五角星。"

也就是说，当时玛丽亚还不知道这是红军战士的主要标志。显然，不光是旧州人，就是她和萨缪尔，也从来没有见过红军。

城墙上耸立着一门古老的大炮。据说，几十年前清军平定贵州苗族起义时曾经使用过。现在大炮早就在贵州著名的寒雾和阴雨中锈成一堆烂铁，有一小部分已经陷入城墙的泥土之中，越陷越深，似乎是城墙开始把这个赘物消化掉。然而，稍通火炮的布朗牧师对它进行了修理。这一天，他用一根又长又粗的木棒，将硫磺、炭粉、铁弹子、碎玻璃、摔破的碗盘的残片等等，统统从炮筒口塞了进去。几个星期之后，当旧州人向永声叙述这门古老大炮的威力时，还表现出对布朗牧师的敬畏："先是一声巨响，听到爆炸声在前，过了一会儿才看见，炮弹落下之处，泥土被掀开了，跟着一股浓烟腾起，一根黑色的烟柱笔直升起，有一座十层楼房那么高，悬在空中，连里面的一块块泥巴、碎石都看得清清楚楚，然后，再慢慢地向四面八方落下来。"

洋教士启用的古老大炮，也无法抵御住红军的进攻。"这群人确实比平常那些土匪厉害，城墙很快就被攻破了。"一群头戴红五星帽的战士冲进教堂，向他们大声喊道："我们是共产党红军的先遣队！"这时，萨缪尔和玛丽亚才知道，原来，这就是久闻其名却从来没有见过的红军。

据他们的保姆兼炊事员、清洁工，还教他们苗文的一个苗族小姑娘告诉永声说："听说是红军，先生和太太就不那么害怕了。玛丽亚在红军开始搜查时，还很镇静地对我悄悄说了一句：'还算运气，不是土匪。'"据保姆解释，土匪抓传教士做人质，老百姓叫洋票，贵州这种事出了好几十件，也有洋人倒霉了，而且还不少，起码有十来个遭土匪撕票的传说。

红军对他们的教堂和住所进行了搜查。永声后来也细细地察看了一番：尽管与古牧师的教派水火不相容，但布朗牧师在选址购屋时，与古牧师如出一辙。这座房屋虽然无法和古牧师家的七套大院相比，但也是买的一个商人的宅院。里面有一个小院子，院子里没有种花，却在四周种上了南瓜作为菜园。一条小径穿过菜园，两边种有白菜、几株萎谢的西红柿、攀爬在竹竿上的四季豆等，三四只母鸡正在墙边找食。

正屋很宽敞，用来做了教堂。墙上贴了一些基督教的图案和装饰。虽然住在荒凉偏僻的地方，但玛丽亚和她的男人的生活显得朝气蓬勃。他们努力地学习苗文，并且把苗文的字，根据发音，用罗马音标记下来，贴在墙上。

永声感到奇怪，墙上和屋里没有这对夫妇的照片。既没有结婚照，也没有任何其他的照片。后来才知道，红军在搜查时把照片都拿走了。

看得出来，他们没有小孩，仅有的一间卧室里只有一张床。床有四根帐竿，没有小孩的玩具或用品。屋后有一个极小的院子，和涵江的牧师公馆一样，有一头驴在拉磨。永声不由自主地朝着小院的驴走去，耳边传来驴的蹄子踏在石板上的声音，磨盘转动时木轴轻微的嘎吱嘎吱声，以及石磨的呜呜声。驴的眼睛蒙着红布，它的颈圈已经被汗水湿透，灰色的驴毛由于汗水粘连成一片深黑色的东西。缰绳摩擦的地方，还在冒汗。驴的腿也在冒汗。磨的是黄豆。据保姆说，玛丽亚每天早晨要喝豆浆，代替外国的牛奶。

"她走了以后，我每天还是给她备好豆浆。她万一突然回来了，就会很高兴。"保姆说。

保姆曾去过两次红军指挥部，给主人送衣服和食物。和他们关押在一起的还有二十来个国民党军队的俘虏。男女分住，关在两屋。

玛丽亚并非那么害怕和恐惧，她告诉保姆，要尽快联系教会。一个德国传教士叫包格菲，在湘西行医传教，是布朗牧师的朋友，也是红军著名将领贺龙的朋友，救过贺龙侄子的命。贺龙曾亲自写信感谢他，还到他的教堂来走动拜访。不用说，只要包格菲请贺龙出面，给萧克说一说，是可以把他们营救出去的。

尽管在此后的行军过程中，玛丽亚和她的丈夫并不确切知道每天的位置。但是，萧克的红六军团要去湘西和贺龙的红军会合，是人所皆知的事实。

每到一处，那里的农民、小商人都知道红军的目的地和贺龙的名字。永声离开旧州，跟在红军的后面，一直追了两个星期。永声感觉到在和时间赛跑。他必须在两支红军会师前找到玛丽亚，不然，贺龙大手一挥，释放了外国传教士夫妇，他又上哪儿去找玛丽亚呢？经历了一次危机的玛丽亚还会回到荒凉偏僻的旧州吗？不会的，她要做的第一件事大概就是去上海，然后登上开往美国的第一艘轮船。换言之，那时，永声永远也找不到她了。

果然，当永声顺着红军的踪迹前行，沿途听到一些关于两个外国传教士的传闻时，他凭直觉知道玛丽亚和丈夫并不悲观颓唐，他们甚至还为红军唱圣歌呢。

"一开始，这两个外国人一有机会就拿出他们的《圣经》来背诵，"施秉镇的客店老板向永声述说，"男的向女的背，女的向男的背。他们大部分时间是靠背诵《圣经》和唱圣歌度过的。看守他们的士兵慢慢地喜欢上了他们的歌，有时也会要求他们唱一段。"

施秉坐落在半山腰，峡谷深处阴影重重，听得见涧水在峡谷深处奔流的声音，看得见寒冷的夜中施秉镇几点灯光。人们回忆起两个星期前，这里到处都是红军。街上、屋檐下、院子里、大树下、墙脚……擦枪的步兵，牵着马在井边洗马的骑兵，还有人在墙上用石灰水写革命大标语。突然，传来了歌声……

永声想，也许歌声传来时，还带有峡谷之间的回音吧，那不是显得更加难以置信吗？仿佛穿越了时间和空间，一个女人的微弱的歌声，微弱得有如夜空中的几颗寒星，摇曳闪烁。"我会听出你的声音，玛丽亚。"永声一边自言自语地说，一边仿佛听见了。开初，她微弱的声音与峡谷深处涧水的回声混成一片，后来才清楚地单独显现，声调越来越高昂，越来越抑扬顿挫，是一首圣歌。

永声问店老板，他们唱的圣歌叫什么名字，是不是有一首叫《我每静念那十字架》①的歌。老板说他不知道，于是永声唱起了这首赞美诗。当然，他只是轻轻地哼了一点点，但老板不能确定。

施秉是一个不知名的小镇，有居民数十家。和永声已经走过的贵州各县一样，客店既无字号，也无招牌，只要在门前放一摞棉被，那就是客店的唯一标志。永声在客店里吃的晚饭，菜是豆芽和蒜薹，都是淡煮。另一小碟中，放盐巴一块，黄黄的，像一块小小的礁石。吃菜时用筷子夹了菜，在盐巴块上蘸一蘸，可使之带有盐味。

盐巴，就是川盐，由于四川的盐是用锅煮成块，通称盐巴。而贵州全省所用的盐，几乎都是来自四川的这种盐巴。在这个年代，贵州崇山峻岭，公路甚少，加之盐税过重，所以盐价昂贵异常。用银圆买，每元只能够得一斤左右的盐，所以普通人平常多淡食，而能让菜在盐巴上蘸一点盐味，已不是普通人可以奢望的了。

据店老板说，红军经过此镇时，曾将客店作为传教士夫妇和俘虏过夜的地方。红军对传教士夫妇比较优待，只有他们俩可以享受到"蘸蘸盐巴"的特权。

在另一个地方，永声也听到了关于玛丽亚在行军过程中受

---

① 《我每静念那十字架》是英国牧师、诗人、赞美诗作家艾萨克·瓦兹（1674—1749）于1707年撰写的著名圣诗。

到优待的故事。那是在山崇铺，一个约有百余户居民的小镇。永声到达时，虽夜幕已垂，但还是可以看见有荷枪实弹的士兵在镇头站岗；是国民党二十三师的一个营，参与对红军的追击，至山崇铺驻扎了下来。站岗士兵对行人一一盘问，打开行李检查后，方才允许通过进街。永声怕藏在背上的日本步枪被他们发现，捅出大祸，不敢近前。他找了一个背风的山岩下歇息。那儿野草长得很高，刚睡了一会儿，就被一阵窸窸窣窣的声音惊醒了。他以为是毒蛇，拉开枪栓，上了子弹，肌肉紧张地拿着枪，把四周仔细检查了一遍，没有发现什么，但再也睡不着了。天下雾了，冷得叫人发抖。他尽量蜷缩着身体，把外衣领拉了起来，静悄悄地发抖。半夜时分，他发现站岗的士兵撤走了，就溜到街上，因为天已太晚，不仅客店已满，就连沿街的人家也住进了不少过路的客人。永声费了一番口舌，终于被一家人留宿。他被带到一间阴阴沉沉、估计是平时放农具的小屋。屋里没有点灯，他爬上一个通铺，没料到上面既没有一寸被盖，也没有一根稻草，只有一堆人的肢体。同宿十人，全是为盐商背运盐块的苦力。永声踩在谁的大腿上了，引来几句骂声，被狠狠地推了一掌。他倒向一旁，又压在另一个人的腹部……永声不动了，他怕身体的任何挪动之中，背上的枪会碰着谁，引起可怕的反应。

虽然视觉失去了作用，但漆黑之中，还有其他的感觉。首先，是弥漫在房间里的一种温热的、十来个身体散发出的难闻的气息，令人想起那头拉磨的驴浑身的毛被汗湿透时发出的气息，还能闻到十双很久没有洗过的脏脚发出的浓烈的刺鼻的气味。他能听到呼吸声、磨牙声、此起彼伏的鼾声，还有人的低语声。他们在低声闲聊，两个人的声音。永声打了一个盹，迷糊之中，他想把压在别人身下的一条腿抽出来，他感到这条腿失去了活力，已经不完全属于自己了。这时，那两个人的低语声，穿过稠厚的汗臭和脚臭，到达永声的耳中。

"那个女人骑在马上。"

"洋人？"

"那个女洋人的容貌，美得简直就像一座女菩萨。"

永声已经忘记了自己的腿，听任它被压在一堆混乱的肢体之下。他在黑暗中躺着不动，只有那个词——"女洋人"——像一点新鲜空气，透入永声的胸部，在他的耳边回响，久久不去。

为什么红军会让她骑马呢？是对女性俘虏的优待吗？这种优待是有条件的吗？她骑在马上有多美呢？那个人不是把她形容为"女菩萨"吗？她的双手——也许是一双冻裂了的、长了冻疮的手——执着缰绳……不，她一定是身体出了什么问题，至少，她的一双脚已经坏了，无法走路了吧？

永声已经饱尝脚痛的折磨。他那双走在石子路上当当作响的、神气的皮靴，已经被放在一个竹编的小背篓里背在身后，靴底（胶底，在山路上极易滑倒）已经被贵州的大山磨去了一半。又因连日阴雨，已有水渗入鞋的前端部分，每走一段，需停下来，金鸡独立，脱靴倒水，然后才能继续前行。他买了一双草鞋。草鞋在北方没有，在沿海的福建更没见过，完全是中国西南地区的独创。农民、背夫、苦力，全都穿着草鞋爬山，连穿布鞋的人也是屈指可数的。永声试穿草鞋的第一天就叫苦不迭，没走出二十里，双脚竟已磨伤，他把鞋绳（也是用稻草揉制成）系得太紧了。贵州人说："要想草鞋不磨脚，须得一踢就能脱。"他赶快放松鞋绳，没想到行后又逢大雨，泥水塞道，松松的草鞋不断深陷于烂泥之中，很快就连尸体也看不见了。他不得不从背篓里取出老皮靴应急。每天七八十里山路，由于两脚疼痛难忍，脚伤处出现了严重的红肿，每走一步都得强忍住呻吟。到了晚上，红肿处又发热发烫，令人难以入睡。

在永声的记忆中，玛丽亚的脚像云母般闪闪发光，半透明的皮肤下，一根根血管蜿蜒曲折，足弓微妙的曲线，骨头细小的凹凸起伏，它们怎禁得住贵州草鞋的终日折磨！

其实，从旧州至山崇铺，前后十余天，应该说永声的运气还不错，沿途一直可以看见红军留下的痕迹，比如说，用白色的石灰水写在土墙上的标语，内容多为取消重税，农民起来杀保董（保董是当地的土豪，每个县好几个，各有其势力范围和武装，老百姓称为"司令"）。这些标语老是某一个人的隶书，他的每一笔横画结尾时飘起的笔锋，对永声来说，简直就是一个向导留下的前进标记。

万万没想到，过了山崇铺之后，红军的踪迹消失了！那天，他随背盐的苦力翻越一山，高约十里，山势陡峻，难如登天梯。未至山顶，就传来一只狗的狂叫声，走上去后，山顶只有居民一家。苦力们放下沉重的盐块，入屋稍憩，抽一口大烟。永声到火塘边坐下。屋主瘦得皮包骨头，还在"向火"，并烤芋头吃。他生气全无，动作如僵尸一般，三吹三打（芋头烧于炭火之中，烧热时上面厚厚一层灰，须用嘴先大吹三次，还要用手拍打三遍，才能入口）。永声问他红军路过此地时，是不是爬山爬得太累，连写标语的力气也没有了。

老头用安详、柔和的声音回答道："啥子红军黑军，没听说过，我只认得王保董、张保董。你说的红军有多少佃户？张保董的佃户有六十，十杆枪，比王保董的枪多几杆。"

永声以为"僵尸"老糊涂了，没往心里去。下山十五里至金牛铺，有居民十余户。永声遍访每一家后，方才知道，糟透了，红军从来没有从这里经过。他跟在后面走了两个星期后，红军突然在群山中蒸发了。

其实，当时红军的行军路线实在神秘莫测。就连尾随其后穷追不舍的国民党正规军、桂军、黔军，既有飞机高空监测侦查，又有各地"保董"提供的情报资源，竟然也有好几次和永声一样，匪夷所思地跟丢了。

要画一张萧克红六军团的路线图的话，那么，一条蜈蚣般的细线并不是像塔里木河一样，消失在沙漠中了。这条线变成了一条魔术师的绳子，组成一个个圆圈，圈圈相套，每一个圆圈生出新的圆圈。起初，从旧州突然向北直驱，占领施秉，然后向东，不料在甘溪镇与桂军遭遇，被桂军击败。红六军团主力被迫向南转移，至望江，重新掉头向西，往施秉方向回师，在大庆又遭国民党军截击，战斗再失利，陷于追剿军二十多个团的包围之中。萧克率军进入深山与之周旋，至巴岭后，突然又走回头路，重新杀向甘溪。走一段后，在山崇铺急转向北，至石矸，与黔军战，胜，冲破封锁线，甩掉追军，从石矸向印江方向前进。

失去了跟踪对象，永声别无他法，只有重返山崇铺。曾经登过的险如天梯的山路，下山时危险数倍。他双腿战栗着一步一步往下走，后来在一个转弯处，由于筋疲力尽而进入一种半梦游的状态，他做出了一个错误的选择，一口气走了数十里后，才发现自己来到的地方，不是山崇铺，而是与山崇铺无关的地方，名叫思南。他沮丧透了，几乎被这个温柔的地名彻底击垮，他知道再也无法重新找到红军的踪迹了。

此后，他从思南往铜仁走。只是必须走而已，并没有一个真正的目的。第一天，他走到韭菜铺。第二天至凉水井。从黎平到此，几十天，每天都是天微明时就起床自己煮玉米稀饭。但离开思南后的第二天早晨，他竟躺在稻草堆上，无动于衷地注视着在他的大衣袖口上爬动的一只灰色的虱子。开始时，完全麻木迟钝的永声并没有一眼就认出是虱子，还以为自己身上长出了小龙虾。他脱下大衣、内衣，直至一丝不挂，在下身处发现的十来只虱子，正在散发着驴的汗臭的毛丛中乱钻乱动。他本想消灭它们，但却漠然处之，看着这一只只灰色的小龙虾在他的阴囊的血管上饱餐。

他记不得什么时候起来的。他空着肚子，一口气向东走了十五里。路旁有茅屋数家，他进去休息时，突然听居民说，前面的水潮铺正在打仗：红军和当地的刘保董的团队开火打了起来。永声欣喜若狂，疾奔战场而去。前行约五六里，听见有枪声。后来，见有人从北边过来，永声立刻询问战况，来人称战斗已结束，刘保董吃了败仗，死伤十余人，只有让红军通过。

水潮铺聚有一群荷枪实弹的人，永声走近时看见了小路旁躺着两个男人的尸体。尽管他立刻转开头去，但两个死者的模样已深深印入脑海：一人衣服穿着还算整齐，平趴在地上，面部朝下；另一人穿的是又破又脏的长衫，下面却穿的是一条短裤，露出了干瘦如柴的腿，黄色的皮肤，没有穿鞋。

刘保董正俯首检查后者头上的伤口，永声听见他大声地说："啥子弹这么凶险，脑壳都打穿，打出这么大个血洞。"

永声壮胆转头去看，果然，那个血洞不小，死者的一只眼睛陷在血洞内，血流一地。

"只有铅弹才打得出这么大的洞。"有人在旁边说。

"我就听说贺龙的红军有铅弹，不然咋敢跑到贵州来救萧克嘛。"刘保董说。

永声的口袋里有二十余发铅弹，是南京下关车站的铁匠卖枪给他时捎带提供的。

"铅弹，可以把几公分的砖墙打个洞，不用说打在人的身上了。"铁匠曾如此告诉永声。

次日，他又走了一天山路，至沿河。虽然还是没有赶上红军，但是，他又看见了熟悉的隶书革命标语。而且他在一张红军的传单上，见到了玛丽亚的签名。

沿河很小，房屋都是茅草覆顶，矮小破污，连一家客店也没有。永声费尽口舌，竟无人愿让他留宿。一气之下，他去城东一水晶观，看能不能找到过夜的地方。没想到一张红军的传单，准确地说，一封"帝国主义分子"致基督教会的公开信，贴在了庙宇的大门上。显然，在革命者的眼中，天下乌鸦一般黑，这两种神学的对立与差别，可以忽略不计。传单是用油印机印的。以前，红六军团的宣传物就是标语，没有出现过传单。可见这次贺龙从湘西到贵州来接应萧克，不仅带有可以发射铅弹的武器装备，还带来了油印机。

不用说，公开信的内容只有一点：谴责宗教是麻醉人民的精神鸦片。信不长，仅七八句，但分中文和英文两部分互相对照。可以断定，是由红军的一个干部先将中文写好了，再叫布朗夫妇翻译成英文。不过，红军中也有英语高手，曾在付印前对译文仔细检查。因为有一处，先译成的"to act as agents"（当成是代理人）被划掉，由一种不同的笔迹，写上了"to be agents"（是代理人）。

布朗牧师的签字很工整，一笔一画，连字母最细微的转折处亦一丝不苟。而玛丽亚的签名，龙飞凤舞，虽不能说是很张牙舞爪，但确有咄咄逼人之感。她的签名中，布朗的五个字母不见了，就连玛丽亚英文名（Maria）里的几个字母aria也不见了，被忘记了，只剩一个字母M，既非大写，也非小写。她似乎被自己名字的第一个字母迷住了，一下笔就无法停止。于是，一个M变成了无数个M，连绵不断，此起彼伏，犹如一座座紧紧相连的陡峭的大山，贵州的山。

永声阅后大松了一口气。这封信似乎告诉他，贺龙没有急于放走外国传教士。玛丽亚寄予厚望的德国传教士包格菲的斡旋，可能已经失败。

三天后，永声在酉阳城了解到的情况，证实了他的这个猜想。

永声到达酉阳城时，红军已经离开了。当地人向他谈起贺龙的红二军团与萧克的红六军团的会师大会时，眉飞色舞。会师大会的会址，是在老城东门内的钟楼。周围的街道，全为乱石铺砌，民居及商店房屋多以薄石片当瓦，远远望去鳞次栉比。钟楼飞檐画栋，巍巍屹立于这一片薄石片屋顶之上。脚下红旗招展，人声鼎沸，口号声、革命歌声如浪潮般汹涌澎湃……毫无疑问，这次会师大会，是这个小城数十年来最壮观的时刻。

"又革命了！"酉阳人大声地感叹，"六十年一个甲子，六十年来一场革命。"

六十年前，准确地说，六十七年前——1868年，此地曾爆发全国闻名的酉阳教案，法国传教士李国——法文名Jean François Rigaud——在此建教堂，筑城堡，购洋枪，组织教会武装，与酉阳人发生冲突，激起民愤。民团首领何彩率众焚教堂，抓获李国，在钟楼下当众吊死。法国闻讯大怒，欲出兵，其大使与清大臣李鸿章谈判，清政府捕何彩，在酉阳的钟楼下斩首，并向法国赔款三万两白银。

贺龙头戴一顶佩有五星的皮帽，萧克的五星是缀在一顶有补疤的灰色布帽上。他们登上钟楼，检阅了他们久经百战的军团。士兵们在钟楼下的空地上排成数个方阵，立正，正步走，朝右和朝左转，举起枪向首长欢呼致敬。

会师大会的高潮，无疑是"献俘"仪式。

数十个国民党军队的战俘，包括一个高级将领，第四十一师中将师长张振汉，身穿国民党军服，集体跪下，而在他们的前面，是两个西方传教士。

一个红军干部登上钟楼，大声宣读一份长达两页的控告书，其中包含有重要的一条：在到达酉阳的前一天，布朗夫妇与贺龙谈话时，得知德国传教士的斡旋失败，当天晚上他们就逃跑了，但由于路线不熟，被当地村民发现并举报，很快被再次抓获。

布朗牧师跪在地上，鼓足勇气，大声喊道："我们宗教人士属于非资产阶级，也就是无产阶级。"

贺龙仰头大笑，萧克也笑了。在场数千红军战士爆发出的大笑在广场上回响。

"是啊，看看你们吧！连衣服也没有了，成了真正的无产阶级了。"贺龙说。

萧克问道："布朗牧师，你说，你们为什么要逃跑？难道红军对你们还不够仁义吗？"

布朗牧师回答："我们长老派虽以吃苦见长，但这次跟红军走了二十六天，这种辛苦，远远不是我们可以忍受的，超过了——"

突然，他的话被玛丽亚的一声喊叫打断了：

"我们想回家过圣诞节。"

全场静了几秒钟，接着出现了低低的议论声。

几乎没有人知道什么是圣诞节。

萧克的远方侄儿——一个脸上有伤疤的年轻人——在钟楼上向两位首长耳语了几句。贺龙和萧克互相交换了一个疑惑的眼光。

贺龙说："是你们六军团的人质。老萧还是你看着办吧。"

谁也不会想到，红军行至酉水旁的扁担山——仅仅在酉阳"献俘"三天之后——玛丽亚再次逃跑了。

正是由于玛丽亚的失踪造成的混乱，永声终于在扁担山下追上了红军。

红军离开酉阳之后，沿着川黔湘三省的交界线向西进军。这条路线所经的山区地形十分复杂，汉、苗、彝族杂居。而永声却没有再次跟丢，全靠了国民党的空军。他们追击红军的飞机，有时看不见，但能听见它们驶过的轰隆声；有时看得见飞机，它们像昆虫似的，在远处的山峦的上空慢慢地盘旋，给永声做了忠实的向导，将红军的去向准确地告诉了他。

他还没弄清楚怎么一回事。形势瞬息骤变，一切都突然加快了速度，他远远地看见了萧明。永声疾步飞奔，大声地喊叫着萧明的名字，可萧明没听见，消失在人流中。然后一个红军营队跑过来，其中有一个军官正好看见永声在招呼萧明，便问永声是不是像萧明一样会说外国话，永声点头。

"我和他曾经是在一个学校——"

"很好，革命需要你，萧司令派我们营留下，搜查一个帝国主义女间谍。"

"女间谍？"

眼前的一切突然模糊得像一片云雾。他又一次失去了她，又一次！

天哪，来不及诅咒玛丽亚，来不及从背上取下他的日本步枪，来不及去领一顶缀有五星的帽子，永声就加入了扁担山大搜查。

玛丽亚并没有预谋策划她的逃跑，她只是在一次空袭中，出于本能，死里逃生。

那一天，一直享受红军优待政策的玛丽亚没有骑马，她把马让给了布朗。他患了疟疾，在酉阳时曾注射过一针强效奎宁，但只管用了两天。扁担山的前夜，疟疾又来临了，忽冷忽热，布朗迟迟不能入睡。他晚上是和其他男俘虏房关押在一处，时至半夜，极度干渴，就如处在无边无际的大沙漠之中，孑然一身，只想要口水喝，却无人可求，只能束手待毙。天明时疟止，但身体依然酸痛，早饭也无法下咽，所以骑马成了他的专利。

为了减少空袭时的人员损失，红六军团在行军中化为数十个团队，两个西方传教士被分开了，但相隔并不远，互相可以看得见。

这一天，天气很好，阳光灿烂的扁担山，南边的原始森林……偶尔飞来一架飞机，但位置很高，像一个小小的银点，在高空的云端出没。看不见它扔下的炸弹，距离实在太远了，也看不见爆炸时的浓烟，但能听见炸弹在远处的山坡上接二连三的爆炸声。每一次爆炸声之间有一小段间隔，很有规律，闷声闷气的，有点像某处正在拆房的工人，抬着沉重的圆柱，不慌不忙，有条不紊地撞击厚厚的泥墙，一下、二下、三下……

"扁担山，好汉山，下坡叫你脚打闪，上坡叫你嘴发喘。"

上行至清门口，约三小时，队伍停下来休息片刻，过了清门口就开始下坡了。玛丽亚走到一个树林的深处去小便。透过树干的间隙，有一个什么东西在她的脚下闪闪发光。她定睛一看，是山脚下的酉水河，连河上的一道铁索桥也看得清清楚楚。她抬起头来，在树叶之间，有一片小小的蓝天，蓝天上有一个小小的银点，不，两三个银点，排成一条线，很快就消失不见了。然后，她听见从远处的山坡上传来的枪炮声，告诉她刚才的几个银点是国民党军队的飞机：他们从飞机上用来俯射的是轻机关枪，听上去声音很微弱，有点像某个女人漫不经心地踩缝纫机，哒——哒——哒哒哒——

她的部队先出发，她看见布朗的马一瘸一拐地在后面走着。布朗坐在马上，身体向前倾，马的缰绳缠在右臂上，双手插在他的大衣的口袋里。所谓大衣，其实应该说它曾是一件大衣，现在已经面目全非了。行军生涯的开初，每破一个洞，玛丽亚补一补，二三十天内，已经补了几十层，有布片、麻片、形形色色的织片……

两小时后，部队下至山谷底，渡酉水铁索桥。玛丽亚之前在山顶树林里解手时，这座桥还是遥远的一条线，现在近在咫尺：酉水奔流在夹于树木繁茂的巉崖峭壁间的峡谷深处，江声浩荡如雷，四条铁索微微地颤抖着，向山对面延伸而去，渐渐地模糊了，消失在白茫茫的雾霭之中。铁索桥上铺有木板，两侧各有一道铁索做栏杆。

押解玛丽亚的团队是第一批过了铁索桥的部队，过桥之后，又开始攀登陡峭的山坡。她已经到达了一个拐弯处，没有树，没有任何东西可以遮挡视线。她看见三架飞机过来了，飞得又慢又低。她回头一望，酉水河的对面，一条赭黄色的长队，在一片雾中挪动，依顺序过桥。

她突然瞥见了布朗。天哪！他怎么会骑着马走上了铁索桥？桥上的木板在剧烈晃动，一个小小的不慎，马的一步失足，都会让布朗葬身酉水。

玛丽亚向他大声喊叫，但他怎么听得见呢？酉水河的浪声如雷，飞机的两翼晃动着，身影迅速增大，投下的炸弹的爆炸声震耳欲聋。

"我去帮帮我的丈夫，"玛丽亚对她的军官说，"他在发疟疾，骑着马过桥太危险。"

她没等军官回答，就朝桥跑去，在一个转弯的地方，她跑得太急，差点摔了一跤，滚到山坡下去。

炸弹落入河中，掀起高高的水柱。红军士兵提着枪，弓着腰，与玛丽亚错身而过。

飞机已经飞过去，不见了。玛丽亚重新走近铁索桥时，脚下的急流声中，她听到马蹄铁踏在木板上的笃笃响声。

布朗的马横站在桥的正中，惊慌失措，可怜巴巴，吓坏了。

它拒绝前行。

玛丽亚走上桥，木板、铁索全在剧烈晃动，令人眩晕。有一个地方，木板不知被谁弄没了，出现了一个大窟窿，下面是湍急的河水。

飞机又回来了，飞得相当低，用机关枪向下扫射。

布朗下了马，取下腰间的皮带，抽打马的头。马不仅不往前走，而且弯起腿，高昂着头，压低臀部，一步步向后退。

布朗的喊叫声被飞机投下的炸弹的爆炸声淹没了。头一批炸弹在桥左边的水中爆炸，水很深，与其说是爆炸，不如说是在水中掀起了一丛浪花，好像是一串串水炸弹。

玛丽亚走近了，她都可以闻到马身上散发出的汗味。她伸手去抓马的缰绳，马突然避开了。它向前急跑，不，它是拖着布朗往前跑，它的鼻孔冒出的蓝色的水汽，包围着布朗牧师。

"放了它！"玛丽亚向布朗喊道。

布朗脸转向她，大概要想说一句什么，但来不及了——他不知哪里来的力气，跃上了马背，全身俯伏在马颈圈上。玛丽亚抓住了缰绳。

铁索桥像痉挛似的晃动不已。

突然，马的缰绳从手中挣脱了，玛丽亚觉得什么声音也没有了，一颗炸弹落在桥上，炸飞了的好几块木板落在桥的铁索上，弹了起来——布朗被一只看不见的手从马背上抓了起来，抛入大河之中。他像一个高台跳水运动员，一时身体凌空，接着，立刻被波涛汹涌的河水吞没了。

玛丽亚只觉得被狠狠击了一下，眼前一片漆黑。她以为中弹了，其实是炸弹掀起的强烈的气流。她的身体重重地撞到铁索上，黑暗之中她听见铁索哗哗啦啦地发出巨响。她以为铁索被炸断了。完全是出于奇迹，当她重新睁开眼时，感到了攥在手中的冰冷的铁索。

她突然放开铁索，在桥上飞奔起来。桥像秋千一般晃动，把她越抛越高时，她已经跑到桥的尽头。

她下了桥，还在跑，仿佛是失去刹车的汽车。不过她不是往山上跑，而是沿着酉水河跑。开始，人们以为她是去寻找丈夫的尸体，直到她开始攀登岸边陡峭的山坡时，人们才反应过来——

她再次逃跑了。

她已经消失在树林之中。

过了一会儿，搜索小分队的红军战士才辨认出来，在褐色的漩涡中起起伏伏的，不是捕虾的竹篓，不是断裂的木桨，不是一只沉船的索具或一段残骸，而是一个人的尸体。他们告诉永声，这就是玛丽亚的丈夫，布朗牧师。这时，有几根大树枝从上游漂下来，另外还有一些乱草。它们正要被卷进漩涡时，遇到一股急流，与布朗牧师擦肩而过，朝着下游漂走了。

泥浆般的灰褐色的浊流奔泻着，布朗牧师的千结衣像一团黝黑的幻影在水中猛烈地沉浮。他的脸晃晃悠悠，模糊不清，永声觉得他的脸好像是深棕色的，与他灰白色的头发——即使早已湿透了，但还是可以看出是一头狮鬣般的浓密头发——形成鲜明的对照。又一个浪头扑过来……美国人被土黄色的酉水河吞没了，看不见了，也许正在被消化掉，突然又被吐了出来，继续在漩涡里打转。

每消失一次，布朗牧师的身体就更瘦小一些，蜷缩得更紧一些。瘦骨嶙峋的脚，合得更拢了，弯曲得更厉害了，像做祷告的姿势。

河水似乎涨得很快。有几根粗大的圆木顺着大水漂过来，接二连三地撞在布朗牧师的尸体上。最后，只见他被撞得弹出水面，在空中画了一道弧线，落在对面的崖壁上，又被崖壁弹回到水中。

这一次，酉水河把他席卷而去。

水葬结束了。

玛丽亚像一只被围追的野兽，全部知觉保持警惕。她观察着对面山坡上的一条小路，没有动静，看不见红军战士的身影。小路的上方，有一片树林。她的目光随着山坡的曲线移动，坡底有一条小河。她凝神屏息地听了一会儿，听不见水声，也没有听见红军搜索人员的声音。四周静极了，没有鸟的啼叫声，也没有树叶的沙沙声。她能听见的，是自己的呼吸喘息声。

她的胸部，尽量呼入更多的空气，好完成她需要做的事：奔跑。

接着，山谷深处的白杨树叶暗暗地抖动，有一只被围追的猎物——狐狸？野兔？——蹦蹦跳跳地奔跑。一个朦胧浅色的斑点向对面的那片山林小路直冲而去，是玛丽亚，已经跑得快要窒息了，她拿出最后的力气，飞身纵过一条深沟，穿过一片林中空地，直到她冲入空地边上的一片矮树林后，她才敢放慢了脚步。跑几步，停下来，再跑几步，又停下来，终于无法再跑了。树林越来越密，越来越乱，有时无路可走了，不得不用双手护住脸部，硬着头皮往一个竹丛中钻。尖利的荆棘或树木的断枝，在她的脚下发出断裂的响声，每到这时，她就立刻停下。她害怕得像一只惊弓之鸟。尽管听不见红军战士的声音和脚步声，但她知道他们正在搜捕她。她一次又一次地被藤蔓绊倒了，却不敢发出半声呻吟。她疲乏极了，但不敢在某个灌木丛或者深沟里歇一会儿。她感到又饿又渴，突然，她的脚步惊起了一大群椋鸟，打破了寂静。

椋鸟！谁会在意呢？玛丽亚尽力安慰自己，秋天到处出现椋鸟，没有什么大惊小怪的。

不幸的是这群椋鸟的数量。当上百只浅灰色的小鸟的鸟翼急促扇动时，像丝绸般亮闪闪的，在树林上空形成一团小小的灰色的云（开始时，这是一百多个小灰点，密密麻麻挤在一起，形成一块铁灰色的或者说是黑色的云。只是等它们飞高之后，改变了队形——排成了一个尖尖的矛头时，它们之间的距离才稍稍空了出来，黑云的色彩也逐渐变淡，成了一块灰色的云）。它们无法逃过一个非红军搜查人员的雪亮的眼睛。

此人站在另一个山上，专心致志地注视着他视域内的每一个角落的微小动静，他的目光，立刻聚焦于这个椋鸟的云团。小鸟们像被一块磁铁吸住了，从空中直落数丈，几乎要触及树梢时，又升了起来。如此大起大落数次，尖矛的队形依然十分完整而清晰。

还用说吗，此人就是永声。

他暗自庆幸，他是一个人。没有其他的红军战士，也不会有什么人会注意到突然飞起的椋鸟。他双颊绯红，目光灼灼，把日本老步枪背在背上，朝着那片树林跑去。

阳光像一把把长刃的尖刀，穿过树丛。矮树林中没有人。永声专心地聆听着，在树林的静谧中，他的耳朵似乎变得越来越大……他听见荆棘在自己脚下发出咔嚓的断裂声，他脱下鞋，继续往林子深处走。他走在寂静之上。一只白色的蝴蝶从阴影中飞到阳光下晃了一圈，又无声无息地消失在阴影中。地上断枝太多，扎脚，他停下来重新穿上皮靴。突然一个什么东西从树上落下，吓了永声一跳。他定睛一看，是一只蜘蛛——沉甸甸的圆锥形的黑色肚子上，有不同颜色的斑点，红的、黄的、白的……它织的网已基本完工，细丝组成的几何形在永声头上的树枝之间微微摇曳着。蜘蛛的足呈红褐色，弯钩状，开始急剧地爬动，但很快就改变了爬行路线。

这时，永声感到浑身腾起一种狂热的、胜利的欢乐：在蜘蛛拐弯的地方，有一把女人的梳子，熠熠发光。

沼泽的气味迎面而来，腐败的气味几乎嗅不到。是灯芯草和苔藓的气味。空气是潮湿的，甚至湿气很重，玛丽亚感到自己的脚步声失去了原来的音色。

草丛间，不时可以看见细水潺潺流出。不远处有一个小水塘。通往池塘的小路上，冷冷的泥水钻进了玛丽亚的胶鞋，她每走一步，鞋子就迸出一道泥浆。她脱下鞋，踩着乌黑的软泥，沿着一道在树枝之间蜿蜒的涓涓细流，来到了池塘边，周围有灯芯草和芦苇。阳光照着池塘水面，如一片未经抛光的、粗糙的金属。树林轻轻地颤抖着。

多么静谧啊！玛丽亚可以感觉到最细微的声音：野草、树叶摩擦时发出的微弱的沙沙声，看不见的昆虫爬动时的细微的声音……可以感觉到她的赤足静悄悄地踩在正在腐烂的落叶上，感到树叶正在被土地吸收，变成一种海绵状的黏糊糊的东西……

很远，传来一声人的喊叫声，但必须十分专心，凝神屏息才能听得见。接着，一声枪响，由于距离太远，显得很邈远，与真实世界无关。他们在打什么猎物呢？一只野兽，一条蟒蛇，还是我的幻象？

她趴在水塘边，准确地说，是全身都伸直了地趴在地上。她看见水面上浮动着一片黑色的东西，她以为是水藻，用手拨动了一下水面，那一片黑色的水藻——不，原来是成群的黑蝌蚪——立刻闪电般四散而去。

玛丽亚把头埋入水中，首先是鼻子，然后是嘴，像豹一般贪婪地喝水。水很凛冽，她的舌头可以感觉到塘底的淤泥的味道。

一只苍雕从枝头飞起，朝池塘俯冲而下，迅雷不及掩耳，瞬息之间，它已重新升了起来。胜利者慢慢地在玛丽亚的头上盘旋而起，它的爪上攫住一条小蛇，向玛丽亚展示着它结实的闪闪发光的腹部。

她改用两只手掬水喝，双手在水和她的嘴之间来来往往……然后开始洗脸。她用手指蘸了水，洗她的眼睑，然后伸手去包里拿梳子时，心里一慌，梳子不在了。

这时，她听到一个声音。

不是草叶摇动，不是昆虫爬动，不是树林里的那种隐约模糊的嘈杂声。

她听见了清晰的脚步声，她甚至听出来，这不是平常红军士兵的草鞋的声音，而是一双真正的皮靴。

无路可逃，除非是入水。

她走进池塘，她想尽量减轻动作的声音，但是办不到。水底淤泥很深，必须用力，才能拔出脚来迈出一步。浑浊的气泡咕噜噜地从水底蹿出。

必须全身消失在水中。

但来不及了。

背后传来拉动枪栓的声音。她举起了双手。

永声现在看到的只是她的背影：湿漉漉的头发梳成高髻，一个纤细的后颈。她举着双手，呈现出黑色的剪影。透过树枝射来的阳光照着她的颈部的一侧，被吸入她的海绵一般的皮肤。她的颈部，像水中的珊瑚一样，在水汽厚重的空气中轻微地颤动。

"我是来杀死你的。"永声一个字一个字地说。

阴森恐怖的七个字犹如一颗炸弹，在玛丽亚的耳边轰然爆炸，她突然什么都听不见了。她感觉到一颗子弹将射入自己毫无遮护的背部。

她害怕地转过身来。

永声听见她提高了声音，在说着什么。不，她完全是在歇斯底里地尖叫。

永声一时没听清楚她在叫什么，他走入水中用枪口对准了她的胸部。

玛丽亚呼吸急促，全身都在颤抖。她的湿漉漉的胸脯剧烈地一起一伏。

水珠从她的胸脯落在黑色的枪管上，泛着珠贝一样的反光。

她伸出手来挪开枪管，永声的目光随着她的手，望着枪的准星移动。她的力量通过枪身传到他的手中。永声现在听清她在叫喊什么了。

"不行！我是被判了刑的，是苏维埃政府判的刑，半年监禁。你们红军战士是服从苏维埃的，不是吗？怎么有权违背你们政府的决定，杀死我？"

永声肌肉紧缩，重新把枪对准了她。

"我和红军没关系，我就是要杀死你。"

她望着他，一时说不出话来。确实，此人头上没有缀红五星的帽，他手中的枪也和红军平时的武器不一样。

一阵冰冷的沉默。

她继续盯着他看了一会儿，仍旧不说一句话，然后耸耸肩膀，用蔑视的口气说：

"我要走了，很高兴认识你，现在我要去找我的丈夫了。"

她这么说，但身体却没动，也动不了。永声的枪管死死地顶在她的胸脯上。

"你把我弄痛了！"她又伸手去挪动枪。

永声一把抓住她的手臂。

"放开我！放开我！"她上气不接下气地说。由于害怕被红军搜查人员听见，她不再歇斯底里地喊叫了，她把声音压得低低的，好像是在推开一个情绪失控的情人。

永声用力捏紧了她大汗淋漓的手臂的上部。他不松手，他有一种感觉，捏在手里的不是这个成熟的、强悍的西方女人，而是他的妻子鹤铃的手臂。他使出最大的力气，恨不得把指甲插进鹤铃的皮肤，让她的纤细的骨头，一根一根地在他的手心里折断。

"为什么要杀我？"她一边挣扎，一边带着厌恶的口气问道。

"我的女人生了一个小孩，是你的老爹古牧师的！"

她停止挣扎了。她仔细地看他，神色好奇，她的眼睛里闪过一种疑惑、失望乃至恶心的目光。

"不可能，他已经死了。"她说。

"他死之前几个月，雇我当鸽仆，我的女人来帮忙煮饭。他犯了罪，必须有人偿还。"

"你要……你要我为他……"她的呼吸越来越急促，无法说完这句话。

永声点点头。

"该杀的是你的女人，是我应该去找她算账！没有这个烂货，我的老爹没准还会多活几年！"

永声没想到从一个外国女人的口中，竟然说出"烂货"这样地道的词。

玛丽亚突然变得既无情，又带孩子气。她用一个小孩子才有的残忍和蔑视，看着她的可怜的杀手。然后，她冷不防地扭头就走，不是拔腿就跑，而是傲慢地推开枪，转过身子，朝池塘的另一端走去，一边走，一边高喊着：

"该杀的是你的烂货老婆！"

枪响了。

子弹呼啸着，飞过水面，窜入池塘对面的草丛中。

她在水中摔倒了，不过，又站了起来，四下检查，好像惊诧自己并没有被击中。她笑了笑，继续穿过池塘，但她没有再叫喊。

池塘底的淤泥越来越深，她却毫无防备，每走一步，水和泥往下吸的声音就越响。

她好像往池塘的底部，不，她顺着看不见的梯子，往地底走去。终于走不动了。水没至膝盖，两条腿都拔不出来了。

永声涉水而来，用枪口顶着她的后脑勺。他用力过猛，玛丽亚猝不及防，摔倒在水中。

她试图站起来，但是她的下半身全陷在稠厚的泥水中了。她背对着永声，用力转动身体时，刚把双脚抬了一点起来，就又摔倒了。这一次，她差点摔得趴在水中。永声看着她双手陷入烂泥，看着泥浆漫上她的脖子。他的心不由得一阵强烈的悸动，他听见一个老人的喘息声，是古牧师的声音。永声突然觉得看见了一双老人的手，是古牧师血管隆起的手在抚摸一个中国女人的脖子。玛丽亚翻过身来，她的短衫湿透了，让乳房更加惹人注目地晃动着。泥水顺着胸脯的曲线涓涓而下时，永声几乎感觉到古牧师瘦黑的手，枯老的手，捏住了鹤铃的乳突，它像小鸟的喉头一般颤动不已。他看见古牧师抓住墙上的把杆，在追鹤铃，穿过一个又一个房间，一个又一个小室。最后，她逃到了书房，躲在堆满了布道文草稿的书柜后面，以此为屏障隐蔽起来。当古牧师抓住她时，她站在那里喘气，很开心，暗自微笑，长长的睫毛扑闪着。"我的先生买菜马上就要回来了。"她说着，却伸手把古牧师抱在怀里。

永声的手指扣紧了扳机，他似乎看见了一个大窟窿——南京铁匠给他的铅弹可以在一道厚墙上打出一个大窟窿——绽开在玛丽亚的后脑勺。

枪声没响。

玛丽亚的头还在枪的准星前晃动。他的手指只是碰着，却没有扣动扳机。突然他觉得非常疲乏，简直想找个地方，倒头就睡。

该发生的事已经发生了，该发生的事谁也没有办法。该发生的事，是早就写在一本天上的大书里。杀了古牧师的女儿，也没有用了。

这时，树林的深处，传来了喊声：

"谁刚才打枪，是发现逃犯了吗？"

"逃犯向东边山坡跑去了。"永声大声地回答。

然后，他扔下玛丽亚，一步一步地走出池塘，抱着枪管，枪托着地，朝传来喊叫声的方向慢慢走去。

直到他不见了，玛丽亚才敢动弹。她把全身放平，躺在水中，朝一侧摇动。成功了，她的腿从泥潭中拔出来了。

她慢慢向岸边爬去。

9

鹤　来

归来者在他的家门前，突然遇见了半伏倒在地的白木香树。

它原来站立的地方，出现了一个黑窟窿。这个黑洞周围没有挖掘的痕迹，厨房的屋顶上覆盖的谷草被卷走了，堂屋里唯一一扇窗户上的玻璃也被打碎了。永声想起两天前在途中遇见的一场风暴，看来这株大树一定是在那场风暴中被吹倒了。

这个巨人！是的，和永声同龄的白木香树，高达十五米，堪称巨人！它的主干如此粗壮，永声上神学院之前，伸开双臂，几乎难以把它合抱了。它的树冠曾如此繁茂，犹如一个擎天的蘑菇！它的每一片树叶，像一个蛋的形状，前端稍尖，有着羊齿一般的边缘，绿得发亮，层层叠叠的侧枝，可谓虬枝横空，裸露在地面的根须，时而扩展远去，时而隐伏不见。

从山坡下面升起了白色的雾霭。白木香树躺在那里，树冠朝着坡上，树根高高地翘立在满是青苔的石砌井口上。没有人管它，也没有人把它移走，令人想起了一个遍体鳞伤、倒在地上的巨人。裸露的根部虬曲纠结，令人毛骨悚然。永声想起了在神学院图书馆里看到的透明的人体模型，人或两栖动物的血脉分布图。树根织成大江小河交错的网络，还有带刺的支脉，像鱼钩一般的尖刺……弥漫在低处的雾霭现在慢慢地爬上山坡，逐渐漫过屋前的空地。这团雾霭越来越浓，侵入白木香树矗立在井口上的根系，仿佛在上面覆盖了一层透明的、薄薄的白蜡。

还用说吗，昔日的草堂，如今已是一栋空屋。早在几个月前，他的妻子就带着刚出生的婴儿逃走了。永木匠给儿子的信上有这么四十九个字：

"我突然有了年轻时候的力气，我可以用木匠的双手掐死她。你的女人生下的是古牧师的孩子，然后她像一个小偷逃走了。"

犹如一个将军来到刚刚结束了厮杀、哀鸿遍野的战场，永声把整个果园检查了一遍，被风暴刮倒的有两株梨树，一株木兰树，四五株龙眼树……

他用斧头砍下断树，把这些死树的残骸捡到一块空地上付之一炬。虽然此时无风，他也没有倒点煤油助燃，但最初的一缕轻烟很快就冉冉升起了。由于已经是下半夜，大雾已经散去，所以即使在几里开外也看得见这一堆烈火。黑红色的烟柱变为橙红色的旋涡，扶摇于破败的草堂和颓倒的大树之上，最后散入寒星闪闪的夜空。

他不是用棍棒撩拨柴火，而是用他的那把斧头，一不小心斧头落入火堆里，斧柄烧焦了一块。此时，他不无遗憾地想起了他的日本老步枪。可惜，在放走了玛丽亚的那个晚上，他已将它投入酉阳大河。不然，用长长的枪管撩拨柴火，会多么过瘾啊！

最后被焚烧的，是那株伏倒在地的白木香树。他把落在石砌井口旁边的一根粗大的断枝抱了过来。断枝长达几米，上面满是白蜡状的大大小小的瘢痕，沉甸甸的。永声的手被断口上的尖刺扎出了血。

噼噼啪啪的一阵爆裂声。断枝起火了，并在火中轰然一响，再次折断。火星溅射，腾起好几尺高的火焰。

永声不经意间注意到，树枝的断口渗出一种黏稠体，如白蜡熔化了，一滴一滴地落在火焰上。

"树心的汁还没有枯竭，那么，它还没有死。"永声想道。

他正要起身凑近去观察燃烧的断枝，一阵风把某种东西向他吹来。那是一点微小的东西，一种几乎觉察不到的东西——对，是一种气味，突然从火中扩散开来的一种气味，把他包围。

什么气味呢？

究竟是气味，还是一种模糊的预感，对某种从来没有经历过的事物的预感？

他闭上眼睛，嗅，用力地嗅，鼻孔鼓了起来。

但是，那气味被熊熊大火的热烟淹没了。不过，正当他若有所失时，有那么稍纵即逝的一瞬间，它又来了，那从来没有闻过的气味又来了，只有那么一丁点儿，只有那么一秒钟，又消失了。一片绿得发亮的树叶，从一根树枝上滑了下来，落在另一根开始燃烧的小树之上，像一片墨绿墨绿的羽毛在摆动，没有重量，无声无息地落在大火中。

又来了！香气再次从火堆里弥漫开来，接着又被大火的热烟破坏了，吞噬了。如此反复了好几次，每一次都同样地清晰，有间隙地重复着，一次又一次，把时间和空间打乱了；时而把它们扩大了、延长了，时而又把它们化为千千万万、无穷的小数。落在火中的那一片树叶已经变成了绿玉髓，汁液流淌。

每当它消失时，永声的心里就充满了恐惧，害怕永远失去它。他拼命地嗅着，明白了，这气味是从火中那只白木香树的断枝那里散发出来的。

一种从来没有闻到过的幽香。开始时，他曾想到过在神学院时亚当斯神父问过他的没药和乳香（耶稣诞生时前来朝圣的东方三博士的三礼物：黄金、乳香、没药），不，白木香树燃烧的香味更为神奇，更为清新，微微有一点薄荷的味道（《圣经》里玛德莲曾把薄荷油涂在耶稣的脚上）。可是它又充满了一种野性的力量，使永声想起了麝香，一只在山上——四川和贵州的大山上——奔于高山之巅被追杀的麝坠入崖谷，等到人们打开它的身体时，心脏已经不跳了，心室里的血流凝成香块。现在，香味又消失了，永声在绝望中祈祷上帝，让这香味回到他的身边，他简直忘了，这是自从他登上了燕子矶，企图自杀之后的第一次祈祷呢！天哪！它回来了。永声闻到它了，这次比先前更浓了，更清晰了，是一种含有蜂蜜味的奶香——特别像他五岁时，从玛丽亚的胸部直泻而下的乳白色岩浆喷射到纯银打造的天主教祭器的边缘，白色的珍珠在黑暗中四溅的那个时候，整个屋子里弥漫着的那种香味。

永声眼前迷迷蒙蒙，白木香树的断枝燃烧时的香味占有了他，拖着他，不由分说，把他带走。

第二天早晨，他在火堆旁醒来，全身覆盖着一层厚厚的灰。他用手揉揉眼睛，灰落下来。在雾中，他看见一道破旧的墙，油漆已经剥落，勉强可以认出昔日樟林村酒鬼画爹的手笔——一只白鹤，但金色的冠顶已经看不见了。有一段墙已经露出了黄色的黏土。墙的后面，有一座建筑物，摇摇欲坠，屋顶的边缘，已经垮落的茅草在晨风中晃悠着。

他第一次知道了，什么是白木香树枝的燃烧。

"上帝啊，"他在心中问道，"你为什么让我饱尝羞辱之后，又恩赐我感受到如此的香气呢？难道你真的要我当一个牧师，终生为你服务吗？"

雾中出现了两个人，都戴着大斗笠，没有蓑衣。赤足。其中一个人的手中有一襁褓。

两个来人站在雾中，久久地打量着外墙上的壁画。他们手中抱着的孩子一定睡着了，没有哭闹声。永声能听见他们说话。

"没搞错，是这儿。"他们一边说，一边朝永声走来，"这么年轻就当上牧师了。"

"你是永声吧，墙上画的白鹤还在嘛。"其中一个说。

"应该叫永牧师。"

"是酒鬼画爹叫我们来的。"一个人说，"我们是樟林村打鱼的。"

"鹤铃死了。"另一个人说。

"画爹叫我们把鹤铃留下来的这个女儿交给你。"

永声没有回答，也没有伸手去接孩子。

他拿了一把锄头，把白木香树倒地后留下的黑窟窿，掘成一个凹深的大洞。两个渔民，抱着孩子，看着他翻掘时，不少的金龟子、甲虫、幼虫四处逃散。没有抱孩子的渔民，蹲下来，帮着永声仔细地挑去每一个石子，担走了干燥瘦瘠的沙土。另一个渔民索性把孩子递给永声，然后到果园旁的一株老树下，先用铲子，后来干脆用手捧取乌黑的、散发着霉味的老土，满满装了一担，挑过来倒在坑里。

两个渔民齐声吆喝，像立起一座全木结构的吊脚楼似的，把白木香树从地上拉回了树坑，让它重新站立起来。

地面被前一天的火烧透了，结成一层暗红色的细灰，像质地最细腻的面粉。他们用罗筛把这宝贵的灰烬过滤了，一把一把地撒在白木香树的脚下。

抱着孩子的永声突然问道："她叫啥名？"

"鹤来，"一渔民抬头说，"永鹤来。"

"她姓永？"永声大惊。

"你的孩子，不姓永还能姓啥！"

永声怀里抱着一个婴儿，搭运沙石的舢板，到了县城南码头。下了船之后，他便直奔美以美会在莆田的最高权力机构：兴化年会议。

美以美会仿照卫理宗的传统，自上而下分为年会议、布道处年会议、布道处合众会议、连环会议、属长会吏会这五层组织，但权力集中于年会议，基层堂会权力较小。莆田的年会议是建在山坡顶上的一栋中西式合璧的建筑，远看似一座小宫殿：高高翘起、仿佛展翅欲飞的大屋檐，门前的汉白玉台阶和红色圆柱。

大门的右边，一个小窗口打开了，里面坐了一个门房。

这是一个四十来岁的中国人，只穿了一件西式衬衫和背心，背心上横搭着一条金灿灿的怀表链，两只脚踏在一个烧得正旺的火盆边沿上。

永声结结巴巴地说有事需要见教会的负责人。

"哪一个等级的负责人？"门房问道。

永声一下子答不出来，他对美以美教团并不比古牧师所属的浸礼派更为了解，他在南京神学院学习时接触的多是长老派的人士。"年议会的负责人吧。"他说。

"你想找一个属长？"门房问道，"我们这儿有好几个属长都是中国人。"

"对不起，我不知道什么叫属长。"

"属长都不知道？就是劝士，是最低一级的负责人，英文叫Exhorter。"门房用浓重的莆田口音说出这个英文单词时得意扬扬。

"不，麻烦您找一个——"

"属长上面有传道，Lay Preacher，也都是我们本地人。如果你还想找更高的，传道上面是出门传道，Preacher。当了四年传道，也就是过了四年的试用期，还要通过考试，才能从传道当到出门传道。"

"出门传道之上呢？"

"那就是执事，Deacon，有中国的，也有外国人做执事的。执事上面是牧师，Pastor，是中国人可以当到的最高职位。再上去是布道监督，District Superintend，然后是监督，Superintend，只有西方人才可以当监督。"

"我想找监督。"永声说。

"你有什么特别重要的事吗？"门房学着西方人，很抱歉地耸起肩膀说，"很遗憾，监督不可能什么人都接见。"

他说完就要关上小窗。永声赶快伸手去推住百叶窗。

"我想为我的女儿做洗礼。"

"你想请哪一位牧师呢？我们这儿有三位牧师可以为你的女儿洗礼，一个美国人、两个加拿大人。"

"不用了，"永声说，"我是牧师。"

"你是牧师？"

"是的。"

"你想当牧师吧？"门房顿时大动肝火，好像有人侮辱了他的祖宗，"你知道牧师Pastor是做什么的？要发圣餐，祈祷，安慰病人，安慰要死的人，布道，主持婚礼、葬礼。一个Pastor，月薪都是四个大洋，你要当上Pastor，你的老婆和每个孩子，教会一个月补助一个大洋！至今还没有一个莆田人当上牧师。"

门房停了一下，稍微平息了怒气，改换了口气说："这样吧，你先回去写份入教申请。入了教，当属长，再当传道，当了传道以后还得当出门传道、执事，然后才可以想当牧师的事。"

话音未落，"砰"的一声响，百叶窗已经重重地关上了。

白木香树上的绿叶膨胀着，互不相让，又推又挤地蔓延开来。开春之后，永声用了几天的时间，为草堂的屋顶苫上新草。站在屋顶上一眼望去，屋周围的荔枝树林、枇杷树林、龙眼树林和其他杂树，郁郁葱葱，染上了一层淡淡的银灰色。草堂前方的白木香树，已成一个高耸入云的、绿色的穹顶。虽然无风，叶子却也颤动不已，像一片片绿色的羽毛，自个儿动个不停，发出轻微的沙沙声。

这个牧师把他的果园捐给了教会，又把草堂改成了江口教区的第一座基督教教堂。永牧师不但在草堂举行了受任礼，被委任为牧师，他第一位施洗礼的就是他的女儿，永鹤来。他永远不能忘记把水洒在她的额头上时，他的手掌触到她的感觉——他是多么热爱这个生命啊。

从这一年起，人们见了永声，不会叫他的名字，只会叫他"永牧师"。

白木香树也一样，人们渐渐忘记了它的名字，只知道江口镇西的山坡上的"永声树"。

第二部

1

为 人 之 父

"爸爸，"五岁的鹤来问道，"为什么有的石头颜色深一点，有的石头浅一点？"

当时，父女俩正在一个干涸的河床上捡蚌壳。鹤来喜欢把蚌壳穿起来挂在脖上。永声注意到，女儿手中的石头是浅绿色的底子，上面分布着白色的脉络。

"也许它们有什么话要告诉你。石头有时候什么也不说，有时又说个不停，我们也听不懂。"永声答道。

"你说这块石头，它能活多久？"

"爸爸不知道一个石头有没有寿命。"

作为一个牧师——他担任这个职务已经五年了，不仅是莆田的第一个中国牧师，而且也算一个资深的传道者了——永声知道，应该告诉女儿，上帝创造世界万物，也决定一块石头的颜色和寿命。不过，鹤来还太小，他几乎从来不在她面前谈上帝。每天吃饭时，都是他自己做饭前祷告，像是一种习惯性的无意识行为，并不让女儿和他一起念祈祷词。

这条大河的河床虽然干涸了，却十分宽阔，因为它的沙滩是灰白色的，一年四季，这地方的光线似乎也是灰白色的，照在沙滩上,有一种简朴的美。它的名字叫白沙河,就在江口镇的北面,离永声家也不过两三里路。只是在每年的夏天,山洪暴发时,河床里才河水滔滔,才可以听见江声浩荡,白沙河才成为可以和木兰溪媲美的一条大河。其余的几个月,多是枯水季节,河床里竟会长出一大片一大片的青草,草地上,还会长出一些树木。有小溪潺潺流淌,蜿蜒曲折于一个个小树林之间,甚至还有泉水淙淙的小池塘,可以说是一个放牛的好地方。永声带着女儿来捡蚌壳,难免常常遇到放牛娃,一回生二回熟,很快就一起玩各种游戏了。因为一到河床里,放牛娃儿们不用牵牛了,可以撒了牛的绳索,让它们自由自在地吃草,喝水。

还用说吗?当这些乡下的孩子们第一次看见一个蓝眼睛的混血小姑娘时,是何等惊奇呀!

别说这些孩子了,就是永声自己,也曾在鹤来的面前,深深地感觉到了美的冲击和震撼。那是一个夏天的夜晚,他正和一个朋友在堂屋聊天,他们用土陶的小盅喝着当地农民酿造的一种淡淡的米酒。半夜时分,鹤来突然醒了,睡眼惺忪,一丝不挂,卷曲的一头黑发披在雪白的肩膀上,出现在新修的楼梯上方。当永声抬起头来,第一眼的感觉,是一个小天使正从一幅古典油画中走了下来。

鹤来觉得很奇怪,这些放牛娃们竟然不认识永牧师。平时在江口镇上,人们见了他们父女,常常停下脚步,向牧师点头致意。如果有人正在打架,牧师一来,也停手不打了;甚至正在开玩笑打闹的年轻小伙子们,一见父亲,也都马上变得规规矩矩的,忍住笑,小声地说话。放牛娃们多是七八岁到十二三岁的农家子弟，住在江口北边的关后，他们的长辈和家人都不信奉基督教，所以他们不知牧师是干什么的，与永声一起玩游戏时也十分放松。

放牛娃们喜欢比赛扔石头，看谁扔得远。这些瘦骨嶙峋的孩子的臂膀比弹弓还有力。鹤来拿着父亲在沙石中为她找到的最适宜打水漂的小石片，侧着身子，倾斜四十五度，像是河边一座小小的斜塔，蓝色的眼睛，一只闭着，另一只眯成一条细缝，凝视着水波。她好像被水波迷住了：白里透着灰的河水，光线变幻时，颜色变成了蓝里透着绿，就像她的眼睛的颜色。水波没有翻滚，也没有静止，它什么也不做，只是在那儿等待着她。突然，她一抡手臂，小石片从手中抛了出去，飞快地掠过水面，正要沉没的一瞬间，弹了一下，好像遇到了一个弹簧，长了翅膀似的又飞了起来。有时，可以清晰地看见小石片的线路，它像蜻蜓似的，只是轻轻点点水，然后，又向前飞去。有时却看不真切，石片像一缕飘荡的细烟，扬起，旋转飞遁，消失在水波之中，水面出现一个微小的、难以觉察的裂纹，很快又重新弥合。它曾像镜子般映照着天空的白云，一下子打破了，分裂成无数块小小的云彩，然后又重新结合在一起。

远远看去，干涸的河床里，似乎冒出了一群"乌龟"，拱着背，笨拙地一起一伏，向前挪动。他们的前锋就是身穿红色短衫的鹤来，这只红色的"小乌龟"，低着头，慢慢地向"牛"靠近。她的放牛娃伙伴们紧随其后，前进的速度和真正的乌龟相差无几。他们对"牛"形成了包围以后，从四面八方向"牛"逼近。

鹤来选择的路线，是正面进攻（很奇怪，小孩子们游戏时选择的战略，往往和他们成人后在人生关键时的选择，如出一辙）。显然，她处于易于暴露的位置。她后悔没有选择狡猾的佯攻，或声东击西的战略。已经太晚了，她觉得脚下滚动的小石头的声音，已经传到了"牛"的耳朵里，引起了警惕。她觉得空间骤然缩小了，虽然还有几米，但是"牛"似乎已经听到了她的呼吸声，甚至听见了她的心脏在胸膛剧烈跳动的声音，闻到了她已经湿透的红短衫发出的汗味。她停下不动时，觉得整个世界一下子静了下来，等待着她的动作。

他们玩的游戏叫"抱蛋"。守蛋者要像"牛"一样弓着腰，把两手放在地上，他的身体下面，放着一小堆石头。每一颗石头都是从河滩上，或者是河水中精心挑选的；它们的形状，像史前时期巨大的鸟蛋。当孩子们从不同的方向接近"牛"时，应该想法儿从他的身下把"蛋"偷走。守蛋者不能使用手，因为他的手已经变成了牛的两条前腿。他只能用脚，不过，哪一个偷蛋者一不小心，慢了半步，被"牛"踢中了，那可就糟了。"牛"顿时结束了守蛋的苦役，而被踢中了一脚的偷蛋者自己却只能趴着身子，当守蛋的新"牛"。

此时，扮演"牛"的不是别人，正是永声，他显得紧张不安，稍有风吹草动，就飞起腿来一阵乱踢，弄得四周尘土飞扬，却一脚也没有踢中。

别的孩子都选择了谨慎的策略，在"牛"腿所及的范围之外，耐心地等待时机。只见鹤来忽然一下蹿了上去，避开了父亲的一个飞腿，从他的腹下，用双手抱起一颗石头，就地一滚，就在俯身的一瞬间，她似乎看见父亲向她眨了下眼，做了个鬼脸，他是故意让她成功吗？说时迟那时快，鹤来已脱离了危险地带，发出胜利的欢呼。

"牛"做出遭受了沉重打击的样子，手抱着头，气得倒在地上，仰天发出一声痛苦的号叫，叫声拖得很长，在河谷上空盘旋，袅袅不散。

其余的孩子们立刻乘虚而入，把剩下的"蛋"一抱而光。孩子们庆祝胜利的喧嚣声，凯旋的喊声、哗笑声，把这个荒凉之地变成了一个热闹的儿童天国，更确切地说，是鹤来幼年的伊甸园。

对幼年的鹤来而言，可以与白沙河的河床相媲美的，是父亲为她在夏天夜晚举办的一种舞会。舞会的地点是草堂。她甚至不能说那是她的家，因为它太大了，她常常在里面迷路。一面是用高高的土墙围了起来，而另一面是狭长的竹林，林外围以竹篱，篱边绕有一湾流水。父亲为这个草堂修了一个大门，门前一株大树，很远都能看见，成了基督教在江口的标志。和几年前的草堂不一样了，一进大门，有一条长长的林荫道，永远显得那么宁静，犹如走进了一座古老的庙宇。每个星期天的上午，人们顺着这条幽静的通道，走进草堂去做礼拜。草堂后面有一个四合院，正屋是牧师的寝室，而鹤来和保姆住在右边的一间屋里。

四合院的后面，就是果园，其布局和数年前一样，二亩荔枝，五亩龙眼，还有一亩枇杷树。但四合院的周围，也长着不少榕树、榉木、皂角树等等，这些树木如此高大，树叶如此茂密，鹤来抬起头来几乎看不见天。阳光透过树叶的空隙射入。裸露在地面上的粗壮树根，悬挂在树枝上的地衣，四处蔓延的常青藤，疯狂乱长的蓟科植物，散发着薄荷味的荨麻，盘根错节的野草、刺果……

　　夏天的夜晚，隐隐约约的银河中流淌着乳浆般的雾霭，一团耀眼的星云，像涡流一样旋转，螺旋状的黑暗固体物，颤颤悠悠，发出浅绿色的光。父亲在树下萤火虫飞舞的地方，张起一床单。鹤来刚把放在床单前的一盏马灯点亮，旋转至最大亮度，煤油的气味刚刚向四处流溢，先前连一只也不曾看见的夜蛾，突然出现了。它们简直是从冥冥的黑暗中冒了出来。不，这是一团不断变换形状的、五彩绚烂的巨大的云，从天而降。有的夜蛾穿着华丽的衣裙，也有的夜蛾，看上去衣衫褴褛，好像穷困潦倒的流浪小姑娘，却在张开翅膀时显露出雍容华贵的、淡青色和藏红色相间的衬里。每一只夜蛾都是一个光点，在飞行中分解成两片或三片时，它们颤抖得多么厉害啊！它们发出嘤嘤声，身后拖着各种色彩的光带，在马灯照得雪亮的床单前展开了飞翔比赛。——空中急停的，翻筋斗的，闪电般冲刺的，悬在空中久久不动的……这场特技竞赛的代价十分昂贵，有的夜蛾付出了生命。它们精疲力竭了，它们只是笨拙地、摇摇晃晃地飘着，飘着，然后突然像一架被击中的飞机，直直地落入鹤来手中的一个纸盒中。垂危之际，它们还是下意识地扇动着翅膀，于是，白色花粉般的细末、黄铜般的粉末，从它们身上落下来，在纸盒中厚厚地铺了一层。最美的夜蛾身上落下的粉末，有一种金子的光泽。

　　这年春天，由于保姆的一次疏忽，鹤来被开水烫伤了，疼痛难忍。为了止住女儿的啼哭，永声背着她在院子里兜圈子。不行，她还哭。永声又背着她顺着高高的土墙走了一段，一边走一边为她唱歌，但她继续哭泣。终于，他能够想起的歌几乎都唱完了。他把她放在地上。

"鹤来，你知道爸爸是什么人吗？"

"牧师。"

"牧师是干吗的？"

"讲道。"女儿抽泣着回答。

"来，爸爸告诉你一个别人不知道的秘密。"永声凑近女儿，在耳边悄悄地说，"牧师是一个魔术师。"

鹤来透过闪闪的泪花，半信半疑地看着父亲。

他重新背起女儿，一直走到尽头——竹林。他的竹林分成三片，都是高大的斑竹。他们穿过竹林，来到一道篱笆前面。正是这道篱笆，确凿无疑地将牧师领地围了起来。他们沿着篱笆下面的一湾流水——那是永声用了不少时间挖的一条小沟，有时，他带女儿在水沟里捉鱼和螃蟹——继续向前走时，出现了一丛孤零零的矮竹。他把鹤来放了下来。

"这种竹挺可爱的吧？"永声说，"它们虽然矮，却很团结，成百成百地挤在一起。所以，人们给它取了一个名字，叫百家子。"

果然这竹不同一般，虽矮，但一株紧挨一株，互相之间，缝隙很小，可以说是密不透风。竹的叶粗糙，皱巴巴的，上面像是落满了斑斑锈迹。当父亲双手用力拨开前面几株竹时，立刻可以闻到一股潮湿的、热乎乎的、臭臭的，几乎可以说是毛茸茸的气味。一缕阳光射入的瞬间，鹤来瞥见后面竹上的点点鸟粪。

永声让女儿伸手抓住里面的一株矮竹，用力向下扳。竹身被一层细微的毛覆盖着，看上去像软软的绒毛，但手抓住时，鹤来感觉到的却是钩子般粗糙的硬毛。这株百家子在她的力气下屈服了，弯下了腰。鹤来的哭声突然停住了，不，应该说她破涕为笑了：竹的中间，有一个鸟巢。

"别看阳光照不进来，连雀最喜欢的，就是在百家子里面做窝了。"永声像一个成功的艺术家，故意不动声色地说道。

现在，魔术师让女儿把手伸进鸟巢。

鹤来迟迟疑疑的手指，在鸟窝里触到一个什么东西，她吓了一跳，赶快把手退了出来。

魔术师用微笑的目光鼓励她……

她把手重新放进去，从里面取出一个鸟蛋，蛋壳是麻褐色的，握在手中，可以感觉到它的微湿。鹤来把鸟蛋对着太阳，轻微地变换角度，麻褐色的蛋壳泛着淡淡的绿色。她抬起眼睛——蓝色、清澈、惊讶的眼睛，注视着这只鸟蛋。永声感到没有什么人或东西能经受住这双眼睛的凝视。

"我看见里面有一只蝙蝠。"她说。

"不，"父亲纠正她说，"是一只还没长羽毛的小连雀。"

永声拿过鸟蛋，把它重新放回鸟巢。当他松开手以后，百家子立刻弹了起来，恢复了原来密不透风的样子。

然而，这个鸟蛋，在鹤来的脑子里，久久挥之不去。几天后的一个傍晚，永声在书桌前写他的布道词，保姆在洗头，鹤来自个儿走出了牧师住所，去寻找那一丛百家子。

她像一个梦游中的小孩子，信步走在果园中，完全想不起当初父亲背着她走的那条路。在这种若明若暗的光线中，果树似乎成倍地繁殖，其间的小径，交叉纵横，很容易混淆。她觉得走了一条捷径，其实是迷路了，她想到万一父亲发现她不在时的愤怒，决定折回去。可是片刻之后，又觉得没有必要。她就这么在果园里乱闯，有时候出其不意地来一阵狂跑，跑得气都快断了。

她已经绝望了。竹叶从两边的林子里伸出来，罩在她的头上，显得有些昏暗，她差点就走进了篱笆下的小水沟。水很清澈，可以看得见水底正在爬动的小虾。接着她看见了一只红色的螃蟹，朱红色的蟹壳在水中间闪闪发光。水不深，她只消把裤脚拉到腿上就可以走下去。因为水沟旁边是竹林，所以，水中落了不少的笋壳。那些笋壳多是卷成圆筒，泡了很久，早开始腐烂，脚走在上面，软软的、滑溜溜的，连声音都没有。她看见红螃蟹躲进一个笋壳筒里，她赶快把手伸进水中，将笋壳筒的两头紧紧地捏住。已经无法逃生的红螃蟹也有丰富的斗争经验，它待在笋壳筒里一动不动，鹤来以为它死了，打开笋壳筒来看时，红螃蟹一下子跳到水沟边，逃之夭夭。鹤来大叫一声，尾随而去，红螃蟹东躲西闪。这时，鹤来忽然不追了，她看见了那丛百家子矮竹。

扳开前面的竹子后，鸟巢重新出现在鹤来的眼前。她把手伸进去时，这一次，迟迟疑疑的手指触到的却不是鸟蛋的硬质蛋壳，而是一个软乎乎、湿漉漉的肉体。一只小鸟抖动了一下身子，它的灰棕色的翅膀上显出了蜡红的纹路，而尾梢——还未长出羽毛——的茸毛，黄澄澄的，像上了漆一般亮晶晶的。

父亲经常接触的基督教信徒多是渔民、小商贩、货船的船夫，这些人的孩子常常早早地跟着家里大人的船，走了不少地方，见识了很多事。鹤来从他们的嘴里，知道了木偶戏。有的孩子足迹远至厦门，在那儿看过闽南的掌上木偶，不过更多的是去过泉州，领略过那儿的"擎肘肘"。好几个艺人藏在一个布围子的里面，各人把一个木偶擎在头上，进行表演。观众看不见他们的头和身体，只能看见操作者的手肘，所以人称"擎肘肘"。鹤来随着这些孩子的叙述，眼前出现了热闹的广场，用黑布围成四方形的戏台，耳里似乎听见了从布围子中传来的锣鼓声。据说，布围子中有一张高悬的布幕，有时风吹来，就像船帆一样嘭嘭地作响。布幕正中绣着鸟类或孔雀绿色、红色、黄色、紫色的羽饰，两边有门，门上悬有布帘。戏开始时，观众一阵骚动、拥挤，都踮着足尖看那个撩开绣金门帘、威风凛凛地走出来的木偶将军。它的背上插着花旗，闪闪发光的铠甲上，连鱼鳞、锁子、连环，都可以看得清清楚楚。

　　"他叫什么名字？"鹤来问道。

　　"天晓得他的名字，一张黑脸，他的一把大刀舞得好圆啊！"

　　"我知道，"另一孩子说，"他是《三国演义》中的一员大将：魏延。"

　　一日，永声带着女儿去江口镇的裁缝家里做新衣，刚量完了出来，女儿就听见锣鼓声了。她拉着父亲的手就跑，跑得都快喘不过气了。已经围了很多人，他们没挤到前面去，永声就让女儿骑在他的肩膀上看。

"是擎肘肘吗？"她问旁边的人。

"擎什么肘肘，是床单戏。"

原来，这种木偶戏是单人演出的，舞台很小，是用一张床单围起来的，上面还有不同颜色的补疤，只有一张方桌般大，里面仅能容一个人。所以演出者需双手举着不同的木偶，在床单的上方演出的同时，嘴里还要念台词，或唱歌，膝上绑有锣，不时相撞，发出响声，代替锣鼓。

尽管简陋，鹤来的兴致却一点不减。当她喜欢的一只老虎出现在床单上方时，她兴奋地发出尖叫。老虎全身是黄色的，上面有一道道黑色的条纹，它摇晃着既美丽又令人害怕的虎头，一条粗大的尾巴神气地摆来摆去，动作凶猛、灵活，一举一动充满了力量的美。鹤来发现这只老虎僵硬的面部动了一下，是的，这不是做梦：老虎对她眨了一下眼睛，好像遇见了一个久别的朋友。

虽然还不到六岁，鹤来却早已听人说过她是属虎的，现在看见这只木偶，顿时有一种惺惺相惜的感觉。于是，当一个穿着囚衣、名叫武松的醉鬼打老虎时，她的心里不由得一阵痛。每一次武松的木棒打空了，只听全场观众异口同声发出长叹，而她却高兴极了。终于，武松的木棒狠狠地打在虎的背上（戏台后传出艺人用嘴模仿的"啵——"的声音效果），全场禁不住叫好，她却好不难受，缩着脖子，好像自己挨了一棒。老虎震天动地的一声怒吼，用后腿站起，用前腿抱住武松的头时，她挥舞着小拳头："掐死他！"他们翻来覆去，打了好久，最后老虎死于武松的一阵乱拳之下，她感觉到毛骨悚然，冷得发颤。全江口镇仿佛都弥漫着野兽死去时发出的又酸又臭的气味。

当天晚上，她拒绝吃饭，以表示对那只老虎的哀悼。

永声知道女儿的脾气，在这个时候，最好什么也不说，让她自个儿生闷气。他点了灯，开始用小刀削一支竹签。鹤来问他做什么，他说做木偶。鹤来说，木偶是木头刻的。他说不会刻木偶，也没有工具。

过了一会儿，竹签削好了，永声在它的顶端扎起一团纸，用做人的头。

鹤来用不屑一顾的口气说道："人家那只老虎木偶，肩膀可以动，身上的条纹也跟着动，你的木偶不行吧？"

永声不回答，他用一支毛笔，蘸了黄色的水彩，在竹签的纸头上画出了头发。

鹤来说："怎么是黄头发？"

永声说："还没有结束呢！你知道木偶的头发会是什么颜色吗？它像彩虹一样，光彩照人。"

接着，他画出了木偶的眉毛，然后在左右眉毛下方，各嵌入一粒黑米。拿到灯光下一照，还真像滴溜溜转的眼珠。他从自己的头上，扯了一根头发，剪成很细很细的小段，贴在眼睛的上方。

"是女的吧？她的睫毛这么长，挺好看。"鹤来夸奖父亲说。

她说对了，是一个女的，永声为木偶穿上用白纸做的连衣裙，又找出一小段红色的毛线，做成一条皮带，束在腰间。

"她叫什么名字？"鹤来问。

"灰姑娘。"

他又用另一支竹签，做了一个人偶。不仅这个人偶的衣服与灰姑娘的不一样，而且还用黑色的丝绒，在头上做了一顶小帽，还给他穿了一双闪闪发光的靴子。

"这么帅气的男人是谁呀？"鹤来说。

"一个王子。"

接着，他又做了两个黑色的丑女和一个老太太。

当这些人物都完成之后，他用纸围了一个袖珍戏台：仅有一个饭碗那么大。

那个身穿黑衣的老太太首先登场。

"怪吓人的，她是一个巫婆吧？"鹤来问道。

"不，"永声回答说，"她是灰姑娘的后妈。"

"后妈是什么？"

"你妈妈去世以后，如果我重新再娶一个女人，她就是你的后妈。"

"她有多大年纪？走路这么慢腾腾的，不好好走，走两步摔一下。"

"她还不到五十岁呢。她一边走，一边在想，今天如何折磨睡在厨房里的灰姑娘。她想得太投入了，差点没摔倒。"

"砰！砰！砰！"永声模仿打门的声音，然后学着老女人的嗓音喊道，"灰姑娘，天亮了，快去挑水！你是不是皮又痒了，想吃麻花了？"

"麻花？"

"后妈最喜欢拧人。她用手指掐住你的一点点皮肤，像拧麻花一样用力地乱拧。不管是谁，都会痛得像杀猪一样乱叫。"

永声模仿门嘎吱打开的声音。

灰姑娘刚一出现，老太太就扑上去。

"懒虫！"老女人咆哮道，"我罚你挑一百桶水！"

"水缸差不多装满了。"

"还敢顶嘴！你不是找打吗？"

永声用一小布条抽打桌子，模仿皮鞭的声音，十分逼真。每抽一下，鹤来就禁不住颤抖一下，好像挨打的不是灰姑娘，而是她自己。

"灰姑娘挑了一百桶水吗？"她问。

"刚挑了八十三桶时，就不得不停下了。"

"她一定是累得挑不动了，倒下了。"鹤来的眼睛里闪动着泪花。

"不，是后妈的一个女儿在叫她。"

永声学着一个姑娘的嗓音喊道："灰姑娘，跑哪里去了，我要起床了，快来把窗户打开呀！"

灰姑娘一次次倾斜着身子，用力拉开一张张窗帘。她每拉一次，永声就模仿一次窗帘哗地打开的声音。

"你知道，她应该开多少扇窗户吗？后妈这个女儿住了一层楼，一共有二十个窗户。不过，到了第十个窗时——"

灰姑娘跟跟跄跄地跌倒在舞台上。

"她要死啦，快来人，救救灰姑娘！"鹤来喊道。

这时，永声模仿另一个姑娘的声音喊叫：

"灰姑娘！"

"是谁？"

"后妈的另一个女儿，住在另一层楼上。"永声模仿这个女儿喊道，"快来呀，灰姑娘，我要吃十碗粥、十根油条、十个猪肉大葱包子……"

"闭嘴吧！"鹤来说，"求求你了，灰姑娘已经半死不活了，你妈和你姐折磨的。"

老太太又来了，凶神恶煞地喊道：

"灰姑娘！快去给我的猪洗澡！"

"老太太有多少猪？"

"三百多头。"

"天哪，爸爸，你做的那个王子呢？快让他来救救灰姑娘吧！"

"时候不到。"

"他在干吗？"

"你瞧，他正在让仆人擦他的皮靴，还有人为他刷干净衣服，剃干净胡须。他现在在镜子前打领结呢。他要去参加一个盛大的舞会，他就是在这个舞会上，遇见了灰姑娘。"

"他救了灰姑娘吗？"

"他和灰姑娘跳舞，但是，灰姑娘必须在半夜以前回到后妈的家。所以，当钟楼上的大钟敲响了十二下时……鹤来，如果你想让王子救出灰姑娘的话，现在必须先把饭吃了，不然，这个城市可大了，王子上哪儿去找她呢？"

"告诉我，他怎么找到她的？我马上就要知道。"

"灰姑娘丢了一件东西。"

"是什么？"

"你乖乖地吃完饭，就会知道了。"

这天晚上又开始下雨，河流、平原、山坡上的白木香树、果园、草堂，静悄悄地在细雨中稀释了，模糊了，溶化了。永声还没睡，正在准备下一个礼拜的布道词。他喜欢听教徒们的倾诉，但更喜欢独自一人在灯下写作。一个一个的字、句子，默然无声，肉眼无法看到的生命形成了。他只能小心翼翼地记录下来，不要伤害它。有时，写完一篇出色的布道词，他的心情就像一场温馨的春雨之后站在他屋后的果园中，感觉美妙极了。

油灯悠悠地燃烧着，女儿从楼梯上走下来。和上次一样，她也是半夜突然醒来，赤足，全身一丝不挂，像意大利油画中的小天使一般。她的一头秀发，在肩上波动，映出一道道纤细、温柔的光。

"爸爸，"她在楼梯的中间说，"我不要一个后妈。"

永声愣了一下："你在说什么？"

"我不要后妈。"

"爸爸是个牧师，"永声庄严地把手放在《圣经》上宣布，"牧师现在向上帝发誓，鹤来永远不会有一个后妈。"

2
孤 儿 院

一个业余摄影者曾在江口草堂的大门前，拍下了一张黑白照片：天气很好，应该说是每一个照相的人梦寐以求的好天气。天空中有白色的云彩，灿烂的光明照亮了各种景物。看上去是秋天，远处山坡上的植物呈深色，可以想见还是一片酽绿。但是，在这张全景图的右边，占据了不少位置的白木香树，呈闪闪发光的浅灰色，可以想见树叶已变得黄灿灿的，犹如一只号角吹响了清亮的高音。在夕阳燃烧的灰色中（黑白照片失去了表现对比度的特点，从远到近，只是灰色的色差），在画面的中心部分，腾起一片尘土，一团犹如白色烟雾的旋涡，有两队孩子正在进行拔河比赛。用于拔河的绳，只能看见一小段。绳的其余部分被前景中的一队背对照相机镜头的拔河者的身体遮住了。这群孩子不是在白沙河干涸河床上玩游戏的放牛娃。他们尽管衣衫褴褛（主不是最喜欢衣衫褴褛的人吗？基督不是说穷人你有福了吗？基督不是特意去寻找血崩的女人，丑陋的、被众人扔石的、无道德的女人吗？喜欢干净漂亮，乃人之常情，与爱无关。喜欢像破布般的孩子，才是真正的爱），但一看就不是乡下人。他们之中大的看上去已有十六七岁，结实的肌肉轮廓清晰可辨。小的却只有五六岁。稍远的另一队拔河者面对镜头，看得见每个孩子的表情，他们大张着嘴叫喊着。这一队大约有十几个孩子，其中一部分赤膊上阵，脱了衣衫，露出瘦骨嶙峋的胸脯。鹤来站在最前端，她把身体剧烈地向后拉伸，摆出一把朝天空拉开大弓的架势。在这个姿势中，凝聚着她的全部力量。她穿着一件连衣裙，白底上绽开着大朵深色的花。脖子上悬挂着一个蚌壳，头发扎成一束马尾，湿漉漉的。脸上汗渍斑斑，有几抹黑色。双足死死地蹬在地上，一只鞋已不知去向，赤着脚；另一只脚穿着鞋，但由于用力，已深深陷入尘土之中。仔细看地面，会发现这群孩子也不是读书的学生，因为看不见一个书包。树下摆放着一些竹箩筐，有一个箩筐已经被拔河的孩子们撞翻了，龙眼滚得到处都是。还有一杆称重量的秤，挂在白木香树的树枝上，似乎已经称过孩子们从果园里采摘的龙眼。稍远的地上，还放着几张渔网，七八个鱼篓。如果用放大镜仔细检查地面的话，甚至可以看到几只从鱼篓里向外爬的螃蟹。永声嘴上含着一个亮晶晶的哨子，他是这场拔河比赛的裁判。他俨然是一个孩子王，穿的是金陵神学院篮球队的背心和短裤。他的身体看上去尚还年轻，但线条已不太柔和，头发很长，从草堂方向正好吹来一阵风，让一绺长发挂在他的嘴上。画面的背景中有一道门，构成照片中的一个视框，透过它隐约可见一条林荫道，通向屹立在深处的草堂。大门上竖着几个铁片剪出的大字：江口基督教孤儿院。照片的下方，注有日期：1942年10月。

永声将草堂改造成孤儿院，是在1942年的早春，确切地说，是在"珍珠港事件"之后。

多么陌生的一个名字：珍珠港。谁会想到，在那一片遥远的海域上，日军的炸弹掀起的波澜和滚滚硝烟，竟然一直波及太平洋彼岸中国的一个小小的县城。几代传教士苦心经营的基督教会，一夜之间，荡然无存。

我们不得不承认，战争自有它的逻辑。简单，直接，环环相扣，无懈可击：1939年，德国入侵波兰，英国对德宣战时，日军早已占领大半个中国。"珍珠港事件"之前，不用说英国公民，就是大不列颠成员国加拿大在中国各地的传教士，都难逃被日本人送进战俘营的厄运。到了1941年12月7日——

每一本历史书或百科全书都不会忘记一个细节——那是一个星期天，日美宣战。美国的传教士（他们占莆田传教士的百分之九十）及其家属，还没等到美国国务院疏散的通知，就已不见踪影了。在12月10日一个无月的黑夜，他们登上了两辆有篷的卡车。卡车车厢后面的篷布，敞开了一道缝隙，从车厢里透出微弱的光。年会议的某个负责人，在操作一个机械装置，那装置的外形很像一个收音机，发出一连串嘀嘀嗒嗒的声音。三天后，他们在上海登上了驶往美国的邮轮。简而言之，尽管日军的脚步从来没有跨进过莆田县城的城门（他们占领了福州之后，曾一度向福清方向进军，但后来不知什么原因，又放弃了），尽管莆田人逃过一劫，但是，县城和各个区的教堂、教会医院、学校、慈善机构，包括孤儿院，都在一夜之间失去了经济来源，陷入没有主人的无政府状态。失去了薪俸的永牧师，做梦也没有想到，像他这样一个很现实的人（现实就是平淡无奇，没有故事，勤勤恳恳地工作），竟然和历史相遇了。

历史和现实相反，充满了戏剧性，颇似虚构的故事。一个乡村的牧师，从来没有扮演主角的渴求，没有表现的渴求，没有特写的渴求，却因为他做了一件事，满足了人们对故事的渴求，被写进了当地的历史。

我们第一次能够见到他的名字，是在1946年县史馆所修的《莆田县志》的第49卷：《慈善事业》。而要等到两年以后的新版时，新增加的《宗教人物》卷第68卷，才有他的小传，篇幅不长，现全文转抄如下：

　　永声，辛亥年生，乃江口永木匠之子也。1935

年行授教职礼，成为莆田基督教第一个中国牧师，捐其住所，建成江口教堂，人称"草堂"。门前一株白木香树，乃远近闻名之"永声树"也。1942年1月某日，永不知外国传教士已集体疏散，按每月惯例，至年会议办公楼领取工资，不料人去楼空，却正遇前来索要伙食费的数十名孤儿院学员，被后者掳为人质。孤儿院在城东门外光明寺旧址，初，乃国民政府拨款数年，至抗战起，转由基督教组织资助并管理。不幸，教会所聘之老师多性格暴烈，常常打骂学员，造成逆反心理。孤儿之中，不乏少年犯、乞丐，在街头谋生，素喜斗殴，结帮成伙，用板凳、石块向教师进攻，伤数人，并有腿被打断者。美日宣战后，经济来源断绝，遂有伙食费一事也。光明寺系清朝康熙丙戌年所建，大殿之后乃旧坟地，也为游鬼幽魂出没之地，乾隆中年遂建灵官小殿以镇之。民国二十年，大殿改为孤儿院之教室，灵官小殿改为学院宿舍。时偶遇地坍塌，床下隐约可见棺木中之累累白骨。于是，将人质永牧师囚于其中，寝于一古尸坟窟之上。永牧师粒米不进，滴水未沾，仅祈祷不止，数日之后，安然无恙，被众孤儿视为神。永遂创江口孤儿院，永氏之四合院，改造为学员宿舍，又以草堂为教室。永氏原有果园二十亩，成为学员每日课后劳动之园圃，自食其力，衣食不忧也。

鹤来曾去拜访了父亲的囚室。

方志中提到的光明寺，或者说，前县孤儿院所在地，是在莆田城东门之外约两公里。它和永声的草堂一样，也是建在一个圆形的小丘上，视野开阔，可以俯视沟渠纵横的平原。木兰溪像一条淡淡的金色缎带，穿过一望无际的稻田，蜿蜿蜒蜒流过水塘和沼泽地的迷宫，流向白雾迷蒙的地平线，渐渐地消失了。

那一年，江口孤儿院果园里的数十亩荔枝大丰收，学员中年龄稍大又有力气者，挑荔枝到城里的市场上去卖。鹤来趁机跟着她的这群大同学进城玩。她刚满七岁，平日里虽不能和他们一起在果园里干活，但天天上课时，同坐在一个教室，同学的是一样的课本，授各门功课的又是同一个老师：永声。卖完荔枝，从城里回江口，并不经过东门外的光明寺，但鹤来一定要她的同桌好友——此人叫白毛，是个来自东北的孤儿，比鹤来大七岁——带她去看看关押过父亲的地方。

他们来到永牧师的"圣迹"——寝室中的坟窟。据白毛说，有一天，一个叫赵老五的孤儿睡着了，只觉床晃了一下，突然陷了下去，立刻起来看，床下已出现了一个洞，看得见洞里的棺材。从此，这张床没有人住，直到永牧师当了人质。连续几个晚上，他睡在这张床上，他在黑暗中忍受孤儿院学员们的折磨：他们装扮成各种各样的妖精、鬼怪，或凶猛的野兽、猛禽，来恐吓永牧师。也有人扮成妙龄少女来挑逗他，也有人出去搞来死耗子或蟑螂，藏在他的枕下。每天夜里，尖声尖气的鬼哭狼嚎声不绝于耳。

白毛素来自称是东北某"神偷"的私生子，最喜欢的游戏是去偷永牧师藏在皮夹子中的一张照片。"他的皮夹子里的钱早就被我们拿走了，但他每天像保护圣物一样保护着皮夹子。"据称，白毛的父亲曾把他的技术练到炉火纯青的地步：他往往事先提醒对方，注意戒备了，有人要偷你的皮包了，然后在对方的双手死死捂住口袋时将里面的皮包偷走。取出其中的钱物后，再将皮包放回一直捂住的口袋中。不过，白毛离这个境界相差太远了，无论他如何屏住呼吸，把手指动作练得如何灵活，每次都被永牧师抓个正着，引起同伴哄堂大笑。

鹤来也笑了，她笑的不是白毛的笨拙，她的心里很得意，因为她知道那个皮夹子里除了她三岁时的一张照片，什么也没有。

阳光透过护窗板的缝隙，光线里飘浮着灰尘。坟窟并没有鹤来想象得那么黑暗和恐怖。四块歪歪斜斜的、坍塌的石板，陷在土里，形成一个高低不平的坑，一头高，一头低。有一块石板向左倾斜，有两块石板向右倾斜，石板和泥土之间，长出了野草，它们的叶不是像令箭那般细长，而是一种蔓生植物，发蓝、发灰、发紫，有梗，细细的，白色的根部暴露在外面，错综蜿蜒。坑底的棺木隐约可见，没有上过油漆的木料，在石板和泥土的重压下坍塌了，现在的颜色很接近泥土，发散出一股泥土的气味。

白毛蹲了下来。

鹤来也蹲了下来，觉得泥土的气味更浓了，一种潮湿的气味，像淤泥。

"你好。"白毛对着坟坑说。

"你好。"鹤来模仿他说道。

他们的声音似乎在坑的深处回响，袅袅不散。

"永牧师到这儿的第一个晚上，睡觉前，好像是向坟坑的主人借用地盘似的，非常客气地说：'对不起，打扰你了。'"

"永牧师的女儿来看望你。"鹤来说完之后，想起了什么，便转头来看着白毛问道：

"坟墓主人在阴间会不会遇见我妈妈？"

"也许。"

"请他给妈妈带一句话，就几个字，行吗？"

"试试吧。"

鹤来从包里找出一小截铅笔，一小张白纸，她要白毛把头转开，白毛不但照办，而且闭上了眼睛。她在纸上一笔一画写道：

"妈妈，我想你。"

鹤来在这句话下面，庄严地写下自己的名字。小小纸片被投入了坟窟，它像一只白色的蝴蝶，在坍塌的石板之间，在发蓝、发紫、带点灰色的蔓生植物之上，盘旋飞翔，直至变成一点白色的光亮，被昏黑的坑底所吞没。

3

挪 亚 方 舟

一天晚上鹤来问永声："为什么我的眼睛是蓝色的，和别

的小孩子不一样？"

永声显得有点尴尬，犹豫了一下，才说："因为天上的彩虹掉进你的眼里去了。"

"什么时候掉进去的？"鹤来又问。

"别的孩子是母亲生的，而你却是从天上落下来的。有一只白鹤，嘴里衔着系你的带子，知道吗？你是被裹在一个包袱里，上面系了一条带子，白鹤从天上飞下来，停留在白木香树上。"

他坐在一把太师椅上，边说边爬上椅子，像鸟一样蹲在上面，嘴里还模仿着鹤的叫声。每年到了鹤的迁徙季节，都可以听见这种沙哑的声音从草堂的上空传来。

鹤来第一次注意到永声前额上刀刻般的一道道皱纹……那是一个多么奇怪的、隆起的前额啊！像她在白沙河河谷中捡到的一个卵石，上面布满了无数裂缝。

永声衣衫不整，到处是油漆。连他穿的短裤上也有色彩的痕迹，下巴上一撮数日未刮的花白的山羊胡子，也是脏兮兮的，眼眶充血。脸上斑斑点点的油彩，已经结了一层硬泥壳。

油灯的光影在牧师的脸上晃动不已。这张脸不动声色，眼睛带着某种迟钝、惊讶、疑惑的神色。凸起的眼睛，准确地说，深褐色的球状物的表面上，映照出一道黄色的光的轨迹，那是鹤来手中的灯，不断晃动。黄色的光顺着她洁白、透亮、象牙般、几乎发蓝的手臂的皮肤，蔓延至全身。

永声慢慢地下了木椅，然后走开了。他的身影，像一条浅色的细线，划过小姑娘眼眶里的蓝色球状物，变得越来越细，拉得越来越长，最后完成了从球体的一端走到另一端的行程。

浓黑的阴影中，一个远去的浅色的斑点，那是永声成为教堂的兼职画师后没有离过身的一件布褂子。画师的工作服，短袖，布扣。这个浅色的斑点，像幽灵似的，漂泊着，进入了黑暗之中。

永声在孤儿院草堂的南墙，画了一幅《挪亚方舟》的巨型壁画。

1945年，抗日战争结束之时，基督教组织重返莆田大地，年会议组织恢复了。不过，此时的江口孤儿院经济上已经自给自足，无须教会资助拨款。对于年会议提供的数量不少的一批图书，永声表示欣然接受，并特地在草堂的旁边，修了一座圆形建筑，作为孤儿院的图书馆，自任馆长。在这一批由世界各地的信徒捐赠的图书中，大多数是儿童版的绘图本，一目了然，浅显易懂。其中也有关于挪亚方舟的图画书，永声贪婪地钻研这几本书，仔细观察彩色插图。他沉浸在对这些奇异的生命形态的观察中，好像被一个万花筒迷住了，每翻动一页书时，就像轻轻地摇动了这个万花筒，生命的火花立刻出其不意地迸发出新的组合，呈现在他的眼前。

他开始临摹各种船只、桨、桅、帆，和当年在神学院图书馆临摹达·芬奇的胎儿图，可谓异曲同工。仅以船只的外形来说，他画了双层甲板的；也画了三四层客舱，专供达官贵人使用；还有可以运载七百吨商品的；也可以运载五百士兵，并需要四百名水手来操纵帆缆索具的大船，以及王子贵族的楼船和中国天子巡游时的水上行宫……他甚至临摹了不少细节，包括船艏——每一条西方船上最华丽的部分——精雕细刻的金光闪闪的宗教人物、神话动物、传说故事。

这时，他去福州参加全省的牧师大会，会议期间，他抽空去三坊七巷探望父亲（母亲已在一次流行的伤寒中去世了）。第二天，永声就找到省城最大的一家颜料店，列了一张很长的需订购的颜料和画笔的清单，并且注明：壁画专用。然后，在回去的路上，经过莆田时，又买了好几桶白色的油漆。他把草堂的南墙——长二十五米，高八米——涂上一层均匀的底色。油漆未干，他又带领孤儿院的学员们，砍了许多高大的楠竹，请了几个泉州来的师傅，沿着散发着浓重油漆和松节油气味的白墙，用竹竿搭起了高达八米的脚手架（闽南人叫鹰架）。竹竿之间，设有可以移动的木板，攀登的舷梯，运送颜料的滑轮家具。

永声做梦也没想到，当他腰间系一根保险绳，站在数米高的脚手架上——几乎可以说站在云端——画《圣经》故事画时，这个画面本身就是一幅巨大的广告宣传画，消息不胫而走，人们从四面八方赶来，观看牧师作画，犹如观看一个圣迹，甚至有的人手里拎着鸡或鸭，也有的带来了鸡蛋或蔬菜水果，恭敬地放在脚手架下，好像是在敬供一个圣坛。

两个星期过去了，前来观看的人比最初的时候有增无减。山坡的羊肠小道上，从草堂下来的人，神情激动，却无法告诉正要上去的人等待他的将是什么。

"去呀，只有自己看了才知道，那是怎样的一个庞然大物啊！"

这个庞然大物几乎覆盖了整面南墙，没有船艏，艏楼、艉楼，前后左右，都是一样的宽度。画面上没有一滴水，但是，方舟的倾斜度，不仅令人感觉到大浪滔滔，而且仿佛方舟随时要被大浪掀翻了，朝着你扑面而来。观众情不自禁地向后退了一步。唯一可以表明船的前进方向的，是用很厚的中国竹片编织成的大横帆。它的上下两边固定在一根很长的木杆上，被降至桅杆三分之二的地方，正被海风鼓了起来，像一个巨大的气球。站在壁画下，人们似乎可以听见编织大横帆的竹片在风中嘎嘎作响。桅帆和桅下帆都是用一种厚布做成的，画得很仔细，连粗棉布的颗粒似乎也触手可及。各种不同颜色的补疤在狂风的吹动中扭曲变形，帆面临着断裂的危险。

如果说粗布桅帆是来自外国书籍的彩色插图，永声只是在上面添加了现实主义的补疤，那么，竹席式的大横帆显然是莆田海边的日常景物，谁能责怪这个地区的第一个中国牧师向故乡致敬呢。

船体部分完成之后，他惊呆了。他怎么也没想到，自己怎么会画出气势如此磅礴、充满科幻色彩的大船呢？

《圣经·创世记》里，上帝指示挪亚：

"你要用歌斐木造一只方舟，分一间一间地造，里外抹上松香。方舟的造法乃是这样：要长三百肘，宽五十肘，高三十肘；方舟上边要留透光处，高一肘；方舟的门要开在旁边；方舟要分上、中、下三层……凡有血肉的活物，每样两个，一公一母，你要带进方舟，好在你那里保全生命；飞鸟各从其类，牲畜各从其类，地上的昆虫各从其类……"

不久，草堂南墙上的庞然大物，就像《圣经》中所要求的，分出了上中下三层。最下面的一层，是在甲板之下，从壁画上看，难以得知这一层的内部构造。我们只能看见黄铜的圆框，一个挨一个，上下一共四排，每排有四十个这样的小舷窗，远远看去，是一百六十个金黄色的圆圈，只有走近了，才可以看见每一个小舷窗的里面，如《圣经》所说，有一对昆虫，一公一母。

这个阶段前来观看作画的，以小孩子为主，他们可以说是亲眼看到了一对对昆虫的诞生。

最先画出来的是一对细腰胡蜂，哪一个江口的小孩子不认识它的纺锤形的身体，他们开始模仿胡蜂飞翔时的嗡嗡声。闪闪发光的黑色，中间一条金黄色的腰带。画得如此栩栩如生，可以感觉到它们正在欢庆自己幸运地得救，在玻璃上手舞足蹈，飞快地爬行，转着圈子，仿佛整个世界都浓缩在那个小小的圆形舷窗上了。

每一天都会有不同的昆虫出现在新的舷窗里。开初，多是孩子们熟识的当地昆虫：知了、蚱蜢、蟋蟀、蝈蝈、螳螂、蜻蜓、蝴蝶、金龟子……不久，壁画作者就走出地域的圈子，让彩色插图本上的鞘翅目昆虫，出现在方舟的最下面一层。这些具有异乡情调的甲虫，形状奇特，闪烁着金属般的光泽，有的甚至像钻石一样闪闪发光。人们停留在它们的舷窗前，久久不去，咋舌不已。一半是由于对生物的好奇心，另一半则是欣赏画师的才能：某一对甲虫，似乎连头也没有，不，它们的头已经变成嘴了！另一对甲虫的触须却变成了象鼻子般的长管。它们都没有翅膀，坚硬的外壳上布满了金色的圆点，或不规则的几何图案，浅绿色的线条将甲壳划分成不同的省份，其中有大河、高山、湖泊……一只墨绿色的甲虫，其甲壳上覆盖着金色的鳞片，而它的妻子的甲壳却是天蓝色的，撒在上面的鳞片是白色的，当阳光透过脚手架照入时，一片银光闪闪。

一百六十个小圆窗，也就是说，有一百六十种不同的昆虫，成了上帝的选民，登上了停泊在莆田江口的挪亚方舟。

每天画两对昆虫，一共画了八十天。

一个傍晚，鹤来在井边用水桶拎了水冲凉。第二天一大早，她要到县城里去参加全县小学生四年级的统考。水沿着她的头发流淌而下，接着，又从颈脖流遍全身，扎在裤子里的短褂像球一样膨胀起来。

其实，所谓井水，应该说是一眼泉水。泉水边砌有红砂石，水很纯净，清澈得可以看见水底的沙子和像史前时期的鸟蛋一般的卵石，连石上的纹路也看得清清楚楚。一串串升起的水泡，一群群绿色的、亮晶晶的小蝌蚪，摇动着尾巴，从它们的泥窝往水的表面游。她用手掬着水痛饮一气。

当天晚上，她就生病了，一阵又一阵的咳嗽剧烈地摇撼着她，如永不止息的潮汐，此起彼伏，一浪高过一浪，一次又一次让她窒息，一次又一次地吞没了她。

永声走到白木香树下，取了一块树皮，回到屋里，在厨房里烧起火，开始熬药。平常每次她咳嗽时，就是喝用白木香树皮熬的汤，很快痊愈。但是这个晚上却没有奏效，时近半夜，她还是咳得厉害，无法入睡。

"明天的全县统考怎么办呢？"鹤来急得流下了眼泪。

还用说吗？如果不能参加统考，那对争强好胜的鹤来将是一个沉重的打击。再说，这次统考，对永声在孤儿院的教学效果，也是一次很好的检验。

怎么才能让她好好睡一会儿呢？哪怕只睡上三四个小时，也会影响第二天的考试成绩啊！

"我从贵州回来的那个晚上，白木香树的断枝燃烧时发出的一种香气，不是让我迷迷糊糊地睡着了吗？"

永声走了出去，再次来到白木香树下，摘下一段粗枝，回到鹤来的房间。

刚摘下的树枝湿气过重，拒绝燃烧。

这时，几个月前曾经见过的一个场面，从永声的记忆深处走了出来：那是一支多么庞大的蚂蚁大军啊！大约好几千吧，不，应该是上万的蚂蚁，正把一块只有四五公分长的树皮，向着它们的一个大蚁巢搬动，犹如不计其数的士兵簇拥着一个重达数吨的巨型武器：那是一块白木香树的树皮。它难以察觉地向前移动，一分钟过去了，它似乎还在原地不动，两分钟、三分钟……它的位置发生了微乎其微的变化。

鹤来的咳嗽声再次打破了黑夜的寂静。

永声点燃一盏有玻璃罩的油灯，拿了工具，走出了草堂。

永声在一株大榆树的背后找到了那座很大的树蚁巢。他看见自己的影子接近蚁巢的底部，继而升到蚁巢的拱顶——是的，这个由几代蚂蚁用细枝、茎和枯叶编织出的蚁巢有一个高高的拱顶。

永声用泥刀揭掉蚁巢拱顶上的几层土皮。

他用油灯往里照，一个迷宫在眼前出现了。沟壑纵横，建筑栉比。每个建筑中由无数的房间组成，一个个建筑之间，有无数相连的隧道，四通八达。熙熙攘攘、千千万万的蚂蚁摩肩接踵，来来往往。

泥刀立刻遭到蚁群的攻击。

仔细地观察之后，永声在这一片密集的交通网中，在这些道路的中央，发现了一块平整的地方，他知道找到了蚁穴的中心。

泥刀刺进蚁穴的心脏时，蚁群沸腾了似的，将泥刀包围了。

果然，这儿是蚁王和蚁后居住的王宫，底部是水平的，形状像一个大的库房，比其他房间大十几倍。蚁王有一双巨幅的翅膀和凸起的大眼睛，蚁后的身体鼓胀着，它正在那块白木香树的树皮上寻开心呢：它从一个孔钻进去，又从另一个孔冒出来，身体内部的卵似乎随时都会冲破红褐色的皮甲，蔓延开来。

永声用两根细长的竹棍，小心翼翼地夹起了树皮。

在油灯的照耀下，白木香树的树皮呈紫褐色，看上去油光闪亮。不，准确地说，一种黑色的油正从表面密密整整的孔洞中向外渗透。和几个月前蚁群将之搬入蚁集时相比，已经发生质的变化。它似乎正在变成一缕缕的丝，黏合在了一起。永声的手指不经意地碰了一下，指甲的痕迹就清晰地印刻在柔软的树皮上。

永声把它放在嘴边，轻轻地咀嚼了一下，顿时一种麻辣的感觉，传遍他的口腔。

奇迹出现了。当永声点燃了那块树皮，几秒钟之后，鹤来的咳嗽停止了。

其实，小姑娘是被扑面而来的一股浓浓的甜香味淹没了。她看见一盏带有玻璃罩的油灯，灯内有一块燃烧的煤块，定睛一看，才发现那是一块树皮，看上去像发着红光的皮草，没有火苗，只有余烬在发光。先前浓烈的甜香开始变得辛辣了，直冲她的鼻翼。

她觉得眼前的一切突然变得恍惚起来。

"我怎么了？"她自问道。

难以置信，她在黑暗的房间里竟然看见了萤火虫，它们在浓密的草丛中闪着亮光，她似乎看见一道树篱，树篱的上方萤火虫飞舞着，形成一道鳞光闪闪的光轮。它们的身后，拖着天上的星辰。这些鳞片变成了漫天的碎片，从树篱上飞过来，落在她的身上。

鹤来安静地一直睡到天亮，然后在全县小学四年级的统考中获得了第一名。

挪亚方舟第二层的居民是走兽和牲畜。永声想起了金陵神学院的德国老师亚当斯曾经说过，在《圣经》的希伯来语版本中，此处作"四蹄动物"。永声先画了一个盒子般的屋子。然后，又在这个小屋子里，确切地说，是在小屋的铁栅门后面，画了一对老虎。他原来想画两只趴着的老虎，各自伸出粗壮的舌头，专注地舔黄色的兽皮上一道道黑色条纹，完全沉浸在自爱的幸福中，为自身的美丽而陶醉。然而小盒子狭窄的空间，加上铁栅门，仅仅能画下两个虎头。哪怕他竭尽全力，仔细地画出了它们的脸颊的肌肉，上面竖着的像刀刃一般的硬毛，每一根虎须，每一根眉毛，可他还是很失望，认为没有把女儿最喜爱的动物的美和力量呈现出来。

"它们只有活活憋死。"她对永声说。

"你的方舟共有多少对哺乳动物？"鹤来又问他。

"一百六十种。"

"如果一百六十个小盒子挤在一起，那会多么难看。"

"上帝考虑得很周到，如果不把它们关在小盒子里，老虎会吃掉其他的动物，把它们吃得干干净净。"

不过第二天永声来到草堂的南墙下，拎了一罐白色的油漆，爬上脚手架，把老虎和它们的囚笼涂掉了。

他做了个决定：一切嗜杀的动物，在挪亚方舟上没有位置。

现在的第二层上，没有小盒子似的房子，而是一个如梦如幻的花园。有假山峭壁，油亮的、丝绒般的绿草地，假的石窟、小池、喷泉，白色大理石的台阶，甚至还有供猴子们嬉戏的秋千。在这个花园中，最先出现的是一对大象。它们粗砺的皮上闪耀着水光，似乎让人闻到雨后大象的气味。公象晃着沉甸甸的头，正在甩掉大耳朵上的水珠，而母象正用它长长的鼻筒无声无息地撞击着肩膀。

鹤来第一次见到大象就被迷住了，她站在画壁下，凝视着大象的长鼻，无法离去。她久久地目不转睛地观看——是的，永声照着书上的画，把细节表现得清清楚楚——长鼻管壁厚实的肌肉，鼻端的两个鼻孔……尽管只有短暂的一瞬间，但鹤来似乎感觉到大象长鼻鼻端的那个凸起的肉团。在壁画上，它像是一只灵活的手指，张开了，抓住了一个松果，正要剥开；现在，抓住的是她的耳朵，轻轻地拧了一下，一股电流顿时传遍全身。

这一层方舟上的第二对居民，是莆田人从来没见过的斑马。公斑马的体态敦实，髋部丰厚，臀部绷得紧紧的，鼓了起来。母斑马优美纤细，鼻孔张着，像在颤抖中的小号，鼻孔内壁的血管呈粉红色。观众聚集在这一对陌生的动物前评论不休：它们究竟是不是马呢？有人因为它们的四肢不长，一看就知道不适宜奔跑，而且尾巴小而细，无长鬃毛，认为它们是一种退化的马。而别的人却因为它们美丽的斑纹——头部和身体前部的黑白斑纹是一个方向，从上到下，身体后部的条纹却是斜着向尾部延伸——而认为它们是马的贵族。人们注意到，斑马的腿和白马的腿一样，没有条纹，它们的蹄却更加纤细，像一匹年轻的小马的蹄子，没有钉薄蹄铁，走路时不会发出清脆的金属声。母斑马好像被地面烫了一下，蹦跳起来，前蹄悬上空中，凝然不动。

壁画创作期间，每天下午，尤其是傍晚时分，人们就像被一块磁铁吸引住了，不由自主地聚集在草堂的南墙前，观看和讨论永牧师把一对什么样的从未见过的动物，接纳到了方舟的第二层。

有一天，出现了一对灰褐色的动物，似牛，更确切地说，像雄壮的公牛，但只有一只角，在鼻吻上高高地翘起。它的身体包裹在一层一寸厚的硬皮下面，两肩和大腿具有铠甲才能形成的褶皱。它几乎是一毛不生，只有最细心的观者，才能发现画师在它们的尾巴的尖端，在向后倒状的两只招风耳的边缘，画上了稀疏的细毛。

"是犀牛！"当地一个博闻强识的秀才下了定论，"宋朝的二品官啊、大学士啊、尚书啊，他们的朝服上绣的就是它！"

犀牛，多么掷地有声的两个字，在场的成年男性顿时肃然起敬。长期以来，他们一直渴望得到的犀牛角粉（他们中间没人见到过犀牛角，最幸运者也仅仅是见过它的粉而已），这一味在中药领域享有至高无上地位的名贵药品（一克犀牛角粉价值超过黄金）竟然出自如此庞然大物鼻吻上的独角！相比之下，角的两侧鼓凸起的双眼显得多么黯淡。

永声去吃饭的时候，人们一个接一个登上高高的竹脚手架，一直攀爬到犀牛的头部的高度。他们伸出手去，抚摸着这只动物鼻子正中冒出的尖锐的短角。它像一把黄金打造的匕首，反射着夕阳的光芒。

永声每天画一对动物，他又画了一百五十九天。

人们目睹了挪亚方舟第二层甲板上的最后一对动物的诞生：长颈鹿。

简直不敢想象，一个非职业的画家这么容易就调出了一种浅浅的红棕色，淡如生锈的黄铜落下的粉末，作为这对动物的皮毛的颜色。而不是永声手中的画本彩色插图中的浅黄色。他连草图也来不及画，直接就登上脚手架，开始作画，好像生怕调出的色彩会在顷刻之间挥发掉一样。

他从中午一直画到傍晚，鹤来听见父亲在脚手架上大声说道：

"侧着头看，长颈鹿就会动起来。"

此时正值黄昏，日落西山之时，光线瞬息数变。当鹤来不时地抬头、转动头、移动身体、改变距离，从不同角度仰视长颈鹿的各个细节时，它们身上的褐红色的图案和线条竟然真的摆动起来，与光线做着游戏，好像身披了一张波浪般起伏的世界地图，有着清晰的疆界、河流、高山……它们树枝般细长的腿，仿佛正在跳着一种奇怪的舞蹈。

挪亚方舟第三层的居民是鸟类。

首先，小鸟儿们应该有一个嬉戏之处。他画了一个果园，和孤儿院的果园一样，里面长着荔枝树、龙眼树和枇杷树。看上去是初夏，准确地说，是在大暑之后，正好雨过天晴，柔和的空气，不胜重负的树枝载着雨滴，载着丹红色的荔枝。有的荔枝落在树盘上（莆田人称粗大隆起、盘于地面的树根为"树盘"）。

他在果园中画了不少状似鸟笼、可供鸟儿休息的鸟舍。永声是根据记忆中父亲在福州当鸽仆的葛家大院的鸽舍画的。鸟舍的门栅是红色，里面有绿色的草茵，像一片地毯。

永声又画了银杏、槐树、枫树、椿树、黄连木。然后，他调出一种很柔和的蓝灰色，轻轻地抹在每一株树上，犹如吹过一阵幽蓝的微风。

谁会是这片乐土上的第一对居民呢？鹤来暗自猜想，会是美丽的孔雀？她在彩色图书中看见过它们绚烂的羽毛，闪烁摇曳的圆斑让她迷恋不已。也许会是锦鸡？小姑娘已经想象出阳光将会如何照耀着它的鸡冠，它的头部将会是一种呈暗紫色的、像灯笼似的、透明的红色。锦鸡伸长了脖子时，羽毛会像黄铜般闪闪发光。

然而完全出乎鹤来的意料，这一层甲板上的第一对鸟，是乌鸦。

永声的解释，他做出这个决定的理由，十分简单，他是根据《圣经》，挪亚在大水中漂流了一百五十天之后，为了知道陆地上水退了没有，放出去一只乌鸦。乌鸦一去未回。

人们常常不无遗憾地说，我们莆田终于有了中国牧师，但是却失去了一个自学成才、无师自通的大画家。《莆田县志》上曾有如下记载："有乌鸦一对，居涵江镇外一堆乱石累累、藤蔓丛生之废墟上。某日，早出觅食，经江口教堂，见南墙亦有乌鸦一对，遂止飞翔，落于一泥堆，远远观看。见壁上乌鸦之羽黑如漆，并有冷冷反光，呈粉红色，令涵江乌鸦迷惑不解，回首一望，己之羽毛上，亦有此粉红光泽，而不知乃一片灿烂朝霞之照耀。朝霞已去，壁上乌鸦依然粉红色反光，而己之羽毛已暗无光泽。怒，腾起直奔壁上乌鸦而去，狠狠啄击良久。其鸟喙于壁上留下小洞无数，至今尚存。"

接着，挪亚养的那一对鸽子出现在壁画上。一只是雪白的，另一只的头的前部和后面，包括颈的上半部，是深紫色，散发着绿色的光芒，而背部、肩胛部、胸侧和翅膀之上，都是一种土灰色，只有咽喉部、颈的周围，尤其是胸部，是多么纯净的白色啊！白色的胸毛中，有一团胭脂红的色斑，似火焰般燃烧着。

没有人知道，永声作画时头脑中是否曾经闪过当年古牧师的毛脚白鸽的画面。外国人赠送给孤儿院的各种画册中，只有一些很平凡的西方鸽，比起永声见过的珍品，简直不可同日而语，更不用说那一对曾让他神魂颠倒的"劈破玉"了。

"我明白了。"鹤来在父亲的耳边悄声说，"原来，我爸爸最喜欢的，是鸽子。"

"当然啦，我以前是个做鸽哨的。"永声随口答道，没有停下画笔。

"什么是鸽哨？"她问道。

永声不画了。原来，为了不坠入痛苦的回忆，永声从来没有告诉过鹤来，他曾经是个制鸽哨的高手，还当过古牧师（鹤来真正的父亲）的鸽仆。

永声虽然是从临摹开始习画的，但他拿起画笔，却从来不首先画出某一动物的轮廓，或者一个头部的轮廓。他不会从整体出发，而是反其道而行之：他首先画的是眼睛，画着画着，这一双眼睛（甚至是某一只眼睛），会在某一难以预料的瞬间与他发生一种难以言传的交流。他顿时心领神会，知道可以继续画下去了。这时，鼻、嘴、耳、发，各种细节会争先恐后地向他的画笔拥来。而脸部的轮廓，只是头部的最后一道工序。

这幅壁画中，唯一的人物——挪亚，也是使用的这种方法。

首先画出了一只碧蓝色的眼球。那真是一只处于恐惧之中的眼球，不知道它在害怕什么，然后，是充满血丝的眼白。眼眶在恐惧的浪潮冲击下几乎要崩溃了，蓝眼珠几乎要夺眶而出了，眼白上显出了错综复杂的微血管。

这时，作为观众的鹤来的心怦怦直跳，她仿佛看见了自己的蓝眼睛在壁画上，呼之欲出。然而，和画动物时不一样，永声画完这只眼睛之后，刚刚开始画睫毛——和鹤来一样，蓝眼睛上是黑色的睫毛——他放下画笔，不画了。

他拉开了好几张细竹编织的垫席（每张二丈长、一丈宽，平时农家用来晒谷子），把壁画前的脚手架，严严实实地遮了起来。白天，像雕塑一样，就坐在垫席前，不许任何人走近壁画，就连鹤来也不例外。夜深人静之时，他才点亮一盏油灯，消失在垫席的后面。一级一级的脚手架在他的脚下发出嘎吱嘎吱的响声，打破了寂静。这响声持续不断，在壁画上回旋，袅袅不散，直至次日拂晓。那时，他像一个打了败仗的战俘，弓着腰，拖着疲乏的身体，从垫席后面钻出来。

　　一个星期过去了，挪亚还没有完成。

　　又一星期。

　　过去的整整一年中，几乎每天他可以画完一只动物，而挪亚却用了他将近一个月。

　　这一个月中，鹤来没有听见过他说话。他也不和鹤来一起吃饭了。每到用餐时分，厨师自会把饭菜装在一个竹篮里，鹤来拎着这个竹篮，来到用垫席围住的壁画前，放在一张长桌上。永牧师坐在垫席的阴影下，苦思冥索，对前来送饭的女儿不予理会。

　　一个傍晚，天还未黑，和往常一样，鹤来将饭篮放在小桌上，正要离去时，阴影中传来了永声的声音。

　　"快完了，一切都快完了。"

　　当天晚上，大约半夜时分，鹤来突然醒了。月光照进窗户，非常明亮。她起床去厨房找水喝。连她自己也没搞清楚，她是怎么赤着足，没去厨房，而是朝着壁画的脚手架走去的。她抄了一条近路，跑着穿过屋后的草坪。草坪上开着白色的金盏花。花儿碰着她的光脚窸窣作响。花儿流出的汁液散发出一种淡淡的酸味。

"是我，"鹤来在垫席外喊道，"可以进来吗？"

没有回应。她将垫席拉开一道缝隙，钻了进去。

"爸爸——"她喊了一声。

还是没有回答。

这时，她的好奇心没有减少，而是增加了：脚手架的高处，有一盏灯在闪耀，把一个人影——坐着的人影——从离地面两米高的地方，投射到鹤来的面前。

人影纹丝未动。

鹤来放轻了脚步，立刻淹没在半透明的阴影之中。

脚手架上粗竹纵横，光影摇曳。粗竹组成的方格之上，是寂静的夜空，好一个泛着蓝光的拱顶。她沿着脚手架往上爬，有些地方，竹与竹之间铺着一块木板。木板上残留的颜料还没全干，立刻沾到了她的光脚上，油腻腻的。而另一些木板已经朽了，提醒着她这幅壁画的制作已经耗去的漫长时光。从高处落下的丝丝蛛网，在她的脸上拂过。

刚爬到离地面两米左右的高度，她吓呆了，不敢后退，也不敢前进：她看见了墙上的挪亚。不，是一个摇摇晃晃的醉汉，赤裸着身体，从方舟的第三层甲板上，朝着她迎面走来。

她仍然没动，双手紧紧抓住脚手架。那个醉汉也不动了。

鹤来差点转身就逃。好不容易，等呼吸平静一点儿了，她方才定睛看去：挪亚果真是一丝不挂。一个已经衰老的身体，胸部的肌肉松弛了，腹部隆起，两腿之间的毛已经褪色了，似一堆灰蓬蓬的干谷草，生殖器萎靡地垂着头。

在那之前，鹤来对另一性别的身体的了解，仅限于孤儿院的儿童和游戏的伙伴。也就是说，没有任何了解。她不知道画上的这个挪亚年龄多少，只知道他已经老了。他已将近暮年，或许已度过六十、七十个春秋了。他的形体所产生的人间现实，深深地震撼着鹤来：他像一只衰老的大鸟，栖息在第三层甲板的某一株树下——好像是莆田最常见的龙眼树——颤抖着。他没有哭泣，但显得很害怕。

他害怕什么？难道他犯下了什么不可宽恕的罪过？

也许，有人目睹了他的堕落，让他害怕了？

她太小了，还没读过《圣经》里面的这段话：

"挪亚做起农夫来，栽了一个葡萄园。他喝了园中的酒便醉了，在帐棚里赤着身子……含看见他父亲赤身，就到外边告诉他两个弟兄。于是，闪和雅弗拿件衣服，搭在肩上，倒退着进去，给他父亲盖上。"

在脚手架上，她闻到一种浓烈的味道：既像外国教会圣诞节寄来的、带有杏仁味的奶糖，但更醇厚，令她想起老永木匠从一个老窖酒瓶中倒出来的醇酒发出的香气，但又更辛辣，过了一阵后，甜香味和辛辣味之中，又飘出一股大海的咸味。

她想起来了，这就是有一次生病时，在一个夜晚，突然醒来时闻到的气味。

这股香味不仅刺激她的嗅觉，而且麻醉她的头脑，好像黑暗中有某种东西把她向前推。

她接近挪亚，无法相信这仅仅是一个画里的人物。鹤来走近他，把手放在他的手上。这只手上，数以千计的皱纹，蜿蜒起伏，在手指缝间汇合了——仿佛两只手相握，不热也不凉。感觉得到，两者都是活的，上天赋予的生命，还没有离开挪亚衰老的手，这只手还在等待着什么，也许还想干点什么呢。

稍高处，油灯闪烁了一下，熄灭了。

"爸爸睡着了，连灯熄了也不知道。"她想。

幸而月光很亮，鹤来可以沿着脚手架往上攀爬。

永声静静地坐在一块木板上，手臂是抬起来的，放在脚手架横着的一根粗竹上，头枕着肘弯睡着了。他的面前，摆放着一枝还在燃烧的树枝。鹤来认出来了，那是门前白木香树的树枝。

4

神 仆 之 苦

1950年某日，白木香树上出现了一个人影。

在这株数年来孤儿院禁止学员攀爬的树上，一个农民打扮的成年人，腰间系一粗绳，上蹿下跳，手足并用，试验一根树枝的结实程度，或者说，是在选择最牢靠的树枝。

树下，一个革命干部（审讯的主持人），独臂，年仅二十四五岁，身穿一件洗得发白的军装，右边的袖筒是空的，满不在乎地甩来甩去。一顶有五星徽记的军帽下露出乱蓬蓬的头发，腰间扎着一根一寸宽的军用皮带，皮带上吊着一个枪盒子，看得见黑乌乌的枪把。他走过去，用仅有的一只手灵活地接住树上那个农民吊下的两条绳索，用力拉了几下，绳子在空中发出响声。他看着正在摇晃的树枝，不动声色地慢慢地说了一句密码似的语言。

"就是它了。"

此人说话北方腔很重，几乎听不懂，而这几个字，因为是一个一个吐出的，每个人都听明白了。

树上的农民完成了任务，从上面跳到地上，树下还有一个农民（都是审讯时的助手，或者说，执刑人），向他重复了一遍干部的话："就是它了！"

此时树下人头攒动，除了鹤来（她已是涵江的中学生了），全孤儿院的学员无一缺席。他们面面相觑，一头迷雾，不知这几个字是什么意思。

"就是它了。"一个学员在他的同伴的耳边重复了一遍。

同伴又以同样的清晰度和神秘口吻在另一同伴的耳边再次重复："就是它了。"这四个字像魔咒一般，迅速从一个人传到下一个人。

被审判者站在白木香树的后面：双臂被一粗绳绑到背上，双手是被另一条粗绳绑着，绳深深地勒进手腕的皮肉之中。主审官走过来，用他仅有的一只手，抓住捆绑永声的绳索，把他拉到树的另一面，面对众孤儿。

永声不知道这个主审官的名字。抓捕永声的过程，迅雷不及掩耳，三个闯入者之中的这位领导人物，显然报了来头。但由于永声刚刚被打翻在地，没有听清。

主审者用他口音极重的北方话说："这是最后的机会了。"

永声不知对方在说什么："可以重复一下吗？"

"黄金藏到哪里去了？"

"什么黄金？"

"洋人教会的黄金！别装傻了，洋人都坦白交代了。"

"教会从来没有给过黄金。"

"那给的是白银？"

"白银也没有给过。我们孤儿院一直是自给自足，靠卖果园的水果和学员半工半读维持开销。"

"算了吧，你以为我们不知道。我们解放军的大炮一响，洋人就吓破了胆，临撤退时，把黄金疏散到江口，藏在你的孤儿院了。"

"我不知道这事儿。"

"其实我们完全清楚黄金藏在何处。要想人不知，除非己莫为。现在问你，是给你一个机会，聪明人就应该知道抓住机会。"

"真不知道。"

"提醒你一下吧，机不可失，时不再来。你也许听说过，仙游的一个反动透顶的牧师前不久被人民政府枪毙了。"

"孤儿院里没有藏过任何黄金。"

"也许在果园的某一株树下？"

永声摇摇头。

"说不定就在这株大树下，人们不是叫它永声树吗？一株对教会忠心耿耿的奴才树。"

永声继续摇头。

"臭名昭著的永声树，我今天给它重新取个名字。从现在起，它叫'洋奴树'，你同意吗？"

永声默然无言。

"你是洋奴吗？"

"不是。"

"不是就应该拿出实际行动，坦白从宽。"

永声无言。

主审者把永声推到刚才选定的粗树枝下。从树枝上拖下来的一条粗绳，两头落在地上。他弓腰捡起其中的一头。他岂止是独臂审讯人，他还会单手打活结的绝招，令人叹为观止；刷刷几下，竟已将从上面吊下的粗绳，穿过了捆在永声双手上的绳索，打了个连环套，结结实实地拴死在上面。

两个农民助手抓住了绳索的另一头，用力一起拉。于是，被捆着的永声，反剪着双手，在空中缓缓升起。

全场鸦雀无声，只能听见粗绳与树皮摩擦时发出的声音。

这一招名曰"鸭儿浮水"，和战场上挨了一枪或被炸弹的弹片重创一样，身体最初的反应，不是剧痛，而是麻痹。永声在升至空中时还暗自庆幸：鹤来在涵江上中学，住校，没有回来目睹这场审判。

过了多长时间？三分钟？十分钟？一小时？哪里来的一片嘈杂声？

是树叶在风中簌簌作响。

从下方传来了说话声。独臂主审员几乎是个全才，不仅会逮捕、审讯、打绳结、施刑，还是一个老练的群众工作者。孤儿们见了残疾人有一种亲近感，所以，对他来说，建立起初步的信任并不难。坐在他们的中间，他俨然是一个英雄，让大家轮流来摸一摸他的空袖里的残臂。

"此人如果入教的话，那才是一个好牧师呢。"吊在半空中的永声禁不住这样想道。

解放军的独臂英雄从盒套里取出他的手枪，在孩子们的众目睽睽之下，一只手十分流畅地打开弹夹，从弹夹里退出一粒又一粒的子弹。一共六粒，放在地上，然后把枪交给一个孩子。

"掂量一下。"

那孩子迟疑一下，接了过来。枪很重，差点从孩子手里落在地上。

独臂英雄发出爽朗的笑声："我的枪，没有重量的话，能为人民打下江山吗？"

这把枪在孤儿们的手中传来传去，胆大的还试着拉动枪栓，瞄准同伴。

一个七八岁的小学员走到独臂者的身边。

"你把永院长放下来吧。"

"不要叫他永院长，应该叫他人类的渣滓，帝国主义分子。"

"那你就把帝国主义分子放下来吧。"

"好吧，看在你的分上，我们把他放下来，提前进入审讯的下一步吧。"

主审官向他的两个牵绳的手下做了个手势。

后者立刻把绳索放松，孤儿们一阵叫好。永声不是僵直地落下来，动物性的反应使他双腿屈膝，像一只猫被人从空中扔下来似的。

他想站起来，但腿不听使唤，在原地不断地发抖，他只好
用一只膝触地。

主审者走到他面前。

"现在想起来了吧，牧师先生。"

永声张开口，却说不出声，只能摇摇头。

"黄金！赶快招了吧！"

永声还是只能用摇头来表示。

主审人不动声色，轻轻摆动左手，像平时人们指挥倒车时
一样。两个拉绳者一用力，永声又被吊了起来，头上的树枝突
然被大风吹动似的摆动，互相碰撞。绳索与枝桠摩擦时发出一
种尖锐的声音，好像是有人在永声的头的上方用金属刮玻璃，
这种刺伤耳膜的声音，盘旋着，拖得长长的，形成了一连串的
气流，把他包围了起来。

他渐渐升到空中，双腿呈弧形分开，好像他骑着一辆看不
见的自行车，身子一下子失去平衡，翻了一个转，头朝下，嘴
大张，却叫不出声来。

审讯者做出停止的手势。

拉绳声戛然而止。

永声在空中像个马戏团的演员，又翻转了过来，头朝上，
身体垂直了。

拉绳人继续用力。

"停！"主审人斩钉截铁地下了命令。

一时安静极了，只有绳摩擦后的袅袅回声，夹杂着永声低
低的呻吟声。

只见主审人突然攥紧拳头，高高扬起独臂，挥动幅度之

大，动作之坚决，犹如乐队指挥在演奏一曲交响乐中的最高潮。

"放！"

这次不是像刚才那样一步一收，缓缓地放下，牵绳者突然松了手，让吊起者的身体，像一个失控的岩石，蓦然一下子直冲冲地朝着地面坠下，坠落的高速度将身体重量扩大了若干倍，爆发在反剪的双手上。永声顿时肝胆俱裂，发出一声号叫，好像一只动物被击中了要害。他的肋骨、膈膜、内脏在身体触地的一瞬间似乎炸开了，飞了出去，双腿似乎断成无数小节，耳膜也震破了，一时间什么也听不见了，连嗡嗡声也没有了。

这次昏厥时，没有任何色彩，只有黑漆一片。主审者将刚才的问题重新问了一遍，永声一字不招，其实是没有听见，又再次被吊了起来，再次被蓦然放下，主审重复他的问题，没有回答，继续……

"我口干。"

这是永声再次醒来后说的第一句话。天已经黑了，他还吊在白木香树的枝桠上，反剪着手臂。

主审者带着众孤儿四处搜查去了。他没有忘记吩咐他的两个农民助手说："就这样，看他还能扛多久。再吊一会儿，教会的金子藏在哪儿，你不想叫他说，也挡不住他说了。"

"我口干。"永声又说了一遍。

此时，刚刚恢复知觉的这位受刑者意识到，怎么会从自己的嘴里冒出这么三个字，这不是《马可福音》中的那几个字吗？一千九百多年前的那个受难者，被钉在十字架上，醒来时不也是说的这几个字吗？

"看来，从头到脚，受损失最小的部分，是我的记忆力。"永声想道。

为了验证这一点，他决定自己做一次测试，说出十二个圣徒的名字。

"西门彼得——第一个使徒的名字听起来不像一个人的名字，好像一个枯井上的辘轳，突然自个儿转了一下，发出的一个杂音；接着，第二个名字——先是个温存、敦厚的半元音夺路而走，接着是后面的辅音、元音，从两唇之间的微缝溜了出来——安德烈……"

没想到这两个名字的发音，需要付出如此大的努力。永声听见自己的喘气声，不得不停下休息片刻。

然而，这已经引起了树下的两个农民看守人的高度警惕。

"听见了吗？他在说什么？"

"好像是人的名字。"

"应该记下来，明天汇报。"

"我们这些一字不识的文盲，怎么记？"

"记在心上，他把教会的金子藏到这两个人家里了。"

"也说不定是他们的地下特务组织的联系人。"

"第一个是西——什么？"

"西门庆。"

"第二个好像姓安。"

"不会是，安——"

突然，从树上传来了永声断断续续的声音：

"犹大——马太——约翰——"

两个农民看守人全神贯注地听着，生怕漏掉半个字。

"是外国名字，全是帝国主义分子。"

"西方特务的名字太难记了，一个也没记住。"

永声终于把十二个名字都说完了，他又复述了一遍，然后对自己的这次记忆力考试的结果，感到欣慰。

他想，看来，今天晚上是难以活得过去了。如果我完蛋之前，仅仅能背出十二使徒的名字，对于一个以布道为生的基督徒，显然是不够的，起码应当背诵一段《圣经》，然后才能咽下最后一口气。

他在黑暗中祈求上帝：我的生命是你赐予的，请再赐给我一小点时间，背诵一段经文，这将是你的存在的证明，也是我的记忆力，即我的存在的证明。

此时，果园的树林里刮起一阵风，听上去既像是聚集在山坡上的雷雨的前奏曲，又像是一个巨人在呼吸，合唱队一般雄壮。

看来，上帝批准了永声的这一请求。

不过，永声不知道给了他多少时间。几分钟？一刻钟？半小时？应该选择哪一段经文呢？什么样的经文最能够象征性地概括自己的一生呢？

他首先想到了《旧约》中的何西阿。数年来他一直对这位先知情有独钟，何西阿的上帝是爱，而不是力量——爱不可以强迫，人不可能通过受惩罚而得救——只有他们的爱才能救他们。更重要的、把永声和这位先知联系在一起的，是他们某种相似的痛苦经历（尽管他无法判断何西阿在先知书中谈到的是自己的妻子，还是以色列）。何西阿也有一段失败的婚姻，娶了一个不该娶的人，她和别的人发生性关系，所以他休妻了，但仍然爱她。"她深受喜欢，却是个通奸者。"当她的情人离她而去时，她说："我要回到我丈夫那里去，和他在一起时比现在好。"他接受了她。

但是要想在《何西阿书》中选取一段适合的经文，却不那么容易。他谈到自己的方式，十分混乱，故事的词句也不连贯，断断续续地散布在前三章。永声无法将这些掷地有声的句子在短时间里集中起来。

时间紧迫。永声害怕还没有完成诵经，就又被新的一潮黑暗淹没。他必须做出选择。

他想到了另一位先知：耶利米。他不是想起了《耶利米书》中那些血腥而恐怖的预言，而是这位先知内心的痛苦挣扎。耶利米曾试图离开耶和华的轨迹，永声也曾一度摆脱了基督教的上帝，追杀玛丽亚。他们都没有成功，人无法与命运抗争，而他们的抗争也成了他们命运的一个组成部分。

然而选哪一章呢？他又犹豫不决了，《耶利米书》第30到33章，人称"安慰之书"，讲述心灵自身的历程，但这些文字披着史实的外衣，充斥着犹太人的典故。其中，耶和华通过先知，说出的最著名的一句话："日子将到，我要与以色列家和犹大家，另立新约。不像我拉着他们祖宗的手，领他们出埃及地的时候，与他们所立的约。"

永声此时已奄奄一息，命在旦夕，需要的并不是一个"新的立约"，而是对自己一生的概括。

突然，另一段经文，自动地从他的记忆深处走了出来，来到他的唇舌之间。

他听见自己在背诵《以赛亚书》中的一段经文，即著名的

"神仆之苦"。他没有想到，这么长一段文字，前前后后数百字——完全是对"伤心人"的描述，无疑是《圣经》中最有震撼力的段落之一，竟被他一字不差地背完了。

"这挺好。"他大声地说，"我渴极了。"

二位看守听见此话后，认为此时是一个大好时机，罪犯喝水之后，神经就会彻底崩溃，如实招来。

一个竹筒做的水杯，绑在一根长达两米的竹竿的顶端，盛满了水，递到永声的唇边。

永声处于半迷糊状态，闭着眼大口喝水，好像溺水之人，扑向救命稻草。永声差点没把那竹杯吞了下去。喝得太急了，水顺着他的下巴流下来……

喉咙也一时哽住了。

《圣经》中，兵士给耶稣喂水，用的是一团破布，如球，蘸了水，递到耶稣唇边。

方舟之毁是什么时候开始的，永声并不知道。

吊了几个小时，血液首先退出了他的双手，接着是两只前臂，然后是整个的手臂，他已经感觉不到身体的这一部分了。唯一可以感觉到的，是沉重的骨头，上面缠绕着已经干枯的血管和神经，不再是他身体的一部分。他的双臂已经死了，比木头还要硬。

系在树桠上的绳索，似乎是有生命的。时而被笨重的骨头拉得往下坠，时而又反过来，把骨头往上拉。把动脉、血管神经拉长了，它们几乎与身体的其他部分彻底拉开了，断裂了。

其实，说他还有感觉，并不完全准确。应该说，对他而言，昏迷与清醒，没有一个确切的界限。即使是醒的，也只能算是半醒，还有一半的神志是不清楚的。

突然，一种轻微的响声，笼罩着山坡，或者说，从稍远处的平原爬了上来，登上了白木香树的树颠，发出细微的啮啃声，然后再往下爬，直至把他全部包围起来。树枝上落下几点雨滴，很大，跌落在他的脸上，发出沉闷的响声。

四周是无边无际的黑暗。他的两个看守已不知去向，可能躲雨去了，也可能去向独臂主审人汇报听到的只言片语。

雨下得更密、更大，有节奏地敲打着他的脸。永声睁开眼时，正好一道闪电从天上劈下来，一闪即逝，接着又是一道，在白木香树的树颠噼啪作响，迸溅出蓝色的火花。

他脸上的表情骤变，面部线条紧皱，眼睛直直地盯着对面某一个地方。

第三道闪电是一道针状的闪电，从上空的一个电光的旋涡里分叉放射出来，针尖灿烂炫目，闪着金色的光晕，很快地向下坠落，一直落到草堂的上方，把南墙一瞬照得雪亮。

高高吊起的永声，透过眼前细小的树枝，正好可以清清楚楚地看见南墙：有一个人影，站在木梯上，用一把斧头，摧毁壁画。另一只手臂的袖筒空空的，随风飘荡。

只见挪亚方舟上的动物一时间尸横遍野，血流成河，无一幸免。

电舌拍打着南墙，把大象、斑马、长颈鹿、孔雀吓得目瞪口呆之际，雷声隆隆。整个草堂，整个方舟都震得东摇西摆之际，斧头从天而降，说时迟，那时快，动物们已经从一种状态变为另一种状态，变成了一个又一个的黑色窟窿，一个又一个的火山口。一道道像硬纸板一样翻了起来的伤口，里面内脏毕露，在从深处升起的热腾腾的烟雾中，颤动着。

斑马迎面挨了一斧，它的头被砍飞了，颈脖里喷出一道鲜血，直端端地喷在屠杀者的脸上。独臂英雄拼命地喊叫着，没有意识到斑马已经身分几段，死去了，不需要这样大声喊叫了，不需要再继续狂劈乱砍。他已经杀红了眼，满身都是血，脸上和嘴里也是血，那是动物们的血。他的头发里，他站立的木梯上，也有血，那是他的血，因为用力过猛，木梯失去平衡，他的头碰在梯的角上、石头上、墙上，血流了出来。

挪亚方舟的第二层甲板上，有一只小狗，竖着耳朵，眼睛睁得很大，看着他，嗅着他身上的血迹（动物的血变干得很快，变得暗淡无光，接近褐色，而不是红色）。被他发现了，一斧砍来，小狗来不及叫一声，就一命呜呼了。

南墙前一大群蝙蝠蜂拥而来，冲来冲去，在他的耳边划出了无数道黑色的弧线和螺旋线，完成了走钢丝艺人的各种各样的急转弯动作，好像为悼念挪亚方舟上的死者而跳起的一场骷髅舞。

浓密的雨水在永声痛苦紧蹙的脸上流淌。他屏住呼吸，然后通过急促的喘息和叹息把气呼出。雨像泪水似的，在他的脸上形成了无数道涓涓细流，蜿蜒而下，挂在下巴上，犹如来到悬崖边上，闪着光，抖动了片刻，落了下去。

永声又一次听见一句经文从自己嘴里脱口而出：

"我们所传的，有谁信呢？耶和华的臂膀向谁显露呢？"

这不是他刚才还背诵过的《圣经·以赛亚书》中的那一段"神仆之苦"吗？永声听见，这段经文——和刚才不一样——

带着深沉的回音，在这个黑夜，像丧钟一般，萦绕不休。一个个重音节反反复复，一个字追逐另一个字，一个思想，不，应该说一个命运，在长句中曲折前行。

"他在耶和华前生长如嫩芽，像根出于平地。他无佳形美貌，我们看见他的时候，也无美貌使我们羡慕他。

"他被藐视，被人厌弃，多受痛苦，常经忧患。他被藐视，好像被人掩面不看的一样，我们也不尊重他。

"他诚然担负我们的忧患，背负我们的痛苦，我们却以为他受责罚，被神击打苦待了。哪知他为我们的过犯受害，为我们的罪孽压伤……他像羊羔被牵到宰杀之地，又像羊在剪毛的人手下无声，他也是这样不开口……"

第三部

1

旧 地 重 游

草堂南墙的壁画毁掉六年之后的一个晚上，正是满潮，海风清凉，夹着细雨。一艘汽轮离开吴淞口码头，穿行于在黑暗中驶来的船只之间。这些船多是小货船，灯光从船头亮晃晃地射过来，照着汽轮的甲板，清晰地勾画出一个外国女人的身影。尽管她身穿一件白色的中式外衣，黑色的肥大长裤，但还是无法遮掩住西方人的身体特点。她已不再年轻，但肩上飘动的长发，挺拔的站姿，尚未松弛坍塌的胸部，曲线凸显，都让人感觉到她风韵犹存，仍然足以让无数男人为之转头注目，怦然心动。

大约其他的旅客们都挤在船舱里躲雨，汽轮的甲板上只有这个年近六旬的外国人。停泊在水中的一艘巨轮上的桅灯，在黑夜的高空中滑过时，像一些小小的光点，在她睁得大大的眼里四处飞溅。

玛丽亚已经不止一次出入上海港，但每次听见周围船只的推进器的溅水声，绞盘嘎啦嘎啦的响声，机器间发出的金属的铿锵声，甲板上的脚步声，模糊的人声，都十分迷恋地沉浸其中，不能自已，好像遥远的青春时的幻象又复苏了。

一排一排的绿灯从低处滑过。忽然间，玛丽亚的眼前红光一闪，汽轮正向一艘客轮靠近。这是一只老船，饱经沧桑，早年跑从英国到香港的航线，后来转到澳门轮船大王陈元茂的名下；1945年，被上海东方远航公司收购。1955年，在全国公私合营的前夜，公司的董事长听见风声，将其无偿捐献给国家，遂改名为"大舜"号，其意在于歌颂当代的政治领袖善于治国，远比古代贤君更为伟大。船尾呈四方形，船名就写在船尾上，字体很大，镀了金，字的下面画有漩涡状的装饰。

玛丽亚念出了自己即将登上的这艘客轮的船名。她有一副平静、有力、动人的嗓音，她的中文发音中，既保留着四十年前的莆田口音，又带有三十多年前在贵州山区学会的土话的特点：那儿的人和四川人一样，念"大"字时，辅音的"d"念得和"t"毫无差别。

她对自己的中文发音有些懊恼，如果不算中间离去的一段，她在中国的时间加在一起，毕竟已经超过了四分之一个世纪。

天未亮时分，这艘从上海前往广州的客轮就在东海流域失去了动力。

突然降临的这片静谧令人难以忍受。船上的灯光全部熄灭了，一片漆黑中，看不见一线光亮，听不见一点声音。玛丽亚离开舱房，看见船员们的朦胧身影出现在甲板上，越聚越多。在惊恐的静默中，偶尔能听见一两个颤抖的声音，或一两声尖尖的叫喊。

"我们已经停了吗？"

"现在怎么办？"

"船在动吗？"

"还能行驶吗？"

玛丽亚抛出一张纸片，看着它飞起来，落在朦胧的水面上。

船确实未动，纸片沉入水中。平静、熟睡的大海，黑色、无边的大海，宛如死海一般。"大舜"号瘫痪了，变成了海面上漂浮的一只巨大的金属盒子。

船长室里传出了嘀嘀嗒嗒的电报声："大舜"号求救。船上有两百八十七名乘客，其中包括一个中国籍的美国教授。

其时，中国的航海业百废待兴，救捞部门几乎还不存在。东海沿岸的众多港口中，竟找不到一只有足够马力可以牵引"大舜"号的船只。于是宁波港出动了它仅有的两条拖轮：161轮和111轮。

一条拖索，躺在"大舜"号锈迹斑斑、湿漉漉的正甲板的一边。拖索的一端，像一条粗壮的蟒蛇，低低地垂下，悬在船头上，随着清晨潮汐的节奏，无声无息地来回摇荡，等待拖轮的到来。

天亮后两小时，透过雾霭，水手们看见了在远方出现的第一艘船。"大舜"号立刻悬旗呼救。

来船并不是宁波港的，而是一只马来西亚船。

这艘船很快就消失在一片大雾之中了，但是它的引擎声——经历了可怕的静谧后，引擎声成了世界上最悦耳的音乐——穿过迷雾，距离"大舜"号越来越近。十几分钟后，太阳出来了，这只白色的马来西亚船，在阳光中像一座白塔一般闪闪发亮。

两只船上的人都在兴奋地喊叫。

语言不通，谁也听不懂对方在喊什么。

马来西亚的船员皮肤黝黑，和他们的白船形成强烈的对比。他们做出各种手势，像大人在安慰一群吓坏的孩子。他们像黑色绸缎一般的胸膛和臂膀上刺满红红蓝蓝的文身，煞是好看。

"大舜"号放下一只小艇，玛丽亚被邀担任临时翻译。她随船长下到小艇，四个船员划船，他们飞快地来到马来西亚船的旁边。艇钩搭上了后者的铁链，玛丽亚顺梯而上时动作敏捷灵巧，一点儿不亚于比她小二十岁的中国船长。

玛丽亚的翻译十分成功，她的中文的流利程度，对某些专业词汇的把握，脱口而出的成语，让两个船长惊叹良久。

她回到"大舜"号上。躺在正甲板上的那一堆拖索苏醒了。它简直像一条蛇一般，向前呼呼直蹿，跳起了欢快的舞蹈。突然，一个响声传遍了船上：随着船身一晃，拖索震颤着，像弓弦似的被紧紧地绷了起来。

玛丽亚在甲板上，一边观看着"大舜"号如何服从了从拖索传来的力量，微微向前移动了一下，一边还在回味人们对她的中文的赞赏。

"我如果一直没有离开过，那他们才真会吓一大跳呢！"她想道。

从1935年至1949年，整整十四年，她不在中国。

她回到美国后，许久沮丧不振。有一天，她前夫的一个朋友，Chivas Regal牧师，为了改变她的心情，把她带到了一个录音室。那儿正有一个他熟悉的爵士乐队在录制唱片。乐队灵魂人物埃迪·康登（Eddie Condon）虽是一个超级大酒鬼，却与玛丽亚先前想象的肮脏、邋遢、吸毒的爵士音乐家形象截然不同。康登手执一个她从未见过的乐器——四弦吉他，彬彬有礼，不苟言笑，偶尔冒出一串冷幽默的妙句。那天录制的唱片的名字是*Bixie Land*，收录的全是比克斯·贝德贝克（Bix Beiderbeck）的名曲。乐师们一边大口喝着苏格兰威士忌，一边录音。比克斯是一个选择了毁灭自己、不惜粉身碎骨的悲剧人物，唱的尽是穷途末路时的无奈。在这一天的录制中，玛丽亚变得潇洒、风趣，简直可以说乐翻了天，充满了喜剧精神。当天晚上，康登即兴发挥创作的两句歌词，始终在玛丽亚的头脑里萦绕不去：

> 反正我没有向谁道歉的心情，
> 即使面对Chivas Regal牧师也一样。

于是玛丽亚嘴里哼着这两句歌词，或者有时都没有词，只是像童年时一样，吹起了口哨，手里拿起一支笔，开始把自己在红军中的经历写在了纸上。她一连写了几个星期，最后成了一本回忆录，名为《上帝之手》。因为她无法解释一个关键场景：发生在中国贵州山区的一个沼泽地，一个红军战士的枪对准了逃亡的女帝国主义分子的脸，持续了一分钟之后，枪口移开了；她认为是上帝之手从她脸上移开了这支还散发着火药味的步枪。

《上帝之手》跃居当年美国畅销书榜首，玛丽亚将丰厚的稿费，用在重返欧洲的旅行中，足迹遍及法国、意大利、西班牙等国。直到德军入侵捷克，英法对德宣战，她在日内瓦加入了国际红十字会。1942年年底，她被派到斯大林格勒战场，担任一个国际志愿救护队的队长。战后，她定居莫斯科，在苏联国际广播电台做英语节目的播音员。当中文逐渐从记忆里消失时，一个偶然的机会使她与正在莫斯科大学进修的中国戏剧家吴远相识。也就是说，在离开中国大地十余年后，她第一次听见一个人——一个有血有肉的、比她年轻十岁的男人——背诵唐诗宋词、元代关汉卿的戏曲。吴是一个福建人，祖籍仙游，说莆田话，唱莆仙戏。昔日福建温暖的阳光，带有咸味的海风，大片大片的荔枝林的香气，稻田里的蛙声，树上黄莺的啼啭，运河里淤泥的气味，令人想起浸泡在酱油中的螃蟹的臭味，可以说是扑面而来。只是很久之后，玛丽亚方才明白，她——一个被伤兵们称之为天使的美国女人，跑了这么多路程，来到冰天雪地的俄罗斯，并不仅仅是像她早年崇拜的那个偶像所教诲的那样，是为人类的堕落、暴力、道德败坏来赎罪的，而是为了再次踏上去往东方的道路。她和吴远同居两年之后，吴突然消失了，无影无踪，再也没有回到涅瓦大街背后的、国际广播电台宿舍三楼上那个不带厕所和厨房的"家"。没有任何人可以提供一点线索。1949年春，她独身一人到北平寻找没有与自己履行结婚手续、但是已成既定事实的丈夫。其时，北平尚在国民党手中，但解放军已经围城数日。玛丽亚持一封美国教授的信，穿过无人的中间地带，来到解放军的营地，开始了她漫长的寻找。她没有找到吴远，却找到了她后来一直从事的职业：英语教学。她被聘在北京师范大学任教，1955年，加入中国籍，一年后，调到广州暨南大学。

黄昏时分，没有一点预兆，海洋成了一片白色的泡沫。一直刮着的西南风突然变成了暴风，开始时，天空很低，低得几乎伸手可及。很快，可以说没有天空，没有星星，什么也没有，有的只是发狂的大海和乌云。

无边无际的巨浪，白沫翻腾，呼啸着直扑而来，马来西亚船停住了，因为在它的身后，那条僵直的、粼光闪闪的船缆突然断了。早已失去动力、一直被拖在后面的"大舜"号，载着两百多名旅客，包括一名美国教授，轻飘飘地飞了起来；它扶摇直上，飞得可高了，可以说悬在了半空中。玛丽亚的心脏几乎停止了跳动。"大舜"号真的要飞走了，真的要离开这一片可怕的大海了，突然，来了一个惊天的震动，"大舜"号直落入波涛的深处，刚恢复运作的心脏又停止了跳动。

坠落还在延续。

马来西亚船也发现船缆断了，立刻拉响了汽笛，在暴风刺耳的长啸声中，听上去像一个小孩子微弱的哽咽哭泣声。它的灯光扫射了一个大圈子，接着船驶过来，紧靠着在浪涛中打滚的"大舜"号。两只摇晃颠簸的船像是在进行一场水上杂技的竞赛：一个倒竖蜻蜓，另一个金鸡独立；一个辗转打滚，另一个呼号呻吟……由于两个船长互相不通语言，人们不得不又请来了玛丽亚。她来到甲板上时，随着船身的大幅度的猛烈摆动，她的身子也跟着摇动，站不大稳，哗哗作响的海水漫到围栏。这时，从头顶上黑压压的云层中，落下雪白的冰雹，人们撑着伞保护玛丽亚，但雨伞顿时被狂风卷走了，不见踪影，冰雹打在她的脸上、身上，噼里啪啦地落在甲板上，高高弹起……她举起双臂，想保护脸部，但无济于事。就这样，她一边被冰雹打得落花流水，一边为两个船长翻译。玛丽亚的眼睛没有离开那奔腾而来的浪头：高耸如一道城墙，墙头上盖着白雪，轰然扑了过来。翻译的中文——天哪，马来西亚船长在此时此刻竟用了一个复杂的倒装句，表明必须将"大舜"号的全部旅客迁至他的船上——尚未结束，"大舜"号已经迎着浪头浮了起来，像一只巨大的海鸟，展翅欲翔。漂在浪峰上的玛丽亚望着下面的马来西亚船长的身影，他的身体缩短了许多，指手画脚，像螃蟹似的，在自己的甲板上横着跑来跑去。突然，"大舜"号沉重地坠下，海水顿时灌满了甲板。玛丽亚在一片白沫中跌倒了，船身侧向一边，浸入水中，她抓住甲板上的铁栏杆。此时甲板倾斜，有如一道陡峭的屋顶。甲板的下面满是狂乱的旋涡，飞滚的白沫像一片白雪似的，在黑夜中闪闪发光。玛丽亚再次瞥见了马来西亚船长，这一次，是他在高高腾起的浪峰上，像是一个黑点，他的两个钳子还莫名其妙地挥动着，而他的声音却似乎从另一个地方传到玛丽亚的耳里，动作和声音是分开的，各不相干。玛丽亚也听见了自己的喊叫声，她甚至不知道自己的身体深处居然可以迸发出如此嘶哑的声音，好像一只受伤的野兽。"大舜"号船长摔倒在一边，也在大声喊叫，虽然相隔几米，但必须大喊大叫才能听见。波涛的怒吼，狂风的呼啸，还有别的人在呼叫。"大舜"船长爬了起来，抓住栏杆，他继续大喊着，好像没有意识到玛丽亚就在身边。他用手指向玛丽亚表示，应该向船尾移动。玛丽亚沿着倾斜的甲板的高处，向船尾处爬去。甲板上的巨浪和周围的波涛混合成炸耳的巨响，玛丽亚身不由己，一下子被摔到这边，一下子又被摔到那边。一个海浪重重地打在她的背上，她只听见自己的头碰在甲板上嘭的一声响，就全淹没在海水之中，什么也听不见了。她还想挣扎着继续朝着船尾爬，身体却无法动弹。她抬起头来望了一下天空，吓坏了！这时，一阵猛烈的狂风劈开了黑雾，乌云不但露出了一些儿破绽，而且，在一片乱云之上，有一团亮光，惨淡的昏白色，一种不自然的、带有威胁性的天光，好像到了世界的末日。玛丽亚定睛一看方才认出，那是月亮。她从来没有见过这样的月亮——它像一匹脱缰之马，向后方飞奔而去。

突然，大海中出现了两只黑乎乎的、巨大的乌龟。一朵掠过月亮的乌云使甲板变暗了。玛丽亚失去了知觉。

这两只大乌龟，正是宁波港派出的两只拖轮，在大海中寻找了近二十个小时，终于发现了"大舜"号的踪影。

第二天清晨，一道微光出现在天际，把暗淡的反光投在一片漆黑的大海上。大海已经平静下来了。遍体鳞伤的"大舜"号顺从地跟着拖轮粼光闪闪的尾波，向陆地驶去。

当务之急，是找到一个停泊处，修理船只。

船长和水手们反复清点了好几遍，不幸中之大幸，没有一个旅客或船员在风暴中落水。受伤的旅客中，玛丽亚的情况最为严重；她的一只眼睛青肿，一片裂开了的嘴唇涂上了紫药水，一直处在昏睡之中。

尽管锅炉室已经被海水冲得一塌糊涂，无法生火，船长还是吩咐厨师长用唯一的那个没有打破的热水瓶中的余水，为玛丽亚冲了一杯咖啡，希望能给她带来几分活力。

她刚喝了两口就呕吐了，只好躺下。

她的双耳几乎失聪。一切声音显得遥远，当甲板上的人们看见了狭长的、黑乎乎的海岸线，发出的欢呼声传到她的船舱里时，她只能听见一种极其微弱的声音，还以为是船上的臭虫在爬行时发出的细微沉静的声响。

两个小时之后，她再次听见了隐约模糊的嘈杂声，听不真切，像是什么东西轻微抖动而发出的声音。后来，船长到舱房来探望她的伤情时，她方才知道，是甲板上的旅客的欢呼声：海岸更近了，可以看见一个整齐的、发亮的裂口。那是一条河流的入海处。船长漫不经心地提到从入海口溯流而上的第一个小镇的名字，一个十分常见的名字。她却因为突然涌现的往事，完全没有在意。

三十八年前，年仅十七岁的玛丽亚第一次到达中国时，也是乘坐的轮船。当她发现前方一个海湾，用手向父亲指着那条绵延不断、朦朦胧胧的长线时，古牧师兴奋地唱起了一首赞美诗。当他们的邮轮驶近港湾时，已经是黄昏时分。中国渔船上点燃了灯笼，火光斑斑点点地摇晃着，像无数只萤火虫的光。各种各样的帆在风中啪啪作响：厚厚的白布的新帆，覆盖着一层层补疤、满目疮痍的帆，用竹片编织成的帆，用树叶做成的帆……她第一次看见了一个中国的灯塔。它不是立在黢黑的礁石荒岛上，而是竖在永不安宁的大海中的一艘木船上，随着波浪起伏，发出摇曳不定的红光。她印象中最为深刻的是，把他们一家从邮轮摆渡到码头的小舢板上的船夫——一个中国小伙子——头上的那条长辫子。他赤裸着上身，站在船尾摇橹，橹在水中没有声响，像鱼鳍似的，一张一合，稍微冒出水面就消失不见了。船夫动作很轻，肥大的黑裤子随风飘动，辫子在背上的甩动似乎有些碍事，他用一只手摇橹，另一只手十分麻利地将长辫子盘在脖子上。舢板从容不迫，像一条鱼似的，在来来往往的汽轮和渔船中穿梭。

"大舜"号被拖曳着，艰难地穿过堆积在海底的一个个泥堆。顺着河流，被冲入大海的淤泥在坚硬的海底形成了一片凹凸不平的小点，没有明确的标志。船底每碰上泥堆，玛丽亚的客舱里的电灯泡就胡乱晃动一气。她发现听力居然已经恢复了，她听见前面两艘拖轮上的机器的振动声停止了。接着，她听见船头在水中前进的咝咝声，越来越弱，也停止了。船还漂了几米，静静地靠近沙洲的浅水。她甚至听见测深锤嗖嗖地飞出、落在船附近的水中，然后，有人用南腔北调的普通话高声地宣布水深。后甲板上的勒船索松开了，沉重的绳索落入水中，溅激作响，她知道"大舜"号进入船坞了。

玛丽亚没有看见这个建立在荒僻的海湾的船台，没有看见它修理船只的一个个车间（从坚实的岩石中开凿出的三个干船坞），也没有看见码头、防波堤；因为她是被人用担架抬着下了船，她只能从仰视的角度，看见巨大的起重机的吊臂，掩映在棕榈树林中高低不一的车间的屋顶。她问抬担架的人将去往什么地方，但他们只顾赶路，没有听见。路不好走，海岸烂成一摊泥，玛丽亚躺在担架上，听着他们的赤足走在稠稠的泥浆中的声音。

很快，一条小汽轮载着她的担架，在这条河中溯流而上。没有人说话。汽轮驶入寂静之中，只有露出水面的船尾轮击水的声音。两个男人在驾驶台工作，刚才那两个抬担架的，坐在甲板上抽烟，两条腿悬空荡着。宽畅的航道，古老的河流，此时显得十分深沉，端庄肃穆地展现在眼前。玛丽亚倾听着涌来流去的浪潮，突然想起"大舜"号的船长曾经提及一个小镇的名字，她努力回忆，却还是没法记起，只好作罢。

沿着那条河溯水而上，两岸出现了越来越茂密的树林，密得有些地方把阳光全遮没了。玛丽亚认出是荔枝树，汽轮简直是在一片荔枝树的森林里穿行。有时可以听见树枝抽打汽轮舷窗的声音，很沉闷，在树林中空洞地回响。空气温热而滞重，偶尔传来几声鸟啼或虫鸣，听上去与船尾轮发出的响声一样沉闷。驾船者神情凝重，目不转睛地盯着河水，辨认隐藏在水中的树桩、岩石，偶尔河面上漂过一段枯树，他们立刻跳入水中，打捞起来，留在船上烧饭时用。

汽轮驶进一段狭窄的河道，两岸的稻田逼近了船身，准确地说，逼近的是正在田里干活的农民。他们赤裸着上身，戴一顶细竹篾编织的三角帽，脸上、手上全是黑黑的泥土；有的很瘦，单薄的身体犹如一张半透明的牛皮纸，阳光穿了过去，照出一根根清晰的肋骨。远处陡峭的山坡上也有很多人，像蚂蚁一样，密密麻麻。看得见一些工棚似的建筑，一堆堆翻起的黑泥堆，也许是小煤窑吧。大地轻微地抖了一下，峭壁上浓烟腾起，向四处散开，但是听不见爆炸声……然后，一座石拱桥横跨河流，太阳忽然射出一道炫目的强光，遮没了眼前的一切。

玛丽亚躺在担架上，被人抬下了汽轮。接着，抬担架的人换了，从汽轮上下来的两个人连再见也没有说就消失了，另外两个人抬着她走进一个小镇。他们也是赤足，听着他们的脚掌踩在青石板铺成的街道上，一步一步，发出袅袅的回音。这种脚步声，顷刻之间，在狭窄的街道上回响。

玛丽亚闻到了油条的味道，豆浆、泡菜、稀粥、蒸馒头的蒸笼揭开时的香气，但听不见人声，好像整个街道的人家和小饭店，刚把早餐摆上桌子，放好碗筷之后，人们突然接到了一道命令，消失得干干净净。

玛丽亚明白，一定是自己的外国人身份——这个古镇也许还从来没有见过一个西方女人吧——一个阴影般的担架上躺着一个来自异国的幽灵，顿时让小镇的人们全都变成了哑巴。

她躺在担架上，可以看见街的两边一栋栋房屋的屋顶，在她的上方一掠而过，几乎都是茅草盖的屋顶。阳光不是照耀着茅草，而是落在茅草上，摔得粉碎，变成了闪光的灰尘，叫人眼花缭乱。

镇医院——不，只能说是一个小诊所——位于小镇的尽头，准确地说，出了镇之后向西又走了十分钟。它是方圆一带唯一的一栋瓦房，有一个干净的院子，可是既没有医生，也没有护士，只有一个坐在窗前编织毛线的老女人。地上铺有一种锈红色的地砖，没有病床，没有任何的医疗设施，连一个吊输液瓶的铁架也没有。

墙上有一个油漆的红十字标志，一幅毛主席像。屋子里空空如也，有一张长方桌，但不是平常的办公桌，没有抽屉，桌上也没有任何文件纸张。桌的线条简洁、高雅，是一个与现实完全脱节的家具，一个属于另一时代的文人用的桌案。案上有一个空酒瓶，瓶中插了一段蜡烛，说明这个诊所没有电。角落上有一张长长的竹制的躺椅，当人们把美国女教师放在上面时，竹躺椅发出一阵嘎嘎的响声。

那个老女人放下手中的毛线，给玛丽亚脱去上衣，让她趴在竹椅上，开始按摩起来。

老女人的手不重，腕上几个手镯发出叮当的响声，其节奏很独特，催人入眠。

"放松点，身子绷那么紧干吗？"老女人说。

玛丽亚的脑袋嗡然一响，禁不住眼泪流了出来。自从吴远失踪，整整八年，她第一次听见了莆田话。

这时，先前"大舜"号的船长曾经说起过的第一个小镇的名字，从记忆深处跳了出来。

"我的天哪！江口——我到了江口，我怎么连它都没有想到呢？"

2
榨 油 坊

阳光从诊所的木窗射入，空酒瓶里蜡烛的阴影在那张古代造型的桌案上移动，而后者的阴影，在地砖上缓慢地改变位置。

玛丽亚躺在嘎嘎作响的老竹椅上，听见窗外传来一阵模糊的人声。开始时，是一个男人在喊叫，由于距离稍远，喊声显得很微弱，像一只鸟初试啼声，犹犹豫豫，喊了三个字，接着就没有声音了；然后，又冒出几个音节，之后，是一片模糊的回声。她凝神屏息地聆听，不对，不是回声吧，是一群人在跟着重复那几个字。听！现在听得清楚一点了，领头人快速地喊出几个字——还是听不清是哪三个字，只能说是一个三连音——接着是一阵人群声跟着他一起吼叫。

她想起了曾经在贵州的金沙江上听见过的号子。不过，贵州纤夫们身体几乎匍匐在地上唱出的号子，相比之下，更像悠长的歌，悠长得像他们拖动的、僵直的、波光闪闪的纤绳。

玛丽亚来到小院的门口。诊所背后有一个小山坡，坡上有一株孤零零的、她无法叫出名字的参天大树。

"永声树。"正在菜地里采摘的老女人向玛丽亚大声地说，"不过，现在不准这么叫了，这个名字是个牧师的名字。现在要叫它的学名：白木香树。"

"牧师，这里除了古牧师之外，还有谁是牧师呢？"玛丽亚想道。

她朝着山坡上走去，脚步还有些踉跄，尽管坡度变化不大，但每走几步，就得歇一歇。走到半坡时，太阳已经开始西沉，先前亮晃晃的白光，已为一种无光无热的暗红色所取代，远处的海湾呈现出一条朦朦胧胧的曲线。

这时，她又一次听见了号子声，是从大树的方向，准确地说，是从树后面的一栋高大的、庙宇一般的草堂传出来的。

玛丽亚从来没有来过这里，她甚至没有踏上过江口的土地，就已经离开莆田，脱离了父亲的浸礼派，到贵州传教去了。此后，再也没有回过莆田。

玛丽亚站在这栋草堂的前面，听着屋里传出的号子声，每喊一句，一个重锤就击在什么东西上，玛丽亚就感觉到脚下的大地轻微地颤了一下。

　　草堂外面的空坪上，是堆积如山的绿色果子，她拿了一个剥开皮一闻，立刻明白了：是桐子。原来，这里是一座榨桐油的作坊。玛丽亚想起来了，莆田地区桐子树很多，以涵江和江口之间的一个千桐坡最为有名。每年春初，漫山开遍了白色的桐花，眼下应该正是桐子结果的季节，所以，四面八方的女人和孩子们拿着竹竿，把树上的桐子打下来，捡了放进背篓，送到油坊，堆放在空坪上。

　　一走进这座油坊，玛丽亚便觉得，她好像踏进了某个阴森森的地狱。

　　首先，从窗外泻入的傍晚暗红色的天光，照着一团团蠕动的身体。玛丽亚的眼睛适应了阴暗的环境之后，方才看清是几头黄牛，正迈着机械的步子，向她走来。有一个人在旁边挥舞着鞭子驱使它们。牛轭把它们套在一起，一对一对地前后排列，牛身上的挽具用铁链与一个青石碾盘相连接。铁链几乎粗如玛丽亚的手腕。黄牛的鼻孔张得很大，颤抖着，眼神带着死一般的冷漠。没有一头牛看看玛丽亚，它们走得很慢，像是电影里的慢镜头，但步伐整齐，围着一个碾池——石头砌成的圆池，占据了草堂内部几乎四分之一的面积——兜着大圆圈。它们的铁链拉动青石的碾盘，后者慢得令人难以相信，从碾池里摆满的、已经晒干的桐子上轧过去，发出咔嚓咔嚓的声音，好像是从人或动物的骨头上碾过时的破裂声。

　　一种摇曳不定的红色闪光在油坊的深处，在模糊不清的黑暗中忽而消失了，忽而又钻出地面。显然，这不是夕阳的红光，因为从窗上进入的光线，还没有穿过碾池，就已经完全熄灭了，无法渗透到油坊的这一部分。油坊是一片无法渗透的黑暗。这种火光表明的是一个大炉灶的确切位置。玛丽亚虽看不真切，但是却从一片沸腾的水声中，知道那炉灶上有一个巨大的蒸锅。果然，两个人从熊熊火光前走过，看不清他们是男是女，是老是少，甚至看不清他们的头部。唯一可以看见的，是他们长长的胳膊，从火光中隐隐显现的大蒸锅上，揭起了一个沉重的木盖，然后，这几只胳膊，把一个比锅盖还要沉重、体积还要庞大的布包（里面是在碾池里已碾成碎末的桐子），举了起来，放在蒸锅里，确切地说，放在凸起于沸水之中的铁网的上面。顷刻之间，浓重的蒸汽把他们包围了，那几只胳膊被吞噬不见了，他们自己也变成了从锅里冒出的蒸汽。

一阵阵蒸汽在玛丽亚的面前展开，又在她的身后合拢，黄牛慢悠悠地拉动碾盘，切断了她的归路。滚滚而来的油槌声，像非洲原始丛林中的鼓声，在她的头上盘旋。

玛丽亚一步步深入到了阴森森的地狱的核心部分。

"榨"，或名"油榨"——很像古代故事中所说的地狱里的"人榨"——就是一根中心掏空的巨木，黑压压、雾沉沉、斜斜地高耸着，直至草堂的穹顶，对着穹顶上方的几片亮瓦。外面的光有如已经烂成一缕的布，挂在巨木的顶端。尽管它的顶端被照得很亮，在雾气中闪闪发光，但是光落下时，很快就被木头全部吸收了。这黑压压的"木榨"，变得更加阴暗，好像光已渗透进锯木上的一道道黑色的铁箍中去了，如同雨水落到表皮光滑的黑檀树上。而在这根巨木的脚下，一些光着身子的男人，仅在腰边系了小豹一类的兽皮，正在拉动着油槌，仿佛是在高大的、斜立的圆柱下缓缓移动的一群小甲虫。

玛丽亚好像来到了地下的阎王殿，准确地说，是令人毛骨悚然的十王殿。她记得，关于十王殿的绘画中——是哪一殿呢？第七殿吧，对，是泰山王坐镇统治的第七殿，也有这么一根巨木，两三个人伸臂方能合抱，中间是掏空的，做成了一道两米长、三四十公分高的平槽。平槽下沿凿有一排孔，开一细槽，待有罪之人死后——第七殿专惩生前曾偷盗坟墓和奸人幼女者——放入"榨"，就是放在这道平槽中，并在上面插入大大小小的木楔。泰山王的鬼卒们便挥动悬于梁上的撞木，一点点将这些楔子撞入"榨"中。这是一个既令人恐怖又令人着迷的复杂机械装置。正是由于巨木的倾斜度，决定了生前有罪之人的身体，在楔子的挤压下，逐渐化为油脂和肉酱，从高处被挤压至低处，顺着平槽下的小孔和细槽，缓缓流下，最后顺着槽口，流在一个木盆里。

玛丽亚走近那个倾斜着的巨大"油榨"。在它的阴影中，一排裸露的胸腔，一堆手臂、大腿，这些汗水淋淋的肢体，呈古铜色，在暗处蠕动着，熠熠发光。上空悬着的撞木晃动不已，撞木的顶端，人称油槌，包有铁皮，钉有铁钉，在来自蒸笼炉灶的红光中闪闪发亮。

"油榨"进入上料的时刻。工人们将蒸好的桐子末从大锅里取出，如铁匠之趁热打铁，榨油者立即将这些热气腾腾的原料以稻草和麦草包裹如饼形（其大小与"榨"中平槽的空间相吻合），饼外圈以铁箍，置于"榨"中。然后和图画中的泰山王的鬼卒们一样，在"榨"上遍插大小不同的木楔。打油人便手扶着沉重的撞木，一下一下地将那些木楔打进去。

一个油工的尖嗓子喊叫着：

"下雨了——"

众人齐声重复喊道：

"下雨了——"

来自地底深处的十王殿的喊声，是在诅咒我呢，还是在欢迎我？

玛丽亚开始能分辨斜木下的一张张鬼魂般的脸，分辨出一张张吼叫着的嘴。

突然，她好像被人击打了一拳。

某一双熟悉的眼睛在黑暗中闪烁了一下。

他看上去很平静，但他已经认出面前是谁了，他扶住撞木的手在颤抖。

玛丽亚朝他走过去，但那双似曾相识的眼睛，好像一个生命中的最后一丝光，摇曳不定，然后熄灭了。

"这油坊好冷。"她用莆田话说。

他终于在看着她了，眼神是茫然的、捉摸不定的，甚至可以说，冷冰冰的。他说：

"反动牧师永声无权与一个革命干部说话。"

"我是一个老师，算不上革命干部。"

"反动牧师永声无权与一个革命老师说话。"

"永声？"

撞木，像槌一般，撞击在木楔上，发出沉闷的巨响，油坊的地在玛丽亚的脚下发颤。

领唱号子的尖嗓子又喊叫起来了：

“打雷了——”

众人齐声应道：

“打雷了——”

玛丽亚明白了，那个曾经在泥塘边用枪对准她，要她为古牧师的罪恶受到惩罚的“红军”竟是永声！

当年她的闺房里那个五岁孩子眼中的微光，在这个四十岁的、赤着身子、骨瘦如柴的男人的眼中，再次闪现了，但很短暂，稍纵即逝。那微光在永声半闭的眼睑下消散了。

领唱者喊道：

“楼上的尿桶——”

众油工爆发一声雷鸣般的吼叫：

“打翻了！——”

第一滴桐油，黏黏稠稠的，出现在“油榨”的下部，悬在槽口的边缘，渐渐地膨胀，大如一颗梨子状的黄色的珠子，半透明，发着微光，晃晃悠悠地坠落在地上的油槽里。接着，一股浓浓的浊流从“油榨”的槽口流了出来。

一个美国女教师到达江口镇的事，很快就被各级行政组织层层上报了。县领导马上派了全县当时唯一的一辆吉普车，来接她到县医院去治疗，但车刚开出城门就抛锚了。于是，玛丽亚在江口镇医院度过了一个夜晚。

这时的江口镇尚未通电，镇医院也只能用油灯照明，但玛丽亚还是可以看见老鼠咀嚼的木屑从墙上落下，还可以看见正在吐丝的蜘蛛。老鼠们像两支作战的军队，在天花板上冲锋陷阵，杀得你死我活。每一阵轰轰烈烈的追逐跑动声之后，一层一层的蛛网，有如灰色的幻象，在天花板下面，在墙脚，发出一阵轻微的抖动。柱头、木条、窗框、墙板（它们早已成了另一支肆虐横行的大军——白蚁的咀嚼物）落下如同锯末一般的细粉。

玛丽亚躺在这栋随时都会坍塌、化为一堆粉末的木建筑中，试图听着老鼠们的大合唱进入梦乡。然而，不管眼睛是闭上还是大睁着，油灯是吹熄还是点燃着，她都能看见榨油坊里的那些场景，看见那几头拉着石碾的黄牛，看见热气腾腾的大蒸笼上晃动的人影，看见那根悬空的长木，永声和其他几个人摇动着手臂，转换着脚步，勾着腰，扶着那长木，走来走去。

突然间，一个历史学家的问题出现在她的脑子里：

"是谁发明的这一套榨油的装置呢？是先有'油榨'，然后人们才想象了地狱里的'人榨'吧。"

于是，榨油坊工作的情景，像一组越来越清晰的连续镜头，与十王殿上的各种刑法的图画叠印在了一起。她曾经在庙宇的壁画中，在木刻的书籍中见过：每一个死者在经过鬼门关之后，将要面对的，是由十冥王主持的十个不同的法庭。除了泰山王殿的大型刑具"人榨"外，楚江王殿的"剑池小地狱"的画面也出现在她的眼前：背叛上司和对丈夫不忠的妇女的身体被鬼卒们举起，抛向一道陡峭的悬崖，崖上一片密密麻麻的尖刀，长长的刀刃上寒光闪闪；作伪证的人被打入"铁铠小地狱"，两个小鬼卒正把一个人的脑袋放进一个磨盘里，鲜血四溅，迸射到石盘上，又顺着磨槽，流到下面一条狗正在舔食的盘子里；专从他人灾难中渔利者，被打入"铜釜小地狱"，放进铜锅里去煮；辱骂父母的人被判入"寒冰小地狱"……

玛丽亚再次看见了江口榨油坊里那摇摇晃晃的巨木油槌击打在木楔上，看见了只穿着半截遮羞布、受辱的、瘦削的、颈背筋肉突起的永声。不知怎么的，她想起了幼时在动物园里见过的一只飞禽。记不起名字了，那只大鸟，用爪子勾着囚笼中的一根枯枝，整个枯枝满满地覆盖着它自己的粪便。

　　十王殿中的宋帝王殿中的酷刑——曾经是最让玛丽亚恐惧的——现在也在她的眼前出现了：恩将仇报者在此被宋帝王的鬼卒押往"铲皮小地狱"，鬼卒们将有罪人的身体捆绑在柱上，用刮刀从他身上割下一块块的肉，或是进入"挖眼小地狱"，刽子手正将绑在台座柱上的人的眼睛挖出来；知善不为者入"穿肋小地狱"，绑在柱上，身上遍布铁钉；做假账者入"倒吊小地狱"；骗婚者入"刖足小地狱"……

　　尽管玛丽亚已经想不起其他几个殿的名字，但一些曾让她触目惊心的画面却突然从记忆深处走了出来："油滑跌小地狱"中，那些生前曾经做过假药贩子的人，被判无限期地攀爬浇满沸油的岩层；阎罗天子的第十六层地狱是专惩尚无行动却有罪恶念头者：这个人的内脏就这样摊开来，还冒着热气，狗和鸟正在抢食罪人腹部溢出的肠子，而鬼卒们终于找到了他邪恶的心脏，一刀割下……还有气氛颇像公共浴室的"沸汤地狱"，一片朦朦胧胧之中，水蒸气如火山爆发一般喷出，滚热的水面上漂浮着正在熔化的、乳状的人体……此外，寄生虫在尸体中蠕动，几个鬼卒正将蝎子的毒液注射到尸体之中；无数的水蛭钻入人体内贪婪地吸着血……

　　将近午夜时，玛丽亚似醒非醒，似睡非睡，独自从镇医院溜达了出来。院子旁边，就是通往榨油坊的小道。玛丽亚连鞋也没穿，赤着足走在这条小路上。天正下雨，路很滑，她一不小心就踩进了路边的排水沟里。

她听见自己走在水沟里的脚步声，声音很大，好像是一只小象正在涉水。数年前，贵州大山里的那片沼泽地里，她也曾听到过这样的涉水声。她想起了浸及腰部的、冰冷的泥水的感觉，想起了泥潭里弥漫着的腐烂植物的味道。

由于雨雾，草堂的影子朦朦胧胧，若隐若现。这条小道显得和那片沼泽地一样漫长，没完没了。

她的心跳越来越激烈。

"这样一个小坡，怎么会让你如此气喘吁吁！快平静下来！你怎么像一个初次深夜幽会的高中女生呢！"她一边走一边对自己说。

她突然看到了它。榨油坊，矗立在她的面前，在黑漆一片的夜里，显得更黑，更加高大。

听得见雨打在屋顶的茅草上的声音。

也听得见在胸膛里乱跳一气的心脏的声音。

这一切都是如此迫近，以至于玛丽亚觉得不是在现实中，而是在梦中看见了一个中年男人——除了她当年那个五岁的学生，还能是谁呢？他被榨油坊的各种工具包围着，独自坐在一个小木桌旁。不，他不是坐着，而是蹲在一个木凳上，好像一只鸟。桌上点了一盏油灯，玻璃的灯罩上清晰地映出了他赤裸的上身，灰白的头发乱蓬蓬地向四面八方竖立着，恰似头上的一堆野草，灯罩上也映出了他大大地张开的嘴。

玛丽亚以为被他看见了，以为他张开嘴将要发出一声呐喊。

她错了，他没有发出任何声音。

他的嘴继续张开着，越张越大。灯罩上，可以清晰地看见往外伸出而且越伸越长的舌头的光影。

舌呈绯红色，轻微地颤抖。

然后，她看见永声举起右手，手的拇指和食指，捏着一个闪闪发光的金属物。

是一根铁针，长约三四公分。

他紧紧捏住针的一端，手指痉挛了一下，手背上那些皮肤形成的壕沟一下子好像地震似的，晃动起来。

针尖刚一触及伸长的舌头，后者就像一只受惊的小兔，顿时缩了回去。但它立刻被两只毫不留情的铁钳——这次是左手的中指和拇指——果断地夹住了，向外强拉。

煤油灯的光影摇曳，舌上像是流淌着一道金黄色的液体，边缘处显得灰白。当舌被向外拉至极限时，由于充血，舌又呈现出闪闪发光的红色，可以感觉到血在舌的血管里突突地跳。在手指与舌接触的地方，冒出了灰黄色的泡沫。

灯罩上映出了双眼，他显得出奇地安静。他甚至不像在拉扯自己的舌头。他的眼睛在笑。

玛丽亚已经预感到了将要发生的事，她吓得闭上了双眼。

针尖在她的视网膜上滞留不去，在她闭起的眼皮的昏暗中，越来越大，成了一把利剑，扩张着，直至占领全部视域。

不知从何而来的一种感觉，玛丽亚觉得听到了铁针戳破舌的声音。

待她重新睁开眼睛时，铁针已经抽离舌面，就像第一滴从油榨中流出的桐油，一滴珍珠般的、红色的液体，从舌的表面渗透出来，膨胀着，一滴，接着又是一滴，落在桌上的一个小盅里。

反动牧师拿起一支毛笔，拿下笔套，把笔尖放入小盅，鲜血立刻在笔毛中弥漫开来。他打开小桌上的一个本子，用蘸了鲜血的笔写下一个字的第一笔，第二笔……

玛丽亚感觉到了某种声音，它不是钢笔尖奋笔疾书时的沙沙声，而是血渐渐渗透到纸上的声音。

她甚至闻到了血的味道。

"对不起，打扰你了。"

她的声音从幽暗的阴影中传来。然后，出现了她的赤足——雪白的足，即使小路的淤泥也无法遮盖她雪白的肌肤，接着是肥大的裤脚，呈喇叭状，像倒立的花冠。

蹲在木凳上的永声一下子站了起来，向她鞠了一躬。

"你这是干吗？"

"不干吗。"

"不干吗为什么鞠躬呢？"

她走近时，永声立刻感觉到她全身散发出的女性的气息。尽管她不再年轻，尽管她的中式褂子被雨水湿透了，但肉体幽藏的气息依然十分浓烈，从她柔软光滑的颈脖，从湿漉漉的布纽扣，从衣服的一道道褶皱中散溢出来。

永声被她满身浓郁的香气带回到了童年，带回到她在涵江的闺房，他又闻到了她的乳房的气味：油灯晃动摇曳的光线，像小鸟的喉部一般颤动的乳头，一滴稠厚的乳汁，落在耶稣的木雕上。

"你是从外面来的客人。"

"什么客人！我已经入了中国籍，在广州的一所大学里教书。"

"大学老师属于革命干部。"

她比永声稍高一两公分，她从近处仔细瞧他。突然，她做出了一个小学老师的动作：用手拨弄着昔日学生脏兮兮的头发。永声有一种诧异、惊讶的感觉。一瞬间，那只手指，不是眼前的她的，而是二十岁的玛丽亚的手指，轻柔、纤细，好像一支羽毛触到他的头发。

她的这个动作很短促，然后就没有进一步的举动。他完全不动，努力控制全身上下汹涌澎湃的血液。

"你坐下吧。"

"不敢坐，我是接受劳动改造的反动牧师。"

"想不到我又回到莆田了，也没想到你成了'油榨'上的打油工。"

"榨油坊的各种活儿，我都干过。开始时，只能赶牛，干了一年，才能烧火看锅子，又干了两年，才升成掌槌。"

"掌槌是最高的职务吗？"

"不，还有管榨。"

"我在镇医院留宿，老鼠多得不得了，一直在打架。"

雨声。是雨声还是她嘴唇之间的空气声。

一个遥远的雨夜，他拎着她的补有小圆疤的雨靴，到处找她。

他把眼睛闭起，呼吸着一个女人的肉体的花香，猝不及防，她用鼻子蹭了蹭他的耳朵。他只觉脑子嗡的一声响，一股热流顿时传遍全身，下身挺了起来。

"外面还在下雨，我刚才滑到路边的沟里去了。"

"油榨大蒸笼下面的火还没有熄，把打湿的衣服脱下来，我给你烤烤。"

果然，灶门里的灰烬余温尚存。永声用火钳一拨弄，火星四溅。

永声拿着油灯走到后院去，在一个小房里取了几根青冈木材，还顺便去油工们睡觉的大屋的窗前瞥了一眼。他们一共十五人，全都沉浸在梦乡之中。

很快，湿衣服就冒出了热气。

永声有一种妙不可言的感觉，手里这件在火门上烤着的、软软的、湿湿的、松垮垮的东西变了，不再是一件一件衣服，而是变成了一个女人的身体，在他的手中翻弄着，随时都会变成一团水汽，飘浮而去。

她在那儿，戴着一个胸罩。永声并不知道"胸罩"这个词。他以前只见过莆田女人的"抹胸"。现在，玛丽亚胸前这块洗白的旧布，有两根纤细的布带——它们是如此的纤细，像是从她的乳房里长出的两根银色的、发光的触须——从闪烁着红光的胸部向上攀升，穿过了黄铜般的肩膀，消失在湿漉漉的、杂乱的头发之中。

一团热气包围着她。

或许，她正变成白色的蒸汽，飘浮在空中。

她飘浮而来，他感觉到她站在自己的身后。

火光在他骨瘦如柴的身体上晃动。

她的手指在他的背上游走，准确地说，是在抚摸他那几条隆起的、穿过他背部的伤疤。

"受过刑？"

"是的。"

"为什么？"

"他们搞错了，以为教会把黄金藏在我的孤儿院里。"

青冈木在灶膛里燃烧着，发出噼噼剥剥的声音。突然，木材轰的一下爆裂了，不过爆裂声在中途就窒息了，变成了好像小虫子被压碎一般的声音。接着，炉膛里又传出了另一种声音，很像黄牛拉动沉重的石盘，在碾槽里轧过桐子干裂的外壳时的声音：当玛丽亚像羽毛一般纤细轻柔的手指在他的伤疤上游走时，听到这种声音，感觉格外奇妙。

"你知道吗？刚才我进来时，已经偷看了一阵，看你用针刺舌。"

"无所谓什么偷看不偷看，又不是什么秘密。"

"给我看看你的舌头。"

永声服从了她的命令。

她注视着舌上的针眼，痕迹已经开始模糊了，但还是看得出来。

她想伸出舌去舔一下针眼，但没有动。

"很痛吧？"

"你从来没有冬泳过吧？"

她摇摇头。

"冰天雪地里，你如果突然跳入水中，那一刹那，你会觉得有无数把尖刀在割你的皮肤。铁针刺进舌尖时的痛，和冬天跳进冰水中差不多。我常常感到恐惧。没有任何东西可以填补这种恐惧感。人们在做某些仪式时，用鸡血代替人的手指的血，或者用金粉代替墨汁，但是，舌血是无法取代的。舌血独立于它们之外，只有它可以不断创造出我说的恐惧，而这种恐惧是到达人生的最高境界，我们基督徒称之为至福的一种完美的媒介。"

"可惜你不是天主教徒，不然，梵蒂冈会封你一个圣徒的称号。"

"我怎么会是圣徒呢？"

"你知道九华山吗？"

永声摇摇头。

"那是一个佛教的圣山。"

"我不懂佛教。"

"有一次，我去九华山参加一个招生会议，人们带我去看了看地藏王庙。你知道地藏王吗？"

永声又摇摇头。

"他和你一样，每天刺舌血抄经，历时十四年。去世之后几个月，肉身不坏，被尊为地藏王。"

"你弄错了，我没有抄经。"

"你抄写的不是《圣经》？"

"《圣经》？我抄写的是毛主席著作。"

一瞬间，眼前这张小桌变得朦朦胧胧，令人目眩。油灯的光照在一本小册子上。它是打开的，玛丽亚拿起它时的一刹那间，光亮都被吸引到小册子的封面上：纸有点发黄，是一本油印的小册子，能闻到微弱的油墨的味道。几个黑色的大字横贯封面：《为人民服务》。

他的眼睛不看玛丽亚，只看着桌上拖着一缕黑烟、慢慢燃烧的油灯。桌上有他抄书的纸页，玛丽亚拿起一页，她的手微微抖动着，纸很薄，四角颤抖起来，像微风吹动的昆虫的翅膀。纸上血迹犹新，在她的眼前晃动，鲜红的一排排整齐的小字，像油漆一样闪闪发亮。

屋顶开始漏雨了。一连串水珠有节奏地滴落在碾池的青石上，发出清脆的响声。接着更近一点，另一串水珠落在"油榨"的巨木上，它们之间的间隔更长，发出的声音也更沉闷，可以让人感觉到水落下来之后，慢慢地顺着木头的纹理，渗透了进去。

玛丽亚的手指沿着纸页上用基督徒的鲜血，更准确地说，一个牧师的舌血，写下的一个个字移动，同时嘴里念出：

"人固有一死，或重于泰山，或轻于鸿毛……张思德同志是为人民利益而死的，他的死是比泰山还要重的……"

突然，从屋顶落下一滴雨水，正好落在这张纸上，小珠的渍点立刻扩散开来，与红色的字迹汇集成一片。

"二十一年前，我的妻子去世时，留下一个还未满月的女孩，我给她取了名字，跟着我姓，叫永鹤来。鹤来自幼就很聪明，读书成绩很好，小学四年级时参加全县的会考，得了第一名。中学时成绩一直保持在前五名，还是班上的积极分子，主办墙报；帮助落后的同学；劳动时不怕脏，拼命干；教室里的桌椅坏了，主动修理；同学腿摔断了，为同学做拐棍；只是因为我是一个牧师，她没有当上班干部。"

"我教书的大学里，班上的干部是由同学们选出的。"

"中学也一样，只是一个牧师的女儿不可能被提名，正因为如此，她也无法入团。"

"她写过申请吗？"

"初三就写了，到高中毕业还没有入团。据说入团必须经常写思想汇报，她没少写，几乎每周一篇。"

"写些什么呢？"

"她从来没有给我看过，但我有时问她，她说主要是写了她如何在思想上与我划清界限，或者是对基督教的批判，也曾揭发我在家里悄悄地读《圣经》。三年前，她高中毕业，去考大学。考完之后，好几个平时成绩比她差的同学，都先后收到了录取通知书。鹤来一直等啊、等啊，直等到8月15日，据说，这是最后一天，如果还什么都没收到，那就意味着没有任何录取的希望了。这一天，从早晨开始，她就把自己关在屋里画一张画。那时，我们家的三间屋还没有被没收，虽然我在油坊工作，但每天晚上回到家里睡觉，不像现在就住在油坊。我听见她一边画，一边不停地哭。可以说，画了一天，也哭了一天。"

"她画的是什么？画在纸上，还是画布上？"

"画在纸上的，我们买不起油画的材料，连水彩画也不行。她只能用铅笔画。铅笔芯削得很细，而且一边画，还得不断地再三磨锋。1949年以前，我做了十四年的牧师，我的工作就是听人们的倾诉，见惯了泪如雨下，但我从来没有听谁如此长久地哭泣。我的心被她哭碎了。天色越来越晚，我知道，邮递员是不会来了。我把她彻底毁了，一个牧师的女儿是不可能进大学了。真可惜，她才十八岁，就已经没有任何前途了，天黑了以后，我点了油灯，坐在床上，背诵《圣经》，她走了进来。她坐在我身边，听我背诵了几句，然后突然打断了我，说，爸，你能不能到堂屋来一下？我说，去干吗？她说，为我祈祷。我来到堂屋时，简直不敢相信自己的眼睛。墙上挂着她画了一整天的画像，尺寸之大，几乎占了墙的一半：一幅毛主席像。她和我没有真正的血缘关系，无法遗传我画画儿的能力和爱好，但画得确实不错。由于她是用铅笔画的，面部每一个细小的凹凸不平的转折之处，都特别用心地画出了阴影，所以，整体效果不像一张照片，甚至不像平常见惯的肖像，它那么逼真，立体感那么强烈，简直像是画的一座大理石的雕塑。毛主席的头微微后仰，具有一种领袖的神态，浓黑的头发向后梳着，好像刚从水中出来，曾经有一阵浪涛迎面而来，浪潮过去后，一绺绺的长发就平贴在头上了。脸部的轮廓显得很年轻，画得很柔和。我仔细地看这幅画，发现它不是先打好格子，按比例将五官一一画上去，然后再慢慢修改、润色，甚至重画某些部分的，整幅画是一气呵成的，连毛主席唇下的痣，也是如此。"

"她要一个牧师向毛主席祈祷吗？"

"她说，爸爸，我知道你是一个有信仰的人。但是，说不定毛主席听得见你向他祈祷，毛主席一高兴，就让我进大学了。"

"她知道你和她事实上什么血缘关系也没有？"

"知道，学校里的老师告诉她的。但是一个牧师怎么能拒绝一个垂危的人的请求呢？怎么能拒绝一个绝望的中学生呢？即使是一个从来就不认识的女孩子，绝望之际来求我，只要不是去杀人，无论什么样的要求，我都会答应的，更何况是鹤来呢。"

"你不用告诉我一个牧师应该怎么做，我的父亲是牧师，我死去的丈夫是牧师，他们只能向他们的上帝，向耶稣祈祷。"

"我并没有想到这一点。我跪下了，但没有祈祷的感觉。因为我一直认为，世界上最美好的事之一，就是祈祷。我跪在那里，感觉倒像是一个罪人、一个犯人在向他请罪，而不是真正的祈祷。于是，我索性全身趴了下去。"

"趴在地上？"

"是的，这是我一生中第二次趴在地上的祈祷。"

"找到感觉了吗？"

"我的嘴拒绝祈祷。一个老牧师的舌头，十分顽固，出于某种本能，拒绝合作。我张开嘴，听得见我的血液在全身各处流淌，听得见各个内脏正在慢慢地分解，变成水，变成黑色的、冰冷的液体，却听不见我的祈祷声。我决定等待。我伸开双臂，趴在堂屋的正中，等待着。一小时过去了，两小时过去了……一直等到从远处传来了鸡叫。我感觉到，地上的土——堂屋铺的不是地砖，而是硬土——已经变软了，变成了湿泥，把我粘住了。我的身体正在被泥土吸收，我的四肢正在解体，从泥土中来的，必将回到泥土中去。大地将吞食我，我甚至听到了从土地深处发出的一种像吮吸的声音。天快亮了，我半睡半醒地凝视着毛主席像，突然发现嘴里有一种像铁一样的涩味。血，是舌头被咬破了，流出的血。我向他发了一个愿：如果鹤来进了大学，我将会用自己的舌血来抄写他的著作。哪怕一天只能抄一个字、两个字。天亮不久，有人来敲门，是县邮局的邮递员老张，送来了一个牛皮纸的信封，信封上有四个红字：复旦大学，里面是鹤来的录取通知书。她被中国最好的大学之一录取了。"

3
断　手

　　玛丽亚旧地重游十年之后，中国大地迎来了轰轰烈烈的无产阶级"文化大革命"。

　　这一年，永声五十五岁。

　　其实时间对他来说，早已失去意义。每次审讯或开批判会时，人们用时间——准确到某年某月某日，甚至某一时辰——控诉他的罪行，或向他质问时，他的脑子里一片空白。他几乎记不起自己曾经是一个木匠的儿子，曾会做鸽哨……他只知道他的各种罪名：反动牧师、帝国主义的文化特务、精神鸦片的贩卖者……他甚至很惊异，自己怎么会活到五十五岁。"天哪！为什么人们没有能够在肉体上一劳永逸地解决问题，而是把我交给一座原始的油坊？哪一天我疲劳不堪、精力衰竭的身体，最终倒在油坊的某一角落，碾盘中？牛蹄下？蒸锅里？火炉中？油槌下？也许是在油榨中被粉碎了，被挤压成肉酱，一滴滴地流了出来。"

6月1日的傍晚，油坊已经暗下来。墙上的毛主席画像——数年前鹤来考大学时用铅笔画的素描——渐渐消融在夜色中。首先是向后梳理的、纹丝不乱的黑发，温和微笑的眼睛，中年人瘦削的脸部，清晰的颧骨；接着，颈口的立领，浅灰色的中山服（数十年间中国的各级行政干部统一的官服）。这一切越来越朦胧，最后只有嘴唇下部的痣还在阴影中闪闪发光。然而，设在陈家公祠的江口公社办公室（原来的江口乡政府，距离油坊约一千米）里的另一幅毛主席像——不是画像，而是一张巨幅彩色照片的印刷品——在木结构的槽门上闪耀着万道光芒。首先是头上的绿军帽，帽的正中有一颗鲜艳的红五星，草绿色的军装，熠熠发光的解放军红领章，高高举起的右臂，左手上夹着正在燃烧的纸烟。厚实、沉着的脸部，天神一般的眼睛俯瞰着此时聚集在陈家公祠外的密密麻麻的群众。

50年代初，江口乡政府不过五六人，而后来自人民公社以后，到撤区并乡建镇，乡镇干部超过了百人，公社办公室（下设各种委、部、所等等）已成了一个庞大的组织机构，陈家公祠太小了，后又并入了后面的屋场。

陈家公祠前面是一块平坝，坐东向西朝着关后山，木兰溪自北向南穿过平坝，太和桥——木结构的一座古廊桥，上有盖瓦檐角，下有木柱板凳，把两岸连接沟通。（桥东端的沙滩上，曾是土改时期镇压反革命的杀场。一个大地主，一个国民党县党部的文职人员，被枪毙于此。）这个晚上，平坝上坐满了人，就连太和桥上也坐满了人。他们是江口公社的各级干部，共产党员，共青团员，民兵，公社社员，贫下中农，包括革命团结的对象：中农、小贩、开面馆的个体户、磨坊老板等等，集合开会，听当晚中央人民广播电台的重要新闻：北京大学聂元梓等人的第一张"马列主义大字报"。几个大灯泡悬挂在平坝中心，灯光落在民兵手中的步枪枪管上。

油坊的永声牧师无权去参加这样的集会，他没有任何政治权利，甚至是和人们一起听听中央台的广播的权利。不过，这天晚上，和永声享受同等待遇的，还有一个人，他是60年代初期政府"寄放"在油坊的丘贤贵。

丘自己也弄不明白，怎么与这座油坊结下不解之缘。1950年莆田解放时，他就来过此地。是他——那个独臂审讯官，用仅存的左手，麻利地打了一个绳结，将永声吊上了门前的白木香树。后来，他参军进藏。当时，部队每年要保送一批根正苗红的年轻官兵上大学，而丘贤贵，人称"断手"，却是靠自己的真本事，参加全国高考，崭露锋芒，考取了复旦大学新闻系，令大学教授们刮目相看。到了1957年，他却因乱"放"被打成右派，开除党籍，逐出复旦大学，押回仙游老家，在县城的一家肉店，穿上了屠户的木屐卖肉。此人天赋甚高，一月之后，对猪、牛、羊的解剖构造了如指掌，被誉为"单手庖丁"。据说，他用刀割下的肉味道居然比一般肉店的肉更细、更香，入口后令人久久难忘。于是，每日肉店尚未开门，人们就早已在门口排成长队，像等待一个大师一般。两年之后，在他的顾客群众的强烈要求下，他摘掉了右派的帽子。尽管如此，精湛的刀法也无法真正改变他的厄运。自从1960年开始的"三年自然灾害"之后，肉店关门了，他申请到山村民办小学，但是一见他的档案中有"摘帽右派"，哪儿的领导都不敢用。最后，以前仙游的县委机关食堂的厨师——也是"断手"的崇拜者——随县长调到莆田县委食堂，将"单手庖丁"的神话也带到了莆田，县长终于同意接收丘贤贵。在等待肉类供应恢复时期，将这个切肉的高手暂时"寄放"在江口的油坊（莆田县的一个著名的社会主义先进企业），参加劳动，改造思想，并每月发给十八元的生活费。两年之后，中国经济大改观，各肉店重新开张迎来新春时，他又遇到一场"社教"运动。各类阶级敌人需重新受到清理审查，于是，虽然他是摘了帽的右派，但毕竟曾是右派，属于人民敌人，所以，他穿着木屐、向莆田人民展示绝技的那一天，又变得遥遥无期了。他被继续"寄存"在江口油坊。

百分之九十的油坊工人出身于贫下中农家庭，或者父母解放前是中农，属于革命的团结对象，6月1日有资格去听重要广播。在他们出发之前，一片忙乱，在院子里集合，喧闹，红旗招展。一个从公社来的治保主任走进油坊，把一个未摘帽的反革命和一个已摘帽的右派召到了大开水灶的前面（还记得榨油前的一道必不可少的程序吗？将已经轧碎的桐子，用草捆扎成包，放在一个巨大的开水锅上去蒸），火炉的亮光映在他的脸上，训话的声音和大锅里开水沸腾的声音，混合在一起。

"牧师是人民的敌人、专政的对象，今天晚上，必须在油坊继续劳动，直到广播结束……"

他一边说话，一边将一把火钳放入火中去烧。火钳很快被烧红了。他抽出火钳，直指着永声。

"看好了吧？如果偷懒，我要拿这把火钳，钳你剩下的那个睾子。"然后，他转过头来，对丘贤贵说道，"别忘了，你的右派帽子现在还捏在人民的手中，随时可以重新给你戴上。我随时可以用火钳来钳你的断臂剩下的那个小肉团。"

"他要给我施钳刑？我真想把这家伙扔进大锅里去受沸水刑。"虽是自言自语，但说话时声音那么大，周围的人都听得清清楚楚。

永声没有料到，这个断手居然敢想象把一个治保主任投入沸腾的开水锅？治保主任，一个无产阶级专政的象征，怎么可能在沸水中挣扎、尖叫、抽搐？水蒸气将像灰色的火山气体从中升起，在滚热的水面上蜿蜒、起伏、飘荡。

莆田的初夏热烘烘的，一阵风吹来，带来了公社的高音喇叭声。重要广播还没开始，喇叭里传出的是大合唱。听不清唱的什么，唯一可以分辨出的是嘹亮的小号声，但它传进肮脏的油坊，穿过持久不散的油腻味、牛的粪便味、腐烂的干草味，到达阶级敌人的耳中时，号声似乎走调了，好像是在抖动着的破布，在风中发出幽灵般的尖叫。

两个阶级敌人（戴帽的和摘了帽的）汗流浃背：永声灰尘扑面，只穿了短裤，赤裸着肮脏的上身，将竹篾大簸箕中的桐子哗哗地倒在青石碾盘的石槽里。而断手则挥舞着一条细枝，啪啪地驱赶着牛群，拉动沉重的碾盘。

黄牛啊！这群令人怜爱的家伙，简直就是人间地狱里忍辱负重的典范。它们被创造出来，仿佛就是要向人类展示一个生命——包括人类自己——忍耐的极限，可以遭受的折磨的多样性。而每一种折磨又可能引出某种不敢想象的结局，别具一格的凄凉。牛永远可以从自己的身上找到逆来顺受的力量，忍耐下去。那是祖祖辈辈积累的智慧，储存在了每一个细胞和每一条神经中。

碾槽里桐子时而相互拥挤在石轮之下，时而惊慌地四处逃散，却又被永声———抓个正着，扫回碾槽。桐子在石轮的碾轧下发出破裂声，一时散漫，一时又加速了，与远处传来的高音喇叭声——重要广播开始了，但听不清楚——融合在一起。

一共有五头枯瘦的黄牛，它们这个晚上围着碾盘已走了数百圈，约莫十余里地。中央人民广播电台首席播音的声音更清晰了：何等地铿锵有力、掷地有声，每一个抑扬顿挫让多少人民的敌人闻风丧胆，在六月的夏夜直打寒战啊。甚至油坊的黄牛们也大步奔跑了起码一两里地，而且是在满地桐子的碎壳，或是碾盘上破裂落下的石渣上，快步地跑啊！有一头牛的前蹄的底部，割开了很深的口子，但现在还太早，必须坚持到革命油工们听完广播。也许他们还会举着火炬，红旗招展，围着江口镇游行一周，回到油坊，那时才会把牛轭卸下。另外一头牛的背上，有几块带血的肉暴露在外。突然，它们之中最老的一头，大步向前冲，头部高举，眼睛像发疯似的，直到它被牛轭拖得透不过气来时方才停下，横在碾盘的木轴旁不走了。

断手走过来，亲昵地拍着它的头，牵着它往前慢慢走了两步。

"糟了，"断手大声地对永声说，"它在我手中有点拉不住，直往下沉。"

果然，这头牛腿发软，走不动了，可怜巴巴地直喘粗气，肋骨上下起伏不已。它的同伴们也不走了，站在旁边听它喘气。它无法站直了。断手一边用力拉住它，一边大声地叫永声。但永声还没有走近，它就倒下了。永声取下它的轭套，然后两个人一起用力，帮助它站起来。它的腿没有力气，断手和永声不得不用力踢它或用小棍击打它的腿，它才站直了。他们想法把它拉回院子里的牛栏去，但每走一步，它似乎随时都要倒下，终于，它走出了油坊，但腿一弯，就倒在了旁边的一小片草地上。永声为它取下缰绳，断手来到井边，用他的独臂，将一个水桶麻利地套上井绳，放入井中。桶在水中咕噜一声就盛满了，井绳嗖嗖向上蹿的声音，在井壁的四周回响。滴水未洒，桶已到了井沿，断手提着水桶，走到那头牛的身边。牛的头侧着放在草地上，身体也是侧卧着，四条腿微微弯曲。它没有力气抬起头来喝水。断手把桶里的水，一点一点地倒在它的嘴上。它的头部很快就打湿了，但它的嘴唇还是紧闭着，它的肋部微微地起伏，越来越慢。流淌在草地上的井水在它身边漫延。

这时，从公社方向传来的广播声十分清晰了：

"要求全国人民高举无产阶级文化大革命的旗帜，横扫一切牛鬼蛇神……"

牛还有一只眼睁开着，这只眼满含着泪水，看着眼前这两个男人。

"它好像听懂了，知道广播里说的牛鬼蛇神就是咱们。"断手说。

"牛鬼蛇神是指我这样的人，你已经摘帽了。"停了一下，永声又说，"它快死了，我想给它念一段《圣经》。"于是，他凑近牛的耳边，轻声背诵起来：

耶和华是我的牧者，

我必不至缺乏，

他使我躺卧在青草地上，

领我在可安歇的水边。^①

　　无须努力回忆，没有丝毫的踌躇犹豫，基督教徒领受临终弥撒礼时牧师要念诵的这首诗，源源不断地从他的嘴里流了出来。

　　记忆的奇迹啊！已经十六年了，他没有给人做过一次基督教的仪式，更不用说是临终弥撒了。

　　然后，永声低声地唱了起来，唱的是一首英文歌。断手不懂，但他觉得很美。当永声唱第二段时，断手不由自主地轻轻地跟着哼唱。

　　唱完了，断手问永声：

　　"是赞美诗吗？"

　　"是的，歌名是《我每静念那十字架》，英国18世纪一个专写赞美诗的牧师写的。"

　　沉默片刻，谁也没说话，远处的广播声不知什么时候停止了。

　　"给我洗——"断手突然结巴起来，"永牧师，我想请你洗礼。"

　　"你疯了！"永声下意识地转头四处看看，"天哪，幸好没有别人在场。为什么你要洗礼？你可是曾经打过仗，杀过

------

① 典出《圣经·旧约·诗篇》第23章。

人，还把教徒吊起来折磨……"

"因为鹤来是基督徒。"

谁也不会想到，就在轰轰烈烈的无产阶级文化大革命开始的第一天，竟然有一个绰号为"断手"的摘帽右派——前革命军人，曾为新中国的解放贡献了他的一条手臂——在江口油坊昏暗的灯光下，一边听着远处高音喇叭中反复播送的中央台的重要广播，一边秘密接受洗礼，皈依基督教。

和平常的每一个夜晚一样，大约12时许，油工们已入睡，永声打着手电筒，来到油榨左下方的一个木柜前。角落的蛛丝闪闪发光，木柜乌黑油亮，用龙眼木厚板制成，长度近两米，底座卷有螺纹，已经在这间屋子里度过了数十年时光。它曾经是孤儿院的米柜，教堂被公家没收之后，它曾一度成了油坊的钱柜。油坊生意红火兴隆之后，置了一个会计专用的办公桌，老钱柜也由于形状颇似一个古老的棺材，而无人问津。

老木柜隐身于油榨下方的一个无法穿过的黑暗之中。每天晚上的这个时刻，在手电筒的照射下，散发着独特的光。厚重的柜板掀开时，发出嘎吱一声响，打破了屋里的寂静，拖得很长，久久不散。宽阔的柜子里放有不少旧的榨油工具和杂物，也有几块用布包着的白木香树的断枝。永声从中取出一盏油灯，一本毛主席著作，一个笔记本，一个白色的小瓷碟，一支毛笔，然后重新合上柜板，一一放在这个老米柜上。油灯点亮了，澄澈的光晕在玻璃灯罩上流淌。永声取下灯罩，手持一根铁针，在火苗上燎了一下，就在他伸出舌头的一瞬间，铁针已经熟练而准确地刺入舌的中心部位。舌血滴入白色的小瓷碟，永声把一个小瓶打开，将里面兑有金粉的汁液倒入小碟中，与舌血混合。和往常一样，他开始取下毛笔的笔筒，开始抄写《毛泽东选集》。

永声自己也无法解释的一件事发生了。当他重读用舌血写下的这句话时，不禁吓得魂飞魄散：

"我失去的羊已经找着了。"

他的胸膛，有如春天解冻的池塘，冷汗流淌。

这哪里是伟大领袖毛主席的话呢！任何一个当过牧师的人都知道，这句话语出《新约》，是《路加福音》第15章的第一个段落中的一句。那一段讲的是众税吏和罪人都凑近耶稣要听他讲道。法利赛人和文士私下议论说："这个人竟接待罪人，又同他们吃饭。"耶稣就讲了一个比喻："你们中间，谁有一百只羊，失去一只，不把这九十九只撇在旷野，去找那失去的羊，直到找着呢。找着了，就欢欢喜喜地扛在肩上，回到家里。就请朋友邻居来，对他们说，我失去的羊已经找着了。"

出于条件反射，永声立刻吹灭了油灯，仿佛是怕在犯罪现场被人抓获。

"一定是由于断手的皈依，我太兴奋了，才写下了这句话。"他想道，"永声，你真是一个无可救药的反动牧师，还在等什么呢？还不赶快把你的罪证撕毁了！"

他又点燃了油灯，但重读一次之后，他没有撕掉这一页，而是重新拿起铁针，刺了舌，凭着记忆，用舌血继续往下写："你们和我一同欢喜吧。我告诉你们，一个罪人悔改，在天上也要这样为他欢喜，较比为九十九个不用悔改的义人，欢喜更大！"

油工们的宿舍共三间屋，断手和永声的地铺相邻。当天晚上，旁边熟睡的油工鼾声如雷。永声拿出最后一页，把他用舌血抄写的段落给断手读了。

从此，这段隐藏在《毛泽东选集》抄本中的几句《圣经》，就成了他们两人的一个秘密。

不，准确地说，是三个人之间的秘密：因为断手把这件事告诉了鹤来。

午夜刚过。

永声没敢走去莆田城的大路，也没顺着木兰溪的河畔走，而是独自一人，穿过平原的稻田。

他自认为并不害怕，但是，从水田里升起的一声蛙叫，脚下突然坍塌的一小段田坎，一个石子落入水田的声音，都让他心惊肉跳。

"不就是去城里看看大字报吗？你怕什么？有人抓住你，就实话实说，去女儿的中学看大字报。"一路上他不断地自我安慰。

1958年鹤来从复旦大学毕业后，由于家庭成分，她丧失了在北京或其他大城市的大学教书的机会，也没有一个重要的科研机构愿意招收她。她被分配回莆田，在县五中教书。到"文革"开始时，已是一个工作了八年的教育工作者。然而，永声最近听人说，正是这种身居第一线的、有经验的教师，成了学生们批斗的对象。一中语文教研室的组长，被打断了一条腿，而三中的一个老师，不堪学生的百般羞辱，已经跳了木兰溪自尽。

突然之间，他看见了它。莆田的城墙，似乎就竖立在他的头上。

"天哪！用了多少纸，用了多少公斤的糨糊，起码好几千公斤吧，才让城墙上贴满了大字报啊！"

这就是永声的第一反应。

昏暗的路灯下，一时看不清大字报的内容，只能看清挂在空中、横跨于头的大标语。它们在夜风中哗哗作响。

永声的心怦怦直跳："县五中也会有如此铺天盖地的大字报吗？会有揭发批判鹤来的吗？"

进了城门，糨糊的味道和焚烧的气味混合在一起，十分呛鼻，革命的烈火确实燃遍了莆田县的大街小巷。永声惊奇地发现，从6月1日开始，不过短短几周，不少街连街名也改了。他经常驻足吃一碗小面的小天竺街，变成了跃进街，隔壁一条街，成了学军街，走过的一道小桥，以前叫半边桥，也改了名字，叫胜利桥。街边一片狼藉，犹如刚刚经历了一场抢劫。好几条街上燃着火，可以看得见居民们供奉多年的祖宗牌位，在街中心已经烧得差不多了，冒出滚滚黑烟。而在另一条小巷的中央，有一堆书籍正在燃烧，黑色的纸灰在空中飞扬。有几片纸灰，像飞蛾一般，从空中飘了下来，粘在永声的鼻子上、衬衣上，挥之不去。

已经是五中。大门并没有关，门前门后，到处是写大字报用的墨汁、毛笔、粗排笔，糨糊桶已经干了，散发出浓烈的馊味儿。教学楼的墙上、报栏、花坛上都贴满了大字报……沿着弯弯曲曲向前延伸的沙路，两侧全是特制的、白花花晃眼的大字报栏，而且不少的地方，已经里里外外贴了好几层。偌大的校园，此时空无一人，但大字报栏前却依然灯火通明，一盏盏赤裸裸的灯泡在微风中晃动，引来了不少的夜蛾。

永声先是顺着墙一张张地看大字报，他看得很快，完全是走马观花。因为他知道，稍微一拖延，即使看到天亮，也无法结束。

他只关心一件事：有没有批判鹤来的大字报。

他看了几十张之后，稍微松了一口气，鹤来的名字还没有出现。

会有奇迹吗？一个牧师的女儿居然能够逃脱革命群众雪亮的眼睛？

突然，几乎是同时，他听见有人在撕大字报，也一眼就认出了这个破坏无产阶级文化大革命的人。

和永声一样，也是一个半夜潜入者：此人只用一只左手，在墙上大把大把地撕啊、撕啊，而另一只手臂的袖筒是空的，随着他的身体动作前后晃来荡去。

还用说吗？是断手，他和永声一样，也没有睡，穿越了莆田平原，来到五中，正在毁掉和鹤来有关的每一张大字报。

这些大字报中，真正揭发鹤来反动言行的并不多，更多的是人们——学生和老师——对一个年过三十、尚未结婚的女人的侮辱，对一个有蓝色眼睛的中国老师的人身攻击，她的一举一动，在男人面前的每一个眼神，都被人们用阶级斗争的观点分析、批判。也有很多张是围绕着一个牧师女儿的腐朽的资产阶级本质，围绕着她不知疲倦地制造的生物标本，它们完全暴露了她阴暗的内心世界：各式各样的动物的牙齿、内脏、器官、畸形的尸体、翅膀扭曲的鸟……她居然发明了一种液体，让这些动物的身体和器官变得透明，像在大海的深水中永远地、自由地浮动。

永声藏在一个大字报专栏的后面，吓得一时说不出话来，耳鼓膜由于大字报的撕毁声而响裂开来。他想冲上去，把断手立刻拉走，带到一个安全的地方去，但他没有动，他靠在大字报栏上，身体由于激动的抽泣而上下起伏；世界上竟然还有另一个男人，和他一样深深地爱着鹤来。

生物标本室位于两栋主教学楼的后面。初中部是一座建于20世纪60年代初期的红砖建筑，四层楼，前后各有两道门；高中部却是一座古色古香的灰色楼房，其历史可以回溯到20世纪初期（莆田五中的前身是毓秀女子教会学校），只有两层楼，中西合璧的红色柱子，飞檐大屋顶。为了避免潮湿，整座楼建在一个宽阔的、一米五高的石台上。下课铃一响，同学们就走出教室，在石台上嬉戏追逐，一片喧哗。50年代开始，男女合校，成立高中部，每天清晨，全体学生在石台上列队，唱革命歌曲，或听校长训话。"文革"开始后，这个石台立刻成了全校举行各种集会的政治中心。几乎每日一次大会，经常有晚上召开的批判斗争大会，灯火辉煌，红旗招展，震耳欲聋的口号声此起彼伏。红卫兵们盘腿坐在石台的地上振臂高呼时，可以感觉到石板在微微地颤动。

批判会之后，校园渐渐暗下来，生物标本室的左右两边，各有一株百年老树，即人们常说的"雌雄相望方结实"的银杏树。到了晚间，潮气渐渐升起，数百只蝉的大合唱开始了。蝉群是同时齐鸣，像突然涌来的海潮一般，会将你吞没。当你在声波的浪潮中漂浮、徜徉，忽然，蝉鸣戛然而止，仿佛它们的总指挥做出了一个坚决的手势，数百只蝉同时停止了，沉默了，一时间万籁俱寂。大批判栏上牛鬼蛇神的漫画和大字报在阴暗中消融了，他们的各种罪状、他们的赫赫大名上的红色叉子，变成了模糊的光点。

生物标本室就像水族馆的鱼缸那么厚的玻璃，几层重叠的、比剧院的幕布还沉重的深色绒布窗帘，把学生们的喧嚣声、集会的口号声、银杏树上百蝉大合唱声，全都拒绝在外；甚至可以这么说，把外面的各种颤动，也都隔开了。标本室是另外一个世界。一排又一排、有时高达天花板的玻璃瓶发出微弱的闪光，大大的圆瓶罩的凸起部分在黑暗中隐约地发亮，像幽灵似的各种生物，漂浮在福尔马林的溶液中。

其中，有几件标本——那可是这间陈列室中的精品啊——曾有幸见证了一段爱情的故事。好像这段爱情为静止的标本赋予了一种生命，把它们刻画在玻璃上。它们的身体像火花一般，被强烈的光照亮了，燃烧起来，光芒闪闪。

这段爱情故事的女主角，是一个年过三十岁的生物老师，男主角绰号"断手"，比她年长十岁，是一个摘帽右派。

一个玻璃瓶上贴着一张标签纸，上面写着：哺乳动物的中耳和内耳标本。一眼可见，鹤来——全校唯一的生物老师——是怀着某种惊喜，写下了这个冗长而枯燥的名词：竖画拉得很长，像利剑一般穿过标签纸的空白地带，而横撇钩捺，却显得十分温柔妩媚。两个标本用漂白剂处理过，像一对从来未见过的白色海底生物，漂浮在玻璃瓶中：一只是猪的中耳，另一只是猪的内耳。它们在透明的溶液中轻微地颤动，仿佛还在倾听着标本室里各种细微的声音：厚绒窗帘极其微弱的窸窣声，地板极其轻微的震动声，角落里某只昆虫的爬动声，一只不知从何处钻出来的夜蛾的翅膀扑动时落下细粉的声音。

标签纸上还记有该标本的采集日期，1965年中秋节。采集地，莆田江口关后村。

那一年中秋节是在9月中旬，鹤来去江口参加了一个亲戚的婚礼。作为一个牧师的永声，被禁止出席这种规模的家庭集会，但他还是给新婚夫妇提前送去了微薄的礼物：一瓶油坊生产的桐油。新郎全家正在发愁，次日婚宴的厨师及帮手已定，菜亦备齐，却还没找到杀猪匠。永声立刻应诺，他的朋友断手将会前来救急。

果然，次日清晨，"单手庖丁"穿上了久违的木屐，当众展示了他的绝技，就连女生物老师，也看得入迷了。随着断手流畅如水的刀法，随着迎刃而解的一个个骨节，她重新温习了一遍，不，应该说是真正学习到了猪的解剖结构。

其实，鹤来在复旦大学的校园里曾几次远远见过断手，不过，那时他是新闻系赫赫有名的学生会领袖，能言善辩，在大会上慷慨陈词，抑扬顿挫，可谓掷地有声，哪有时间关注到一个生物系女生的眼光。真没想到，一个如此杰出的复旦才子，现在来到贫穷的关后村，为农家屠猪，顿时让鹤来十分钦佩。

"可以请你做一个猪耳的标本吗？"鹤来对他说，"我是五中的生物老师，给学生上哺乳动物的课时用得上。"

"中耳还是内耳？"他抬起头来，透过面前一大堆内脏上漂浮的热气，平静地看着蓝眼睛的生物老师。

鹤来完全没有料到他会提出如此专业的一个问题。

"都需要吧，讲听觉器官时用。"

"这头猪的听骨形状很清晰，做教学标本再适宜不过了。"

他用尖刀细心剔去猪的头骨上的肉，剥开猪耳，首先看见了耳道，然后，一道透明的薄膜。

"是鼓膜，"鹤来说，"我可以摸一下吗？"

薄薄的鼓膜，摸上去却十分坚韧，有一种余温尚存的感觉。

断手用一把更小的刀——是他向孩子们借用的，削铅笔用的小刀——剔开旁边的组织，中耳后面的鼓室暴露在外。

鼓室中有三块微小的骨头，连成一根细链，鹤来轻轻地念出它们的名字：

"锤骨、砧骨……糟糕了，第三块骨头的名字给忘了。"

"镫骨。"断手不动声色地说道。

他轻轻地把这条细链上的三块骨头取下来，放在旁边的石头上。

"莆田杀猪匠的规矩，取内耳时，不能说话，不然以后会有耳聋之祸。"

"真的？"

鹤来顿时闭了嘴，屏住呼吸。

"我跟你开玩笑的。"断手笑了起来。

铅笔刀的刀尖切入，骨迷路出现了，接着，找到了每个听觉器官的最重要的部分：内耳。

"第二内膜？"鹤来问。

"是的。"

猪的中耳和内耳的标本引起了学生们的赞赏和惊愕。有的学生还把这两个标本一丝不苟地画在他们的生物教科书的封面上。这些天真的青少年还不知道，几个月以后他们将变成与科学有不共戴天之仇的红卫兵。

过了两个星期，国庆节到了，学校放假两天，鹤来骑着自行车去了江口。她把一个鸽哨送给断手，作为猪耳标本的回报。

断手第一次见到一只鸽哨，体积虽小，小得像一个孩子们玩的玻璃球，但前前后后，包有数支粗细不一的芦苇管和竹管，精致绝伦。底座是一个剖开的微型葫芦，由于年久日深，上面的紫漆已经龟裂剥落。断手将鸽哨举起，对着阳光，眯缝着眼细看时，发现葫芦有双层底，下一层的底部将葫芦的底部填平了，上面刻了两个字：小永。

"谁是小永？永声？"

"是的，如果是他父亲做的鸽哨，刻的是'老永'。"

"我从来没见过他制哨。"

"自从去南京神学院读书以后，就只破过一次例，做过这一只鸽哨，叫瓢口紫漆葫芦十三眼，是送给我七岁的生日礼物。"

鸽哨的顶端，系着一条彩色的丝线。断手持丝线轻轻甩动，鸽哨就在他的头上飞舞起来。他使了劲甩动彩线，鸽哨的旋转越来越快，仿佛自动地循着一道轨迹盘旋。突然，断手听见它发出了一声又尖又细的哨声。他大喜过望，继续猛力甩动，渐渐鸽哨的各个音部都展现出自己的声音：主要是葫芦，雄浑，且带有嗡嗡的回音；周围的十三管，管管音不同，一管比一管更清脆。

这时，一件令人难以相信的事情发生了：天上竟然飞来一只鸽子，葫芦十三眼的知音啊！它冉冉而降，落在油坊的茅草屋顶上，好像是音乐厅楼上包厢的贵宾，伸长了脖子聆听。

不知是断手的顽童之心萌发，还是他想展现单手的灵巧，他找来一个簸箕，用一根短棍支起簸箕的一边，将鸽哨放在簸箕的下边，然后，他把拴在短棍上的绳索，牵到了门内。

他和鹤来躲在门内的暗处。

鸽从屋顶飞下来，它在簸箕周围犹豫徘徊。鹤来连它的短嘴也看得清清楚楚：上喙是黑色，下喙是肉色，眼皮是白色，细腻如凝脂，眼睛是金红色的。

"我下周给高二的学生讲鸟的呼吸系统，我们可以用这只鸽的肺做一个模型。"鹤来说。

他做出肃静的手势，她连忙闭嘴，连大气也不敢出了。

鸽子走到簸箕的下方，正准备仔细地打量那个结构复杂的鸽哨，断手已在暗处拉动绳索。突然，"啪——"一声巨响，说时迟，那时快，簸箕已将鸽子罩在其中，只能听见它的翅膀绝望地扑动的声音。

如何使学生们理解动物或人的器官，尤其是肺部、肝脏等中空的器官的内部结构，最好的方法之一，就是制造腐蚀标本。鹤来跑到镇上的学校里找来了几个破乒乓球，加上断手的一支已经折断的牙刷（油坊数十人中，只有他和牧师每天刷牙），放在坩埚里渐渐熬化了。鹤来到卫生站借来了注射器，将这种乳白色的液体，趁热注射到鸽的肺部，待热液体弥漫至肺的各个角落，冷却变硬之后，又用生产队的农药，一种强盐酸，腐蚀除去周围一切软硬组织，只留下不受强酸作用的赛璐珞和旧牙刷的溶液作填充材料的"铸型"。当后者被放入陈列室的玻璃瓶，左右肺叶漂浮在溶液中时，它们像两束乳白色的珊瑚枝，在光线无法照及的海底，轻微地颤动，一张一合。肺叶上细沟纵横，支气管经过反复分枝形成的细支气管，像是一条条极其纤细的线。每根线的后面拖着一个银色的、发光的囊，这些细微的囊由泡状物组成，看上去像是一组美丽的涡纹。

"小永"记鸽哨的新主人选择了在鹤来的生日——只消若无其事地问一问永声，就可以知道具体日期——向她回赠一个礼物，并为此不惜倾其所有（他每月工资十八元，除去吃饭、理发、购置牙膏牙刷这样的日常生活用品外，还有一定的节余：他的储蓄总额竟有好几十元）。他去了一趟莆田县城，走进了新近落成的百货大楼，在一个个琳琅满目的柜台前徘徊徜徉。抚摸了一段段柔软的布料，察看了亮晶晶的手镯和项圈，最后，唯一使他中意的是柜台里的一架海鸥牌双镜头120照相机。他多么想用它来为鹤来拍一张生日纪念照啊！当取景框在他手中咣唧一声摊开时，他的心颤抖了一下。他半睡半醒地朝着里面投去一瞥，恍然看见了鹤来的蓝眼睛，好像电影中的蒙太奇，或者是渐显、叠印镜头：生日照片让位于一张结婚照，他看见自己出现在她的旁边，刚理过发，久未刮过的胡须也剃得干干净净……

120相机标价一百八十元，令人咋舌，需省衣节食三年，方可问津呢！

回江口的路上，经过涵江时，他绕道去了东风运输社，本来是想给他们捎个口信，尽快派人去油坊拉桐油的油枯，没想到，就在这个停满了马车、板车的院子里，他第一次看见了它。当时，他喝着人们给他端来的一碗白开水，百货大楼的那个照相机还在脑子里挥之不去呢。他茫然地凝视着眼前这一堆栗色的肉团：覆盖着粘住了毛的模糊胞衣，好像有人把它在一条浑浊的红色河流中浸泡了，又捞了出来。走近了之后，他辨识出它的四肢、长颈、皮肤，尽管它的眼睛紧闭，但位置如此之高，位于头部的上端，只有马才有这样的大眼睛。

是马的胎盘。

有人告诉断手，母马昨天夜里流产了，妊娠仅八个月，而马的胎儿具备完全存活的条件，需两百八十天。

突然，断手的心里，对这个尚未睁开眼睛、五官尚未定型就已经夭折的小生命，充满了爱怜。

"我会给你生命，"他对它说，"你将是一个最美丽的动物标本。我会把你送给鹤来，做她的生日礼物。一旦成了一桩爱情的见证，你就永远不会死了。"

涵江的新华书店就在东风运输社的斜对面，铺面很小，里面的书却不少，断手找到了一本名为《透明标本制作法》的科学普及小册子。

是啊，对于一个生物老师，还有什么礼物，比一个透明的胎儿的标本更加美丽呢！

现在，照着小册子上写的每一道程序，他在它的身上，找到一道静脉，便切开了，然后把它放在温水中，用他的独手，像按摩师一样，轻轻地、小心翼翼地挤压，让血从静脉的开口处慢慢流了出来。

"越柔和越好，"小册子的作者写道，"透明法的奥妙所在，一旦用力过猛，某一根血管破裂了，哪怕是最微细的静脉，也将是透明标本的一个不可原谅的瑕疵。"

运输社的人都过来围观，这些平常吵吵嚷嚷的劳动者（多数是拉板车的。马车夫可以说是凤毛麟角，而唯一的一部拖拉机驾驶员，就算他们之中的贵族了），此时不由自主地肃穆平静了下来。在马的胎儿的周围，弥漫着一种庄严圣洁的气氛。

去血过程结束之后，他照着书上的程序，开始调制注射剂。车夫们根据他的吩咐，找来了淀粉、朱砂。他想要一百克的酒精，但是药店早已关门，只好用水代替。他用一支从兽医站借来的注射器，将调制出的微稠红色液体，注射到它的动脉、静脉。然后，又去涵江医院的解剖室，用香烟换取了福尔马林溶液，装在运输社食堂的一个干净的大铝锅里，再把它的身体放了进去。两天之后，断手回到运输社，从福尔马林溶液中取出已经僵硬的马的胎儿，开始进行脱水。大家再次围着他，表情凝重地看着他的一招一式：他用纱布一点一点地吸干胎儿表面上的水分。为了一个残疾摘帽右派的爱情，每一个车夫凑了一份钱，买了五千毫升的酒精，装了满满一桶。断手用针在它的皮肤上扎了无数小孔，然后把它泡在酒精桶里。酒精从小孔浸入它的身体，浸泡了整整五天，它就完全脱水了。

最后，他拿出自己的储蓄，在县农药仓库，购买了苯和一个大容量、大开口的玻璃瓶。胎儿的身体在盛满苯的玻璃瓶中逐渐变得透明，甚至还没放入冬青油，它的血管分布已经有如一株树木纠结盘绕的根须系统，在玻璃瓶中清晰地显现出来。

真是一目了然，连最细微的血管也纤毫毕现。

"我眼泪都出来了。"鹤来第一次看见这个生日礼物时惊呆了，好一会儿才说出话来。然后，她做了一个动作，暴露出她的血管里流的不仅仅是中国人的血液：她亲吻了标本制作人。

从1965年的中秋到次年6月1日中央台广播北京大学第一张大字报，鹤来和断手共制作生物标本二十余件，其中用透明法制作的十二件，腐蚀法五件，还有几件是骨骼标本，用的是虫蚀法（即将动物剥去外皮、移除内脏后，和鞘翅目的腔节虫一起放入密闭的容器。此虫能蚕食骨骼上、管道上附着的肌肉，而把骨骼完整保存下来）。

他们最后制作的标本是蛙卵，准确地说，是根据蛙卵不同阶段的形态，制成的一组标本。

蛙卵——蝌蚪——青蛙，动物如何从水生到陆生的过程，是生物教学中必不可少的一课。在认识断手以前，每到青蛙生殖季节，鹤来也为学生制作过这种标本。不过，她往往是自己掏腰包，付费给几个农民，让他们到水田里去抓抱对的青蛙。然后，由她进行人工授精：首先轻挤雌蛙腹部，使它将卵排出，然后再解剖雄蛙，取出精巢，捣碎而混入卵中，完成受孕过程。但是，学生们最需要亲眼观看的蛙的"卵块"，却只能在黑板上图示，而没有实物。

黄梅时节家家雨，青草池塘处处蛙。莆田青蛙的生殖季节是四月。一个晚上，他们携采取标本的工具（一个铁桶，一把带有长柄的勺子），穿过尚未插秧、却已经水光潋滟的稻田时，富于天籁之美的蛙声大作。鹤来素来喜欢大自然，一离开学校的教学楼，一闻到水田淤泥的气味（这种气味和夜风吹来的海贝的气味难于区分），立刻就陶醉了。她脱了鞋，拎在手上，赤着脚在狭窄的田埂上兴奋地狂奔，还朝着繁星点点的苍穹，发出野兽般的叫声。田里的青蛙也大声地叫，一时间震耳欲聋。她的喊声在夜空中回荡了一阵，渐渐被蛙声淹没了。

断手也脱了鞋，放在田埂上。他的手电筒的光束，缓缓地在水面上移动。由于蛙的卵块是透明的，漂在水上，不易发现，他便挽起裤腿，走入水田。淤泥在他的脚下冒起气泡。有的地方泥太深，需用力才能将脚从泥中拔起，裤子也打湿了。他退回到田埂上，取下他的手表，放在鞋子里，又重新走入水田。手电筒照见了一对抱住的青蛙，但立刻它们就从光束中消失了，只留下雄蛙的头部隐约可见，翠绿的头的后部有两条宽阔的金黄色的皮。然后，只听见一声响，雌蛙抱着它沉入水底了。

还是鹤来眼尖，是她首先发现了漂浮在田边的卵块。断手在她的指挥下，先取带水草的水，放在桶里，然后用带柄的勺子接近卵块。他唯恐弄破了卵块上的一层薄膜，不敢下手。鹤来接过勺子，将卵块轻轻移入桶中。她小心翼翼地将勺下移，直至卵块在水面浮起了，再移开勺子。

她用手电照射着漂浮在桶里的卵块，立刻露出失望的神情。"不是新卵，是旧的，上面已经蒙了黄泥。"她依依不舍地将卵块重新轻轻放回到水田中。

这时，突然夜风大作，星斗黯然，一时间大雨倾盆。幸而旁边不远处有一株大树，他们飞奔而去。

这是一株榉树，高约二十米，树冠覆盖面积也有好几十平方米，离畲族人的村庄不远，树枝上挂着的畲族求吉祥的小物件，在风雨中晃荡着。树的下部，有一个很大的树洞，他们一前一后，钻了进去。

树洞里并不高，断手需弓着腰前行。地上铺有一层厚厚的树叶，树叶早已被潮气浸透，软软的，有的甚至已经开始腐烂。走在上面，几乎没有声音，好像到了另外一个世界。断手说："我想起来了，这株槠树很有名。据说，畲族的男男女女谈恋爱时，就来这个树洞里，先到的一对，进去之前，要把一条小红绳系在旁边的小树的树枝上，后到的远远一看，知道有人，就另找地方。"

话音未落——他正想打开手电，找一找小红绳的踪迹——他已经倒在树叶上。他就是这样抱住她的，两个身体彼此镶嵌在一起，他在黑暗中发现自己的大腿在她的下面。他感觉到正在沉入树叶的底层，沉入散发着淤泥和海贝气味的大地。他们就像两只做爱的青蛙，♀在上，♂在下，抱着沉入水底，射精排卵。

第二天上午九点，手里拎着铁桶，新鲜的青蛙卵块漂浮在水面，他们走进了莆田县城厢镇跃进路的街道办事处。这是离五中教师宿舍最近的一个基层民事机构。

"我们来登记结婚。"鹤来说。

婚姻登记员认识鹤来，她的女儿曾是五中高中班的学生。幸好，她没有找什么麻烦，她甚至没有要求这一对新婚夫妇出具双方单位的证明信，不然，他们还真无言以对呢！他们之前不知道结婚需首先向组织汇报，得到同意才行。登记员从抽屉里拿出一张红纸，盖上公章，让他们自己填写姓名、住址、出生年月。

"这是什么？"

"结婚证。"

他们牵着手走出街道办事处时，天尚早，几乎没有什么行人。

"我是基督徒，如果你也是的话，那可以举行一个基督教的婚礼。"鹤来说。

"这是不可能的。"

"可以请父亲给我们来一次秘密的。"

"你是说，在一个地下室之类的地方，你穿着白纱的长裙——"

"没有受过洗礼的人，不能在牧师面前给我戴上戒指。"

可惜，还没等他们商定婚礼的各种细节，几天后，爆发"文化大革命"，将他们的一纸结婚证，打入冷宫——鹤来的抽屉深处。整个抽屉全是潮水般涌入的各种政治学习的材料：中央文件、《人民日报》……一时间，无人知道他们的婚姻关系，连永声也不例外。

4
反 戈 一 击

虽然江口公社地处偏远，人口不多，民心淳朴，但是，轰轰烈烈的"文化大革命"还是烧到了这个平静的角落。一个公社副书记被揪了出来，武装部部长被贴了不少大字报，甚至连公社食堂的管理员也被揭发了。食堂管理员，不过一个伙食团团长而已，平时人缘也不错，怎么会被揭发呢？他是50年代初期就入了党的老党员，算得上一个老革命。但是，由于没有文化，一辈子错失了一个个提拔的机会，只能管理伙食团。按理说，怎么也够不上"党内走资本主义道路的当权派"，但某个夏天，他在厨房的泥地上铺上薄薄的草席，要求五个女炊事员——被他私下命名为"五朵金花"——轮流陪他睡午觉。在批斗会上，人们给他戴上了"调戏妇女犯"的高帽子。五朵金花之一，年过半百，摇晃着过度肥胖的身体，走上讲台，哭诉公社食堂的新"黄世仁"如何调戏她这么贞洁的一个"喜儿"。此管理员是一个典型的莆田人，在世界上最怕两件事：羞愧和内疚。所以，他一时想不开，就拿了一瓶白酒和敌敌畏，在自己的寝室里，面对着写有他罪名的尖形纸帽，先喝了白酒，半醉之中，又饮下了农药，结束了自己的生命。

一个下午，和平常一样，永声正和着油工们的号子，扶着油槌工作。油坊的头头儿（以前是附近的一个生产队的队长），走到他身旁说：

"你有麻烦了，公社的人带话来，要我们把你押到陈家公祠去。"

江口公社，方圆二十里，哪一个阶级敌人不是一听到"陈家公祠"四个字顿时谈虎色变！早在成为公社机关驻地之前，这个大院在"土改"时就曾是工作队审讯拷问地主的法庭。而大院后面的场屋，当时是关押阶级敌人的牢房。

永声和两个押解他的油工来到陈家公祠的大门时，公社的治保主任（一个月前，在中央台有重要广播的那个晚上，他威胁说要对永声的睾丸施行火钳刑）正好从里面走出来。

"你们到后面的场屋去，"治保主任吩咐油工说，"去把高帽子拿来给他戴上！"

两个油工如坠云雾，不知所云。治保主任又补充说："场屋的会议室里，有做好的高帽子，是专为反革命或坏分子准备的，其中一顶上写有永声牧师的名字。"

陈家公祠背后的场屋也是一栋古老的建筑，甚至可以说，它的正栋有一点儿当年涵江的牧师公馆的影子。只不过牧师公馆是一个大院套了七个院，而陈家公祠的正栋只是上下两进一天井。天井的两边是会议室：第一会议室主要用于党务，第二会议室用于生产、民兵、妇女、卫生、文化体育事务。会议室后面是南北横厅，由巷道连通。第二会议室朝北，在它的后面，列在北横厅前面的天井台上，有几间小屋，像是公共卫生间，用砖门隔开。据一个油工说，伙食团的管理员就是在其中的一个小屋里自杀的。永声壮着胆，朝那一排小屋投去一瞥——门是关着的，但他好像看见了那个管理员喝了农药之后在木床上翻滚挣扎的情景，他甚至好像闻到了那瓶尚未喝完的白酒和敌敌畏的气味在他四周弥漫。

两个押解他的油工，先后走进两个不同的会议室，治保主任所说的"高帽子"，是在第二会议室。由于他们两人都不识字，所以，只能叫永声自己去找他的高帽。

第二会议室以前是北茶房，有一道旧式茶房特有的高木槛。

必须跨过这黑黑的木槛。

"不合适吧？"永声站在木槛上对两个油工说，"我是对人民有罪之人，你们是人民，人民说我该戴哪顶帽子，我就戴哪一顶。"

油工们也不容他分说，推了他一把。

他跨过了木槛。

白色的尖形纸帽发亮，足足有十几顶，挤在一起，竖着立在一张靠窗的长方形会议桌上。所以，站在木槛的外面，不走进会议室，是无法看见它们的。

空荡荡的会议室里，除了这张长方形的桌子和一堆高帽子，什么也没有，太阳从窗外照进来，把高帽子的影子投射在地板上。

每一顶尖形高帽上，闪亮的墨汁写下了罪名和人名。白纸黑字，但有的人名——显然是罪大恶极者，他们的名字如布告上判决枪毙者的名字，用红笔打了个叉。

永声草草扫视了一遍，没有看见自己的名字出现在哪一顶高帽上。

"也许，治保主任搞错了，没有我的高帽？"

高帽是用白报纸糊的，一阵风从窗外吹入，高帽簌簌作响。

多么像死刑犯的判斩牌的声音啊！"土改"时，插在江口的大地主背后棕绳之间的判斩牌，不是也这么晃晃悠悠的、簌簌作响吗！永声似乎又听到了当年的口号声，看见被推下台、押到祠堂外的死刑犯，一直押到木兰溪河滩上，一声枪响，鲜血和脑髓喷溅在沙石上。

虽说都是高帽，但每一顶的高度却不一样，最高者达一米二十公分左右，而最低者不到一米。

"怎么一回事呢？难道做高帽的人像平时包饺子一样，开始时做得大一点，馅多一点，越到后来，就越包越小了？不会吧？高度的差别不是偶然的，一定是根据每个阶级敌人的罪行的大小来决定的！"

他首先看了最小的一顶，然后，怀着好不遗憾的心情，确认上面的名字不是他的。

接着，他顺着纸帽的大小，逐一察看……几乎都看遍了，竟然还是没有他的名字。

剩下最后的——也是最高的——一顶纸帽了。

由于它摆放的角度，永声一下子无法看见上面的墨迹。

他又一次暗自庆幸："看来治保主任真的搞错了，没有我！"

永声用手去转动纸帽，以看清究竟写的是谁。

纸帽倒在桌上，又滚到地板上去了，还轻飘飘地弹了两下，才又落在地上。永声瞥见上面一个用红笔打了叉的名字时，眼前一黑。

是他自己的名字。

罪名：反动牧师。

唾沫夹杂着浓痰，雨点般落在尖形纸帽上。

一种巨大的侮辱，戴在头上。

老鼠过街，人人喊打。人们——昔日见了牧师都会停下脚步，恭敬地等他走过的人们——朝他吐着唾沫。孩子们在身后跟着他追，朝他吐着唾沫。江口镇的小街，是一种走廊式的半边街，有南杂、屠店和中药店等。坐在门前一边聊天一边做针线活的老太太，也发出一片骂声，甚至气势汹汹冲了过来，手中挥舞着还没纳好的鞋底，像扇巴掌一样，打反动牧师的脸。

"让老娘抽你牧师的臭脸！打了你的右脸，快把左脸伸过来呀！"

街道狭窄，随时与板车、手推的独轮车、自行车等擦肩而过。永声戴着高帽，如在噩梦之中，看不真切，随时都差点撞在车上。

话音未落，一辆运送砖瓦的三轮机动车冒着黑烟，轰轰驶过，卷起一股风，把永声的高帽子吹走了。

众人看着永声跟在尖形纸帽后面穷追，发出笑声。纸帽从肉铺前面飞过，落在了一片血肉模糊的污水前。永声捡了起来，小心翼翼地罩在头上。现在，白色的、沾满了唾沫和浓痰的纸帽上，又增添了红色的污渍，看上去血迹斑斑。

治保主任押着永声，朝着太和桥走去。他们路过中药店时，店门是关着的，但隔壁的林家大门前围着不少人，好几大件家具，或倒在地上，或立在走廊式的半边街的中心。

永声一看，认出了药店主人林重义的心爱之物：一张明代的官帽椅。当年，永声曾多次去林家募捐，林重义坐在太师椅上，他的儿子坐在一张木凳上，孙子则立在一旁，而永声就坐在这张官帽椅上。偶尔林重义的太太在场，她坐的圈椅，现在也被扔在门前。几个戴着红卫兵袖箍的年轻人，手里拿着粗绳，站在一辆板车上，在固定一张结构复杂而精致的梳妆台。板车摇摇晃晃，上面早已满载了，永声认出了一套礼器，就是林老板最得意的八仙屏风和只在婚礼和祭礼上用的一套香炉花瓶。

"这不是明火打劫吗？"永声心想。

"你没有家，"治保主任对他说，"不然，我们革命人民也会像对林重义一样，抄你的家！听懂了吗？"

"听懂了。"

"我说的是什么？"

"抄家。"

"谁抄谁的家？"

"革命人民抄反动派的家。"

当他们走过中药店之后，才在大板车的另一面看见了林重义。他正跪在街边，面前是一堆被抄出来的黑色胶木唱片和一个唱机。他举起手中的一把锤子，重重地砸在一张唱片上。唱片的碎片向四处乱飞，有的落在青砖地上，弹得老高，有的落在旁边的阴沟里。

太和桥是一座全木结构的古廊桥，老百姓称之为"桥亭子"，饱经沧桑、油漆早已剥落的木柱子，支撑着摇摇欲坠的、带有檐角的瓦屋顶。往日，桥上小贩们摆着摊子，卖些水果零食，现在一扫而空，平时行人走到桥上休息之处的那一排木凳，上面整整齐齐地站着十余人，一个挨着一个，全是和永声一样，头上戴着一顶尖形高帽。

不用治保主任吆喝，永声已在这一排阶级敌人的中间，寻了一个位置，站了上去。

巨大的耻辱戴在头上，不，是罩在汗水淋漓的头上。它越来越往下滑，仿佛他的脑袋在耻辱的重负下，一点点地缩小。尖形纸帽滑下他的额头，直抵眉毛了。

它还在往下滑。

也就是说，戴帽者的脸部在耻辱的折磨中，继续地皱紧、缩小。

当他站在廊桥上示众一小时后，尖形纸帽已经套在他的头上，盖住了他的脸。阳光越来越模糊，他透过帽的白纸往外望，桥下的流水显得昏暗而又发亮。在粗野的辱骂声中和雨点般落在纸帽上的唾沫声中，地球暗了下来。

那天深夜，当油坊的工人们都入睡之后，永声没有坐在油槌下的木柜旁刺舌血抄书。他轻轻掀开龙眼木柜沉重的面板，取出藏在里面的几块沉香，他唯一的财产。现在已经戴上高帽，如果再被搜出沉香，说不定罪加一等。断手拿了铁锹，他们蹑手蹑脚地来到油坊后面的一株老榆树下，挖了一个坑，把香块藏在里面。

断手以前只是听鹤来和永声讲起过沉香，这一天晚上，他第一次拿在手上，闻到了它们的香味，好像已经来到了他憧憬的地下婚礼。尽管这几块沉香都是来自于"永声树"，但由于年代和存放的差别，闻上去味道也不一样。牧师的收藏物，一半是风暴之后落在地上的断枝，白木还未烂透，外皮还是青白色，只有里面是深青色，闻上去如荷花般清香，令断手想起复旦校园里学生时代的鹤来。收藏物的另一半是永声从蚁穴、蛇洞里找到的香块，紫红色的，扑鼻而来的是浓郁而甜美的乳香味，犹如上海南京法式糕点铺里刚刚出炉的一块大蛋糕，顿时让断手想到含苞怒放的美女鹤来，心都醉了。

准确地说，一共只有六块，其中有三块小的，每块仅三五公分至七八公分不等，就是从树上落下的断枝，久而久之，干缩成了一根根"鸡骨"。而第四块，稍粗大一点儿，是落在地上后，遇到大雨数日，埋在烂泥中后形成了黑黝黝的颜色，看上去像铮铮铁骨，在月光下油油地发亮。第五块非同凡响，令人眼前为之一亮：高约三十公分，色稍淡，从中部开始分叉，突然迸射出了三支长短不一的利剑，一支比一支尖锐、锋利。

"这块香让我想起毛主席的一句写得很好的词：刺破青天锷未残。"断手说。

"别说！"永声将手指放在嘴上，"天哪，你怎么敢引毛主席的这句词？天是社会主义的天、人民的天，我们是阶级敌人，怎么敢刺破青天呢？"

"那你叫它什么呢？"

"金枪鱼。"永声说，"立着看不出来，但横着放在柜子里，简直就是一条金枪鱼，长长的嘴——"

最后一块，是三年前的秋天，永声被派去挖沟时，在附近的一个蛇洞里发现的。一定也是某次风暴中的断枝，被一条巨蟒嗅到了香味，爱不能释，遂裹带着拖拽至洞穴。这块香由于天黑，看不清白木香树的树纹，手摸着质地稍松，如炭块，有的地方已经被油脂浸透了，月光下像一道悬崖峭壁。

"这块香有名字吗？"

"武夷山。"永声答道。

"真想看它点燃了冒出烟来的样子，"断手的眼前又一次出现了他和鹤来的婚礼场面，"一定会很像云雾缭绕的武夷山。山崖之下一片云海，白云翻滚起伏……"

他们把香块埋好后，悄悄回到油坊，并且约定，为了避避风头，低调行事，不引人注意，避免被人监视揭发，从此之后，互不说话，形同路人。由于他们的地铺相邻，可以在有紧急情况时，写一张条子，滑入对方的被盖之中。

一天，平常油坊里牵牛的孩子病了，所以，永声没有掌槌，而是手中挥舞着牛鞭（不过是一根细细的竹竿），围着碾盘转悠。

突然，门外传来一阵嘈杂的人声，立刻，两个正忙着蒸油枯的年轻人，从大开水灶的三级木阶上跳下来，跑出去看热闹。永声没有留意外面的声音，继续赶着牛拉动磨盘，还不时停下脚步，把蹦到碾槽外的桐子捡起来，扔回碾盘中。

外面人声鼎沸。

桐子在石轮的压迫下发出咔嚓的破裂声，竟然被外面传来的声音淹没了。扶油槌的工人们也按捺不住，便停下活儿，跑出去看发生了什么事。

这时走进来两个十五六岁的中学生。尽管酷暑难忍，他们却身穿已经洗白的、过大的解放军军装，一看就是父辈的衣服，头上还戴着军帽，帽的正中不是红五星，而是一颗闪闪发光的毛主席纪念章。此时正值7月，红卫兵运动尚未开始，他们的臂上无红袖章，但胸前有莆田五中——鹤来教生物的中学——白色的徽章。

"你就是永声？"

"是。"

永声被这两个红卫兵带到外面，一看站了那么多的人，黑压压的一大片，吓了一跳。除了站在前面的几个中学生外，其余的都是来看热闹的江口人。

永声深深地弓着腰，埋着头，不敢看人。

没人说话，沉寂之中，只能听见一个人正在登一把木梯的脚步声。每上一级，梯就嘎吱直响。

永声抬起眼睛，向上看了一眼，登梯人一手拿着一张大字报，另一只手拎着一个金属桶。

阳光照在金属小桶上，迸射出无数道金光。永声忍不住再仰头一望，以为自己眼花了：梯上站着的这个女人的背影，多么像鹤来啊！

他赶快闭上眼，不敢看。此时，传来金属桶晃荡摇动的声音。桶里有一扫帚，听得见扫帚在金属桶里搅动，散发出糨糊的气味。

扫帚将糨糊刷在墙上的声音。然后是大字报贴上去的声音。

突然，掌声雷动，人们向着张贴大字报的人欢呼，好像目睹一个人民英雄完成了一桩了不起的功绩。

永声不敢睁眼去看。

他听见贴大字报的人在梯上向群众高声呼喊。

多么像鹤来的声音啊！

"受蒙蔽无罪！"

他听见了她喊出的每一个字，却不知这句省略了主语的口号是什么意思：谁受谁的蒙蔽啊？

口号震天，革命群众跟着她喊。

她又喊道：

"反戈一击有功！"

尽管永声还是不明白谁是主语，但还是张开嘴，跟着大家一起喊叫。

永声抬起头，天啊，果真是她——我的鹤来。她用巴掌有力地敲击大字报的每一个角落，好像生怕风一来就把它吹走了。她站在梯上，永声才看清大字报的标题：一个牧师的秘密：他用舌血抄写的不是毛主席著作。他正要挪动双腿，退一点看得更清楚时，眼前一黑，倒在地上。

待永声醒过来之后，他戴的不再是纸糊的高帽子。人们在他的脖子上，挂了一个重达十余公斤的水泥牌。

牌上贴有白纸，上写：

狗名：永声。

年龄：五十五岁。

成分：反动牧师。

籍贯：莆田。

住址：江口桐油坊。

主要罪行：挂羊头，卖狗肉，刺舌血，秘密抄写《圣经》。

望革命群众见到就打。

5

大 开 水 灶

揭发父亲的女英雄，尚未罢休。从五中赶来声援她的教职工越来越多，带来了文化革命的武器：写大字报、大标语的白报纸，墨汁，专写大字的毛笔，用三轮车装载的一大桶糨糊。整个油坊，顿时弥漫着微酸的面糊的气味。永声挂在脖子上的那块水泥牌子，就是他们用三轮车从莆田城拉到江口来的。

此水泥牌产自五中校办工厂，由该厂三个工人师傅原创，经物理教研组集体修改，制模后成批生产，送往全省各地。首先试用者是五中校内已被揪出的十六名阶级敌人。每天早晨他们必须挂上水泥牌，跪着围校爬一圈，最后在校门口钻过用课桌椅搭成的、仅有三十公分高的小门，称"钻狗洞"。

油坊连一张像样的可供五中革命师生写标语的桌子也没有。这算什么！他们高声唱起了"红军不怕远征难"的歌曲，带着红军的豪迈情怀，直接把白报纸铺在地上，挥动着大笔（以鹤来为首，两个狂爱书法的语文老师也不甘示弱），一张纸，一个字，每个字都像一颗子弹，直射反动牧师的心脏。

"敌人不投降，就叫他灭亡！"

"谁改写毛主席的话，就砸烂谁的狗头！"

"誓死捍卫毛主席！"

这一天，江口人民公社基本处于瘫痪状态。从各个生产队、各条渔船上赶来的人们，摩肩接踵，登上了去往油坊的小路。有不少的妇女、儿童，甚至还在喂奶的女人，也步行而来。机不可失，时不再来。即使是刚刚来到世界的婴儿，吮着母亲的奶头，也必须见证江口历史上重要的一刻。

江口上一次如此的盛况，须回溯到一个月之前，那是公社食堂老管理员的斗争会。斗争的台子用木大门搭在陈家公祠的前厅。陈家公祠上下两进一过厅，加上两边的厢房，可容纳近两百人。但祠内早已人满，除了儿童尚能从大人的膝间钻入外，还有数百人在公祠外面。那些没能挤进去的人们多么遗憾啊，几个星期以来，他们不厌其烦地缠住那一天公祠内的幸运儿，后者亦不厌其烦地压低声音，神秘兮兮地进入角色，模仿管理员当众交代与五朵金花发生关系的一个个细节。

难以置信，偌大一个油坊——原来孤儿院的宿舍改为油工睡房，原牧师住房成为食物保管室，小厅的几间屋被辟为男性专用的厕所——由于油工及阶级敌人均为男性，未设女厕。

刚写了几条大标语之后，反戈一击的女英雄突然起身，匆匆一阵小跑。早在旁等着与她单独谈话的断手，尾随而去。她一定是急着去找厕所吧，断手想。突然，莆田县县医院的院长洪崇九（亦属被揪出的牛鬼蛇神）出现在他脑海。此人罪状之一，就是曾经散布一个"反动谬论"：高呼口号和行窃有一个共同点，两者都会刺激排泄的愿望。撬门贼离去之后，我们常常在被盗的现场发现盗贼留下的一堆粪便。解放初期，某一原始部落第一次集队参加大会，他们平常男女都是穿着裙子，进入会场后，他们坐在地上，跟着喊口号，越喊越兴奋，由于裙子遮盖，待大会结束他们离去之后，人们才在他们坐过的地方，发现了无数堆粪便。

油坊无女厕，断手高兴地看见"洪氏定律"在反戈一击者身上产生越来越强的效应，以至于她不得不跑步离开革命团体，前往江口方向寻一女厕方便。

为了不引人注目，断手没有加快脚步，只是远远地跟在她的后面。

尽管"文化大革命"的熊熊烈火燃烧到了这个小镇，但是，代表千年文化的太和桥楼和桥楼附近都没有女厕。她不得不又穿过了开有几家商店、药房的江口镇主要街道，最后才在公社机关所在地陈家公祠找到一个公共厕所。

闪耀着现代文明光辉的厕所，分为两部分，左边的门上画有一个女人头。厕所的另一部分，两扇木门扉之一已经朝里倒下，仅靠着门轴与插孔形成的角度使它歪歪斜斜地陷在地面；而另一扇门扉已经不知去向。也许是被人偷取劈了做柴火烧饭，也许是拆卸下来，为陈家公祠里召开的斗争会搭台子去了。

断手放慢脚步，唯恐门框垮下来砸在头上，他小心翼翼，半侧着身子走了进去。透过绿头苍蝇在他眼前形成的一片黑云，他确认男厕所里此时没有其他人。地上满是积水，有的已成水洼，呈污秽的黄色。不知是由于屋顶漏雨，还是孩子们——公社干部的下一代——淘气地站在门槛上看谁尿得更远留下的遗迹。四周全是土灰色，每天走进这里的人，浑身带着尘土，田里的碎泥，路上的泥土，吐在地上的浓痰、烟蒂，粪便的颜色，混合在一起，甚至渗进墙壁的白灰里，形成深浅不同的褐色和赭色。每个蹲位之间无隔板，像一片光秃秃的开阔地，上面凿出几道宽宽的缝隙，下面是漂浮着厚厚一层秽物的茅坑，看似深不可测。从那里升起浓烈的带有氨水味的臭气，扑鼻而来。

男厕与女厕之间，矗立着一道厚墙，上面直抵屋顶，封得死死的，保护着女性——尤其是革命女性，因为能进此女厕者，多为妇女干部，最低也是伙食团的几朵金花——神圣不可偷窥，让多少性压抑者伤心欲绝啊。

关于这道墙的厚度，没有确切的数据，但从声音的失真程度可以推测，应该超过三十公分——这是子弹也无法穿透的厚度。所以，当断手听见从隔壁的女厕传来一声婴儿的啼哭时，感觉像是听到了一声窒息的哀号，仿佛是从一个夹层的建筑，或者说套在另一个有板壁隔音的建筑物之中的一个建筑传出的。事后，当断手回忆起这声婴儿的啼哭时，坚决相信不是偶然的，他恍惚听见了从一个母亲的子宫里传出的声音。接着，从墙壁的另一面，有脚步声向外走去，不像是鹤来的，大概是婴儿的母亲吧。断手把耳朵紧紧地贴在浅褐色的泥墙上。

他听见了呕吐声，但听不出是谁在呕吐。

"鹤来，是我。可以说话吗？"

"没别的人了，我刚才看见你跟在后面。"

"这么大的事，你居然也不跟我商量一下！他抄写《圣经》，天知地知他知我知！我成了告密者，起码是一个同谋，我断手一辈子没告过密——前几个星期，你还要秘密地做基督教式的婚礼，现在又揭发他，你这是六亲——"

"别说了，我只能打断你：我有了——你听见了吗？"

"听见了，你有——"

"上个月的月经就没来，从前天起，我老是恶心、呕吐。"

"去医院看过了？"

"去了。"

"肯定怀孕了？"

"肯定之后，我才决定写大字报。"

突然，断手爆发出一阵响亮的笑声，惊起了绿头苍蝇的大军，连厕所外电话线上的麻雀也受了惊，展翅飞走。

"你还笑，脸皮够厚的，小声点行吗？"

"对不起，一下子忍不住了。刚才我看你急急匆匆的，还以为'洪氏定律'在起作用呢。"

"什么'洪氏定律'？"

"算了，不用说了，是关于革命者和小偷的排泄欲望。"

"本来是急着来解手，但一进厕所，又吐了。"

"我听见了，不知是你，更不知道，穿透这堵厚墙的呕吐声，竟是我的福音。我要感谢上帝。你知道，我皈依了，这是上帝送来的福音，可惜我不能爬过墙去，听听你肚子里发出的婴儿的心跳声。"

"我承认是六亲不认，但是只有这样，我们的孩子以后才不会有一个祖父是反动牧师。"

"这另外找机会再谈，我不怎么同意。"

"有人来了！没时间了，你自己也必须揭发永声。"

"揭发你父亲？"

"他并不是我的父亲。"

"揭发他什么呢？"

"随便什么都可以。你不进则退，你不揭发他，大火就会烧到你身上。"

"我想不出来有什么可以揭发的。"

"革命只争朝夕！你不替你自己着想是你的事儿，但是你应该替孩子着想！我怎么会遇见你这样不负责任的人！"

中午之后，江口镇风云突变，天色一下子就暗得可怕。为了不受夏天阵雨的干扰，来自五中的革命师生征求了当地贫下中农的意见后，决定将设在南墙的那张马列主义大字报下面斗争永声的会场改为油坊里面。以大开水灶的三级木阶为中心，又从陈家公祠借了几张木板，加以扩大，搭建了一个批斗会的台子。

上午看热闹的社员们回去吃了午饭之后，又陆陆续续地牵着孩子，带着竹椅或木凳，朝油坊走去。参加批斗会是可以记工分的：按照平时的计分标准，男劳动力半天开会为5分，女劳力4分，老弱病残3分，未脱产的农村干部，甚至包括治保主任，除全分之外另有补助工分。

断手是一个脱帽右派。虽然，从理论上讲，政治权利已恢复，但平时并不让他参加公社的社员大会（这并不涉及赚便宜工分的问题，他的正式身份是一个待分配的"庖丁"，每月可在县上领取生活补助），但一到开会时，也不能偷闲，会被派去干活儿。这天下午，油坊的头头儿安排他把拉碾盘的黄牛们牵到河边去喝水，然后割牛草。

他怀着一个父亲的喜悦心情，赶牛走上河堤时，还沉浸在微醉的幸福感中不能自拔，脚下的土也变软了，仿佛要融化似的。这地方还是永声告诉他的，站在河堤上，可以看见一片如茵的草地与穿流而过的白石河。回首远眺，油坊前面的白木香树的一点绿色树颠若隐若现。

这位未来的父亲坐在草地上看牛：太阳此时透过厚重的乌云，照射在黄牛的身上，它们由黄色转为暗红，它们的影子清晰地落在草地上。接着，随着太阳光的加强，影子拉长了，然后，阳光熄灭，影子也随之消逝。青绿色的草在乌云下泛出一层淡红微紫的色彩。阵雨的威胁开始远去，一只小鸟飞来，站在一头黄牛的背上，啄它背上的寄生虫。断手牵着牛走进河流之中，用他的单手给黄牛浇水，洗去它眼皮上的秽物。鹤来的童年时代，赤着足，在河滩上捡石片，斜着身子，让石片贴着水面飞了出去，然后看着石片追逐着浪花，轻盈地跳跃、坠落，又飞了起来，直至最后沉没在远方。

这时，他想起永声的批斗会，一瞬间，为人之父的喜悦之情一扫而空。他凭直觉感到，必须赶回油坊，登台慷慨陈词，揭发永声。不然，鹤来是不会原谅他的。

"我怎么会是一个不负责任的人呢！"每当鹤来的这句话在他的脑子里响起时，他的心就一阵隐隐作痛。

难道永声果真无懈可击吗？难道他是一个改造的楷模吗？难道他仅仅犯过一次错误，抄写了一段《圣经》吗？什么是他犯下的更可怕的罪？

"鹤来知道永声曾为我洗礼，"断手自言自语，"她没有写进大字报。一旦公之于众，不但永声犯了不可赦免之罪，而她的丈夫也难逃罪责。"

左思右想，断手终于找到一条不至于置永声于死地的钢鞭材料。这一年的"双抢"（抢收抢种）季节，人称"红五月"，是最紧张的农忙季节，收获麦子和整理田块几乎同时进行。连油坊的工人也停止打油，回到各自的生产队干农活儿。公社、大队召开了誓师大会，共产党员、共青团员向党做出保证。永声和断手在人民的监督下，顶着炎炎赤日，连续在烂泥如浆的水田里苦战十五天，早已不知腿为何物，身在何方。他们一直埋头苦干，不敢有半句怨言，他们知道，"双抢"结束之后，公社会和往年一样，召开总结大会，阶级敌人在劳动中犯下的一点小错，都会被说成是对"双抢"的破坏。插秧时腰酸得直不起来了，难免有插稀的时候，或弯弯曲曲不成直行，在总结会上都可以安上一个破坏密植的罪状。一个下午，永声踩在齐膝深的水田里"糊田坎"，他的手臂无数次重复一个动作：穿过漂浮着各种秽物、昆虫的水面，深深地插入水田的底层，直至抱起一大摊烂泥，啪地掷在田坎上。断手在他的身后随之而来，趁烂泥尚未流回水田之际，用他的手——简直是泥水匠的一把抹刀——三下五除二，将稠厚的稀泥涂抹在田埂上，直至光滑如镜，不留一丝缝隙、没有一点褶皱。一旦干涸之后，可以起到防止稻田漏水的作用。骄阳似火，暴晒数小时之后，已经达到人类忍受口干的极限。永声突然鬼使神差地向断手讲起了一段往事：当年，金陵神学院的一个德国老师曾让他第一次品尝了来自法国勃艮第的名葡萄酒，那令人难忘的色泽、香味，进入口腔后的质感，如何漫延至全身各个部位……"哎呀！"永声抬起头来，仰天长叹，"今天，不用说葡萄酒了，就是有一口醪糟水喝，也就死无后憾了。"还用说吗？这句话就可以算是一罪吧：对帝国主义分子的怀念，对社会主义祖国的仇恨。

断手放下背篓，开始割牛草。他继续在记忆深处搜寻着可供揭发的蛛丝马迹。

"天哪！"他一声惊呼，"我怎么把这么重要的一个罪证忘记了：他的沉香！"

断手背着牛草，朝着埋藏沉香的山坡拔腿就跑。批斗会也许还未开始，一颗重磅炸弹即将爆炸。他似乎已经看见在烟火中倒下的老牧师。刚才割下的短草放在他的背篓的下面，长的嫩竹梢和丝茅放在上面。当他跑动时，嫩竹梢和丝茅就在背篓的上方飘扬摇摆。

"鹤来啊，我来了，你必须纠正对我的错误看法！"

细铁丝嵌入跪在地上的永声的颈脖。

细铁丝吊着重达二十斤的水泥牌，有如穿破皮肤进入他身体的一个异物，在颈椎一带形成一个沉甸甸的包囊。这个包囊的体积不断膨胀，永声听见了颈椎骨咔嚓作响。

细铁丝嵌入之处，出现了一条红色的肿痕，似一条粗壮的虬虫，横贯永声的颈背，蜿蜒在汗水淋淋的、呈赭石色的肌肤上，跨越了无数道沟壑般的皱褶，在骨头隆起的地方，呈粉红色。

跪在木板上的膝盖骨承受不住了，尤以右腿明显。永声怀疑它正在断成裂片。永声试着将全身的重量移至左膝，让右膝休息片刻。跪姿的变化，竟引得细铁丝吊着的水泥板在他胸前剧烈地一阵晃动，重量陡增，上身一下猛地俯下来。他十分惊慌，呼吸急促，肋骨上下起伏不已。颈背上的那道虬虫蠕动起来，这条红色的肿痕开始发青发紫。

水泥牌终于停止了摆动：毫厘之差，永声就趴下了。

稠密的水珠——不是雨水，是永声的汗水——像泪水似的，在他的面颊上，形成好几道细流，蜿蜒而下，在久未刮过的下巴上停留，闪闪发亮。然后，滑落在木板上，沿着木纹四下漫延。在他跪下的地方，准确地说，在他头部的下方，汗水积聚成一摊湿痕。

背心被汗水浸透了，紧贴着上下起伏的肋骨。灰白的头发，由于汗水，粘连成一片片深色的东西。他的长裤被撕破了几处，在大腿与小腿之间，渗透出来的汗水是浅褐色的，带泡沫状。

　　永声想，水泥牌的发明人是何等智慧啊！他真是把物理学研究透了，才能如此充满灵感，活学活用，为地心吸引力的科学定律，谱写了20世纪的新篇章：如果把全部的重量，集中在一根细铁丝上，铁丝越细，地心引力越强，铁丝承载的重量会成倍地增加。

　　他抬起头来，眼睛透过黏稠的汗水，看见了，也可以说在一片模糊的虹彩般的雾霭中，显现出了一幅毛主席像。那是人们为了这次批斗会，特意挂出来的。

　　"主席啊，我确实是不可救药、病入膏肓了，是您老人家给了我机会，让我接受群众的批判。我跪在你的面前，脑子里想起的却是神学院学过的物理学，思考着外国知识分子发现的所谓地心引力定律。太可怕了，如果没有你的'文化大革命'，我何时才能切断与帝国主义分子思想上的联系？"

　　人们预测的那场阵雨并没有降下。

　　下午，阳光悄悄地照进了油坊。它从竖立在"油榨"上的红旗跳到另一面靠墙斜倚着的红旗；它骑在油槌上晃晃悠悠地荡了一阵之后，又爬上了毛主席的巨幅画像，把伟大领袖向后梳理得一丝不乱的黑发染成了金黄色；它闯进斗争台（大开水灶），照在下面一排排正襟危坐的公社社员脸上，与在椅脚间爬动的小孩子们玩了一会儿迷藏，又纵身一跃，跳上了五中的革命教师的眼镜，还让油坊陈年旧灰的颗粒在它的光束之中欣然起舞。当斗争会步入佳境、口号震天时，它又映照在一排排举在空中的拳头上；最后，它停留在一个背篓里的嫩竹梢和丝茅上，把它们装点得像是一簇簇鲜艳的翎毛。

只有断手一人知道，此时此刻，在他的背篓里，在他割来的牛草之下，有他刚掘出的永声的罪证：几块沉香。

他快步走上斗争台。他好久没有听见这样的脚步声了。这哪里是那个见人低三下四、俯首缩脚的断手啊，这分明是当年那个叱咤风云、举臂一呼、应者云集的独臂英雄又回来了！伸出背篓的嫩竹梢和丝茅随着他的脚步，一阵剧烈地晃动，让台下的人顿时想起了旧时唱戏时的一个个武将背后竖插的、威风凛凛的花翎。

永声深深地埋着头，跪在稍低一级木阶上。他的身体哆嗦了一下。

断手向正在发言揭发的鹤来，投去骄傲的一瞥。

但是，他发现鹤来的眼睛并不看他，仿佛登台者是一个素不相识的人。他一下子慌了手脚。他取下背篓时的动作显得很笨拙，很像一个卖关子的小丑。台下的群众在这一瞬间有种时空错位的感觉，好像变成了看演出的观众，台上的魔术师将从背篓里变出一只白兔或鸽子，或者一只母鸡，还下了一个蛋。谁知道断手手忙脚乱，背篓里的嫩竹梢和丝茅撒了一地，引起哄堂大笑。他再次转头去寻找鹤来的目光，只见她冷冰冰的眼睛看着台下的群众，与他形同路人。

可怜的断手！尚未等他说出第一个字（他终于反应过来，鹤来正在向大家表示，她与他无任何关系。他的嘴唇顿时有千斤之重，第一个字就卡壳了），治保主任已跳上台来，一句话如晴天霹雳，把他震得头晕眼花。

"胆大包天！忘了吗？你根本没有参加社员大会的资格！"

鹤来把头转向一边。

"我是摘了帽的。"断手听见自己的声音在发抖。

治保主任厉言正色地纠正他：

"摘了帽也不能算是人民内部，你的帽子在人民的手中拎着，随时可以给你戴上。"

然后他转向群众，振臂高呼：

"只准右派老老实实，不准右派乱说乱动！"

群众震天的口号声中，不知所措的断手突然瞥见一个熟悉的拳头——他曾经亲吻过，用舌舔过每一个凹凸之处的拳头——在他的眼前挥舞：是鹤来，她哪里是跟着大家随便敷衍走过场啊，她分明在扮演一个狂热的领呼者的角色。

"牧师在流眼泪，"一个小孩子的尖叫声引起了大家的注意，"看，他在哭。"

果然，断手看见了牧师抽搐不已的后背。

斗争台上，一个身穿五中足球校队运动衫的革命小将，球瘾发作，冲了下去，朝着永声的屁股，练了一下大脚解围的脚法。他狠狠下去一脚，端了个正着，永声从大开水灶的第二层木阶上滚了下去。沉重的水泥牌，像一个突然复苏的野兽，从牧师瘦骨嶙峋的身体上脱离开来，轰轰隆隆、跌跌撞撞地从木阶上冲下来，滚了好远，砸坏了好几处木头，最后狠狠地撞上了一个座椅，椅脚当场折断，坐在上面的革命女社员重重地摔在地上。经过如此一番周折，水泥牌上糊的白纸碰裂了，墨汁大字有几个也搞花了，笔画乱七八糟地混成一团。

永声耳里嗡嗡响，充满了喧哗声、女社员的斥骂声，人们把他拖了起来，重新挂上水泥牌，让他跪在斗争台上。

谁应该对沉香事件承担责任？这将是男女双方之间以后会争论不休的事情吗？断手会说，是鹤来。而鹤来呢？她永远不会正面回答，如果逼急了，她也许就会说，应该负责的是白木香树自己，是它的断枝落在地上，变成了沉香，才闹出这一段故事。

说实话，斗争台上的风波并未让断手完全乱了阵脚。

"既然她不敢在公众面前表现出和我认识，"他这么判断，"那么，她现在会想（是的，她会一边念着批判稿，但心中只会想着一个可怕的问题），一个连社员大会也不能参加的人，能做我孩子的父亲吗？"

早就具备了丰富的阶级斗争经验的断手，并不满足于对形势的简单分析。

什么东西可以止住这一场尚在酝酿之中的背叛呢？

这时，背篓里的那几块沉香——真有点匪夷所思，斗争台上一番折腾，民兵们推推搡搡，最后可以说把背篓扔了给他，那几块沉香却安然无事地待在背篓的底部——带着救世主神奇的光环，出现在他的头脑里。

"我还没有焚烧过沉香呢！沉香的气味，也许可以把她从一场可耻的叛变中解救出来？"

虽然断手被赶出了会场，但却还在油坊里面徘徊。革命师生面对斗争台而坐，那么，大开水灶的后面，直至碾盘，一时成了荒凉的无人区，由于油坊建筑曾有特殊的声学上的考虑——现在召开斗争会的地方，也就是大开水灶的正面，正是之前教堂里牧师讲道的圣坛。在它的前方，即现在坐满了革命群众的地方，由一张厚幕布一分为二：男教徒在左，女教徒在右，牧师站在幕布之上讲道，那儿是声音最集中、音质最佳之处。简言之，油坊的另一部分，断手所在的无人区，人们的口号声和大会发言人的声音都明显弱化。

他来到大开水灶的后面，进行地形勘探，很明显，如果说人们在开水灶的前面，用抬来的石板、岩石垒起了柱脚，又在上面一层层地搭上了木板、木条、借来的门板等等，那么，在斗争台的背后，却什么也没有做，还是原来毫无修饰的三层木阶。

他小心翼翼地钻了进去。

里面很暗，几乎没有光，坑坑洼洼、湿漉漉的，好像浸在泥水之中，长期从开水灶渗出的水在地面形成了一道细沟。他的头一下子狠狠地撞在一块石头上，眼前直冒金星。这样的石头还不少，接着他的脖子又撞了一下。

"真笨！"他对自己老大不高兴，"你当兵时，不是那么喜欢钻过敌人的铁丝网吗，你不是那么喜欢听金属刀剪断铁丝的咔嚓声吗？"

他终于到达了大开水灶的前面部分。最低一层的木阶梯，被石块和岩石垫了起来，所以，有一个低矮的、三十余公分的空间供他藏身。他趴在木阶下，重新感到世界在他的头上复苏了。可以听见鹤来还在发言，时而慷慨激昂，时而泣不成声，其间不时被震天响的口号声打断。

可惜，这一层木阶级上，还有另外两层，不然，他简直就可以在鹤来美丽的双脚下点燃第一块沉香。不知是为了登木梯贴大字报的方便，还是为了表现与贫下中农打成一片，她这一天赤脚，没有穿鞋。他似乎已经看见缕缕沉香在她的高高的脚弓上飘曳不定，然后，迷失滞留在指缝之间不走了。

她的左脚的第二根指头长过拇指。

"鹤来，"木阶下，这个新近皈依基督教者用他的单手画了一个"十"字，轻声喊道，"闻闻吧！闻了它你就不会指责和背叛我了。"

"金枪鱼"已经放得端端正正。

本来，他想切下一小块，叉在他的小刀的刀尖上，举在鼻前焚烧，但很快改变了主意，把沉香像祭品一样，稳稳当当地摆放在一段木板的正中。

他的那只灵巧的单手轻而易举地划燃了火柴，这个动作让他想起学生时代看过的一部美国默片：片中牛仔和警长不断地用一只手在脚底下擦一下，火柴就点燃了。他不由得笑了起来。

"金枪鱼"长长的尖嘴冒出一缕细烟，顿时，一股浓烈的乳糖的香味，在木阶之下弥漫开来。

断手从来没有闻过如此的气味，谁把牛奶、蜂蜜和丝绸放在一起了？断手爬到它的面前，张大鼻孔，像吸药粉一样，贪婪地呼吸。然后，他开始给它吹气，为它助一把力——它必须穿过第二层及第三层木阶，到达斗争台上面。

"去吧！先把女发言人吸引到你神奇的糖香味中来吧。这不是她常常梦到的奶糖的味道吗！让那个愚蠢的、不断喊口号的治保主任也闻闻吧，把他也吸引过来吧，让他闭嘴吧！"

由于断手又是吹气，又用手掌拍击地面，"金枪鱼"焚烧冒出的烟，一时乱了方向，散发得不够快。幸好，来了一股风，烟便顺着风向，形成淡蓝色的一股，贴着地面，向外飘去，但是，并不像断手希望的，飘到斗争台。而且，这股细烟，到了外面立刻被整个油坊的各种臭气包围起来了：除了大字报、墨汁、糨糊的气味，还有黄牛的粪便的臭气，后院厕所传来的尿臭，无处不在的桐油的臭味，腐朽的木材和老鼠的臭气，多年不曾清扫的霉臭的尘土味，厨房里飘来的咸鱼的臭味（每天厨师要去买一篮子的鱼，掏去内脏，刮去鱼鳞，但天气炎热，一到下午就发出恶臭了），"油榨"发出的油腻腻的苛性碱的气味，做油枯的稻草发出的湿漉漉的潮味，人——大约坐了上百人——的汗酸气，衣服的臭气，嘴里呼出的气味，有的人的牙齿早已坏了，喊口号时嘴里散发出腐臭的牙齿的气味……

断手侧耳细听，外面会场没有任何变化。"金枪鱼"焚烧的香气无法突围，全军覆没了吗？或者，女发言人、口号领呼者、振臂高呼的群众都是一群鼻腔严重阻塞者，或者全都得了伤风感冒、鼻窦炎？他们怎么毫无品尝香的能力，还继续慷慨陈词、口号连天呢？

正在绝望之际，外面传入的声音停止了。可惜从大开水灶背后，一直钻到斗争台的下方的焚香者无法看见这一幕，只能根据声音的强弱起伏，来猜测沉香的效果。首先是鹤来，她似乎闻到了什么东西，她四处张望。人们和她一样，开始寻找从哪里飘来的香味，由于他们什么也没找到，治保主任宣布继续批判大会。

之后，藏在斗争台下的断手，听出批判会发生了质的变化：最先开窍的，当然是鹤来，她的发言失去了先前浓烈的火药味。她好像突然忘记了自己是站在一个斗争台上，而是变成了学校讲台上的一个生物老师，向学生们娓娓讲述着青蛙的交配和繁殖。唯有那个治保主任，水泼不进，针插不入，不肯向"金枪鱼"的乳糖芳香让步，高喊着讨厌的口号，但群众已经把他罢免了，斗争台前响起了一些笑声。

跪在台上的永声眼睛里一下子饱含了泪水，他有力地抽动鼻孔，这香气与最昂贵的乳香糖相比，宛如用一部交响曲去对比一把短笛的独奏。他怕泪水流淌再次招致毒打——刚才他为了断手一掬同情之泪的教训还记忆犹新——永声闭起了眼睛。最细致入微的回忆，突然闯入他的大脑，是的，它直冲而入，全然无视他还跪在批斗会的斗争台上：一个未满六岁的孩子，穿过大雨滂沱的院子，爬过祖师堂高高的门槛，一个隐藏的壁龛，一对乳房，深褐色、微微发红的乳头，像小鸟的喉头一样颤抖，迸射出一道白色的细线，溅落在耶稣受难像上的乳汁……

他睁开眼睛，抽动着鼻孔嗅吸，这不是人们平常在教堂或庙宇点的香，也不是《圣经》中提到的没药或苏合香，这是一种完全新型的东西，它可以创造整整一个世界。它是一种魔术，不，应该说是一种奇迹，让人顷刻之间忘记了残忍、恐怖，甚至忘记了吊在脖子上的水泥牌，颈背上虬起的肿痕。永声没想到，竟然在斗争台上发现自己的人生是幸福的、自由的，他真想对台下的人大声说道：我的一生是奇异和充实的。

永声抬起头来，用目光四下搜寻。尽管他没看见断手人在何处，但他已经知道，这就是他埋藏的沉香的气味。虽然，他无法断定是某一块小的断枝，还是"金枪鱼"发出的气味，但他可以肯定，不会是"武夷山"，它太细腻，美得令人陶醉，它是五月掠过浓绿的白木香树叶的柔和的风，没有蛇洞里的凛凛寒气。

从他跪在斗争台上开始，永声已经习惯了斗争他的人。上台发言的人、喊着打倒他的口号的人们，都不正眼看他，好像压根儿没有察觉到他的存在。只有当某人突然冲出来，给他一脚或一记耳光，人家才会瞧上他一眼。而这个攻击者通常要凝视他几秒钟，仿佛看到了一个不该存在的生物，仿佛在这个生物身上发现了某种生命迹象，然后才施以攻击。而攻击完了几秒钟之后，他们的眼睛再也不会回到他身上，对于他们来说，在完成了一个发泄对象的使命之后，这个对象已不复存在。

但是现在，永声清楚地感觉到——他每一次抬起头来，看着台下的人们，他的心里都萌生一种自豪感——我的沉香已经对人产生了影响。人们不时向他投来惊惧的目光，似乎他们隐约感觉到现在他们闻到的香味，与这个昔日的教堂有关，与牧师有关。有人注意到他颈脖上的铁丝的勒痕和他面前的一摊汗水，露出了惊恐的神色。

烟雾之中，人们的目光不那么尖锐了，甚至还有几分同情。先前，在全场跑来跑去的孩子，都躲他躲得远远的。现在，他们不那么害怕了，有一个孩子跑过来，将一个剥开的橘子放在他面前。没有学生来制止这个孩子，也没人一脚踢飞地上的几瓣橘子。他捡起来飞快放进嘴里，感到极大的满足。这不是受到人怜悯时所感到的满足，而是意识到自己的沉香产生奇迹时，一种冷静和清醒的满足。他如今知道人们并不可怕，永木匠当年偶然种下的白木香树的断枝，可以产生如此的气味，连最残忍的小孩（平常是他们追着他吐出口痰）都会爱上一个反动牧师。如果不是在批斗会这场特殊的场景，他还真想用双手把这个送橘子的孩子举起来，放在肩膀上。只要沉香的气味还在这里飘荡，孩子的母亲不仅会允许他这么做，说不定还会像遥远的过去一样，对他表示一句感谢呢。

应该承认，断手焚香的主要目标——鹤来——虽然受了"金枪鱼"的影响，但并非是最严重者，而且持续的时间并不长。她已经开始清醒，正四下张望，看是否有人注意到她的失态。

她突然发现了跪在台上的永声正看着她，颤抖了一下，马上脸就红了。有那么一瞬间，她似乎会快步跳下斗争台，跑出油坊，消失在袅袅不散的香雾之中。

她把目光转开了，她慢慢地将手中的批判稿举了起来，遮住了她的嗅觉器官。也许，她想用稿纸上那些充满火药味的词句——每一个字（按照当时报刊的说法）都是射向敌人的一粒子弹，或是一把刺入牛鬼蛇神心脏的匕首——驱走散发着乳糖香的妖气。

她下定决心，为了重新回到革命路线上来，她干脆用手指死死地捏住了鼻孔。

她没有料到，此时"金枪鱼"散发的香气发生了变化。

同一块沉香，由于燃烧的部位不一样，发出的香气也随之改变，有明显的分界点。"金枪鱼"初燃时（永声称为"初香"）

将醇厚的甜蜜感发挥得淋漓尽致，给人的感觉是香流入鼻后并不往上走，而是凝聚在鼻腔后部。而当长长的尖嘴化为灰烬，燃烧的位置下移至鱼鳍时，香气变了，是甜中带有凉凉的薄荷味。这股被称之为"本香"的香流进入鼻腔之后，走向也发生了改变，它直端端地往上行，冲上头顶，使人精神顿时为之抖擞。

此刻在油坊飘动的香气，进入了永声称之为"尾香"的阶段。如鸽群消逝在云中之后，袅袅缭绕于耳边的鸽哨声，"金枪鱼"最后散发的气味颇为飘逸，一种回甜的感觉，是一种清淡的桂皮、捣碎的丁香、夹杂着肉桂和麝香的味道。

挣扎着，斗争着，回归到正确路线的道路艰巨而漫长。鹤来左手拿着十余页的批判稿，右手也拿着几页，形成另一沓。左边的一沓向她的脸凑了过来，用力地扇动，把从左边来的"尾香"驱走；右边的一沓也不甘寂寞，凑近她的鼻子，扇动起来，向右边来的看不见的敌人宣战。

她的蓝色的眼睛，在两沓批判稿之间，目光严肃。

"鹤来啊，"她在心里对自己说，"今天是你大义灭亲、改变人生的一天。振作起来，向一切企图阻碍你革命，阻碍你造反，阻碍你新的人生的阶级敌人发起冲锋吧！你力挽狂澜的时刻来到了！"

她一下子跳上了讲台，居高临下。此时她觉得，纠正局势，非她莫属也。她准备使出最大的力气，呼一句革命口号，让人们重新回到斗争会上。可是她的手臂一动不动，软软的，无力举起，接着，她的嘴拒绝开口，尽管她的意志挺住了"尾香"，但她的身体已被征服了。不过，谁也没有注意到站在讲台上发呆的鹤来，整个会场完全失控，一发不可收，连最革命的学生们，先前那么杀气腾腾，此时全都判若两人。有的跪在地上，幸福得热泪盈眶，好像看见伟大领袖在一片香雾中显现了；有的女生趁机牵着男生的手，眼神蒙眬，嘴里哼唱起"毛主席是金山上的红太阳"；而体育老师和音乐老师竟然在斗争台下翩翩跳起了"忠"字舞。

开始时，农民们在这一片香气中充满惊喜，他们尽情地嗅吸着，脸上浮现出天真的微笑，但过了不久，就有人猛然醒悟。一个中年社员突然转过头来，对着坐在他后面的大队书记，猛吼一声："狗娘养的！这么多年，你把我整得好惨哟！"

一张张假面具被"金枪鱼"的尾香轻轻一扫，纷纷落地。犹如大坝决堤似的，顷刻之间，不仅是领导与被领导之间隐藏多年的仇恨爆发了，邻居之间也开始互相指责，亲戚也翻脸了，"必须说清楚！"多年前的老账翻了出来，夫妇当众相互公布秘密通奸史。

这时，一股浓烈的海水的咸味在油坊弥漫开来。

"是'武夷山'吧。"永声一闻，就想起那块黑油油的、木质粗糙、形如悬崖峭壁的沉香。他曾经切下一小片，薄如纸，应该说，如一张浸透了油的薄纸，无意间落入水桶之中，竟直端端沉入桶底。永声把它放在嘴里咀嚼时，一股麻辣味——犹如数十颗令人谈虎色变的四川汉源花椒制成的一个炸弹，在口腔内部炸开了。牙齿、牙龈顿时失去知觉，舌头、嘴唇，乃至内腭，更是久久不知去向。当他把这一小片"武夷山"点燃时，黑色的油脂立刻沸腾起来，散发出从海上吹出来的，像咸杏仁一样刺鼻的味道。

大功告成！潜入批斗台的下方，爬行，点香……每个步骤都很艰辛，既需要地下工作者所具备的精神高度集中的能力，更要求具备运动员身体的柔韧度，断手离开他的隐蔽地向外转移。他原路返回，拖着背篓，从大开水灶的木阶下爬了出来。先前插在背篓上方的嫩竹梢和丝茅早已不知去向。

如果说"武夷山"的初香带有浓烈、霸气的大海的气味，那么，它的本香却摇身一变，香气似花朵散发出的清香，又类似青草的香气，进入鼻腔后，先直奔舌的根部，又深入喉的上部，产生丝丝清新的凉意。

整个会场此时正是大乱之际，唱歌的、跳舞的、吵架的，还有孩子们兴奋地尖叫，谁也没有注意到，断手的身影从开水灶的后面闪了一下之后，不可思议地出现在斗争台上，登上了那张讲桌，站在鹤来的身边。

她的目光已经失去了严肃，变得好奇，最后变成贪婪。

这双蓝色的眼睛有求于断手：你能让我从这个噩梦般的地方消失吗？

"你和我要飞起来了，我的妻。"断手凑近她的耳朵悄声说。他取下背篓，让她站在背篓里，然后，他蹲下来，把背篓的背带套在肩上。

鹤来用赤足在背篓的底部钩起一块沉香，放在鼻子上嗅："飞吧。"她对断手说。

于是他们飞了。

开始时是朝上飞的，朝着油榨背后高墙上的那扇窗飞去。窗是打开的，阳光从外面照进来，"油榨"像黑色的云母般闪闪发亮。

断手背着她离开了那张讲台。他们升了起来，在空中呼吸着。真美呀！"武夷山"已经从甜凉清幽的本香，转为浓郁的干果气味的尾香。这种香气凝聚在他们的鼻中久久不散。

他们俩都知道已经飞离了讲台，但并未匆匆离去。因为此时就在他们的下方风云突变，治保主任一把拎着永声颈脖背后的细铁丝，把他推到斗争台的正中：

"好，现在背一段《毛主席语录》，向他老人家请罪。"

"背哪一段？我想一想。"

"快一点！"

"我背。如果有错，请下面的同志们纠正。爱是恒久忍耐，又有恩慈。"

台下，有几个小孩子跟着永声念出了这一句。

"爱是不嫉妒。"

几乎所有的孩子都跟着永声念诵，他们的声音汇集在一起，像唱诗班的童声，朝着油坊——昔日的教堂——高耸的拱顶上升。把正在空中飞翔的鹤来和断手震得昏头昏脑。他们又回到了地面。

"爱是不自夸，不张狂，不做害羞的事。"

人们渐渐停止了争吵，跟着永声梦游般的念诵，重复着他每一个抑扬顿挫的声音。

"不轻易发怒，不计算人的恶，不喜欢不义。"

这时，治保主任站在台上，他的嘴唇也动了起来。永声的句子从他的嘴里出来，像牲畜的嘶鸣。

"只喜欢真理，凡事包容，凡事相信，凡事盼望，凡事忍耐。"

（这一段的最后一句话，从永声嘴里出来时，像是一句呻吟哀怨的祝福。）

"爱是永不止息。"

群众雷鸣般的声音重复了这一句话。

（然后，永声温柔委婉地说出这段话的出处。）

"林前。第13章，第4–8节。"

群众犹豫了一下，但还是一个一个字地清晰地重复。

"《毛主席语录》没有这一段！"一个声音从群众中传出。治保主任转过头来。

"怎么回事？"

"我昏了头，背错了。"

"是谁的话？"

"《圣经·新约》……"

话音未落，治保主任大怒，一脚把永声再一次踹到台下。沉重的水泥牌再次跌跌撞撞地滚下大开水灶的三级木阶。

6

孩 子 的 未 来

"火！"

"着火啦！"

"坡上的油坊烧起来了！"

1967年1月13日，下午4时许，一阵喊叫声打破了江口镇的寂静，令人魂飞魄散。当声音传到时，与沉香气味的出现毫无时间间隔，人们几乎是同时闻到了大火燃烧的味道。这一连串的喊叫声，穿过小镇，在它的上空形成一道道无形的气流。看不见谁在喊叫，只能看见人们的身体在跑动，人越聚越多。

全镇只有一个人没有听见这喊声。他就是永声。

他脖子上系着一条肮脏的毛巾，正在镇革命委员会打扫厕所。他唯一能够听见的声音，是他把从井里汲来的一桶又一桶水倾倒在一个个蹲位上，如瀑布般的声响。而且，被臭气熏天的粪便麻木了的嗅觉器官，已经无法辨别出空气中弥漫的桐油燃烧的烟味。

每年冬天，桐油作坊处于歇工期。油坊的工人，本来是从各个生产队抽调来的，一入冬就都回到各自的队上去了。拉动青石碾盘的黄牡牛也被牵走了，只留下两个阶级敌人——永声和断手，看守油坊。然而，从夏天召开的批斗会开始，身为江口镇头号阶级敌人，永牧师不仅每周要到镇上的革命造反派组织的办公室报到，而且在长达三个月的冬歇期内，不能享受劳动者的待遇，必须每天早晨，天还未亮，就自带一把用竹枝捆扎而成的扫帚，一把短柄的麦穗帚，一把专门清理顽固痕迹用的小手铲，一个竹篾的簸箕，打扫江口镇的两条正街、六条弯弯曲曲的小巷、一个菜市和一个鱼市。而每个星期天——1967年1月13日，正是一个星期天——需自带水桶，清扫革命委员会的厕所。

油坊的屋顶，和三十多年前永声新婚时建成这栋房屋时一模一样，盖的是稻草，每年翻新一次。所以，顷刻之间，这屋顶就被大火吞噬了。火焰在黑色的木梁上跳动。最初，火焰呈黄色，但随着天色越来越暗，火焰又变成红色的、蓝色的，甚至绿幽幽的。墙被烧得乌黑，里面的泥土，剪断的干草和竹篾，都已经烧焦了，但还在大火中顽强地坚持着。在尚无自来水，也没有消防队，没有任何消防器材的江口，从四面八方赶来救火的人们，除了祈求上天突降暴雨之外，只能眼睁睁地看着油坊化为灰烬。离油坊最近的水源，是山坡背后的一个池塘，由当年孤儿院的学员们挖掘而成。人们将找到的七八只水桶，装了水，在小道上排成队，把水传到油坊。水在路上已损耗近半，泼在火中，除了溅起几颗一闪一灭的火星外，于事无补。最勇敢的年轻人，手执锄头和镰刀，冲到熊熊燃烧的油坊的背后，企图挖一道壕沟，把大火与周围的树林分开。但是，滚滚浓烟把他们呛得不行，他们很快就退下阵来。

　　然而，这座草堂昔日的主人，还在继续他的劳动改造，对这场火灾一无所知。江口公社革命造反派组织的毛泽东主义战斗团，为了纪念莆田地区革命派向党内走资派夺权的大胜利，不但将设在陈家公祠的战斗团总部粉刷一新，而且，在陈家公祠前面的那个大平坝的中心——木兰溪的河畔上，土改时枪毙人的杀场——还修建了可供数十人同时使用的大型公共厕所：屋顶上整整齐齐的灰瓦，地上铺上水泥地，用木板隔开的蹲位，解便者踏上去时，没有晃晃悠悠、唯恐坠入深渊的感觉。人们蹲在深坑之上，内裤落在脚踝上，身体最隐秘的部分暴露在外，看着自己的排泄物消失在一片迷茫的黄色之中，听见它落入茅坑深处传来的回声时，几乎有点缥缈如仙之感。

　　由于这所大型现代建筑物的厚墙，加上打扫者怀着昔日牧师传教时的认真劲儿对待自己的劳动改造，所以，他什么也没有听见。这一年，莆田的一月并不太冷，他脱下了卡其布的长裤（那是他唯一的长裤，卡其布已经磨旧，而上面的裤线也很难持久），穿着短裤和背心干活儿。他的短裤已经补丁盖补丁，而背心早被汗水染成浅褐色，还有几个大小不一的破洞。他不仅仅满足于把水泥地扫干净，将每一个蹲位残留的粪便冲洗入坑，他还特意调制了一桶又厚又稠的灰浆，用一把小刷子蘸了，一丝不苟地将孩子们写在墙上的污言秽语，或者是涂鸦乱画的生殖器一一抹掉。这一维护毛泽东主义战斗团尊严的举动用去了他不少时间，他一直涂抹到眼前的字迹或漫画已经模糊不清了，才发现天色已晚，只好作罢。

虽然天已经黑了好一会儿，但是却呈现出一片褐红色，永声以为是晚霞的缘故，也没在意。懒洋洋的田野半睡半醒，冬水田上飘浮着一层淡淡的雾霭。而玉米地里孱弱的青苗，好像浇过水，偶尔可见叶子上挂有水珠。永声急匆匆地往回走。

他重新穿上了卡其布长裤，特意在脖子上围上了那条肮脏的毛巾，还在汗水湿透的背心上，又套上了他的标志性服装。（由于劳动改造时高帽子不方便，毛泽东主义战斗团的人便在他的衣背上，准确地说，是在洗得发白的一大块补疤上——用毛笔大书"牛鬼"两字，如古代官府在罪犯的脸上黥字。几天前，永声到镇上打扫公共厕所回来的路上下起雨来，全身上下都湿透了。回到油坊后，他换了衣服，并将湿衣晾在外面。第二天早晨，衣服还没干透，他换了另一件有七八块补疤的中山服，到镇上去扫地，被一名红色纠察队员发现背上的"身份认定"不在了，大怒。永声连声认错，当天晚上回到油坊，便遵照红纠队员的命令，找了一块白布，模仿毛泽东主义战斗团战士的笔迹，用毛笔写上"牛鬼"二字，然后缝在背上。）

已经好久没有挺直腰走路了，他生怕别人说他保持着当年牧师挺胸抬头的姿势，所以，尽管此时路上没有行人的踪影，他也不敢大意，深深地弓着腰，埋着头，像一条丧家之犬，匆匆前行。

但没走多远，他便感到有什么不对头。冷风吹来，他打了一个寒噤。一片黑色的烟灰，从天上飘落在他的"牛鬼"服上。他不难辨认出它，就在那儿，尽管屋顶已经化为灰烬，嘈杂的声音是后来才传入他的耳里的。寂静中，只能看见的画面是：山坡上一片通红，不光是油坊，就是周围的果树，也起火了。

在这一瞬间，他才明白，他一直把这座房屋当作是自己的。尽管它数年来早已无可挽回地成了人民公社的财产，但在他的心中，这所房屋是他的。他曾经住在这所房屋里，他曾经自由地从前门进进出出，曾经在那里宣讲《圣经》，听取人们向他倾诉。每天晚上，不用关上门窗，永远对穷人和需要他的人敞开着。他曾经在里面，作为一个榨油的师傅，手扶着油槌，十几年如一日……

风又吹了过来，此时，山坡下弥漫着黑色的烟灰，烟灰落在永声汗水淋淋的脸上。

"天哪！"他一边朝着山坡上跑去，一边痛苦地叫道。

还没跑到山顶，他就看见那株白木香树——昔日远近闻名的"永声树"——已经烧得乌黑，光秃秃地伫立在傍晚的天空下。

他让人们把水浇在他的衣服上，可是，没有人理会他。人们继续传递着水桶，好像他并不存在，好像忘记了他是谁。谁也不认识这个满脸黑灰、脖子上系着一条肮脏毛巾、头发像是被海风吹乱的树叶似的男人。

永声从一个男人手中夺过水桶，哗地一下浇在自己身上。水凛冽刺骨，他一边颤抖着，牙齿不停打战，一边直端端地冲进了大火。

一声巨响从他身后传来，他回头一看，是一道墙坍塌了。火星溅落在他湿漉漉的头发上，他继续往前走，可以看见黑烟中矗立着的"油榨"，但是"油榨"旁边他的一个小木柜，却没有看见，也许是被大火烧掉了吧？此时，只见火焰从"油榨"的中心往外冒，好像是从一个巨型的柴火堆喷了出来，好像积蓄在"油榨"每一根木条上、每一道凹槽里。每一个旮旮旯旯的油垢全都燃烧了起来，发出噼噼剥剥的爆裂声。火光一闪一灭，流出稠厚的黏液。

大开水灶前的几级木阶也在燃烧着，橘黄色的火焰包围着灶上的大锅，像是一道光环，环绕着一台巨型的香炉。烧着水的锅里蒸汽腾腾。

永声听见身后响起木屐的声音，有人在他耳边轻声说：

"是我放的火。"

不用回头：是断手的声音。

"没什么留给你，就这双木屐吧！"

不用回头：因为断手黑色的背影已向前飞奔而去，像箭一般，跃过熊熊燃烧的木阶，纵身一跳，跃入大锅的沸水之中。

他不在了，他就这样消失了，只留下一双木屐，永声拿在手中。

"油榨"——没等永声反应过来，没等永声朝开水灶冲过去——突然坍塌了。永声分不清是人的尖叫声，还是一头巨兽——庞大的油榨——发出的最后的呻吟。加倍猛烈的火焰，腾起好几米高。他用一只木屐捂住嘴，另一只遮着脸，继续向开水灶冲去。但好几道浓烟卷成了旋涡，互相拥挤着，朝他扑了过来。他在开水灶前摔倒了。他失去知觉之前，看见木阶坍塌了，黑色的大锅被烈火吞噬了。

永声苏醒过来时，眼前一片冷峻的寒光。他闻到了刺鼻的乙醚和臭氧，好像是保存尸体的太平间冰块的气味。他发现自己躺在医院的病床上。

他曾和断手约定，不当着人交谈，有重要事情时，写在小纸片上，悄悄放在对方的被窝里。

但是，断手已经忘记了这个约定。

后来，公安局的人来病房调查纵火案时，给永声看了一封信。

据说，断手在收到这封信后，点燃了油坊。

永声像当年在金陵神学院收到父亲来信时一样，读了好几遍。

他记得，永木匠的信上只有四十九个字。而这封由鹤来起草、需要断手签字的离婚协议书，近五百字，用的是钢笔，不是人们常用的蓝墨水，而是黑色，给人白纸黑字、不容更改的感觉。笔画一丝不苟，显然是先打好了草稿，然后再逐字逐句正楷抄写。只有一处，出现了涂改的痕迹。最初的那句话，已经难以辨识，可以清晰地读出的，是写在页旁边空白处的"离婚理由"：为了即将出生的孩子的未来。协议书的下方，注明了日期，已经盖上了鹤来的红印。

第
四
部

一把钢片刀，划破了缠绕着纸箱的透明胶带。

纸箱高约一百二十公分、长六十公分、宽三十公分，是一个尚未到达收件人手中的邮件。纸箱的右上方，贴着一张由寄件人填写的包裹单。

由于长途运输中的颠簸，或者是搬动时的粗心，从其他包裹邮件中渗透出的无名液体——化学制剂？茅台或五粮液？婴儿的炼乳？火锅的作料？——已经侵蚀到这张包裹单，渍点已经扩散开来。填写人不是用圆珠笔，而是用了一支黑色墨水的签字笔：笔画稍粗——经鉴定，是直径为0.7毫米的金针管笔芯。有些笔画已经消失了，好像一块古老的墓碑上浅浅地凹入的字迹，被时光吞噬了。有些字的偏旁部首和字的主体汇成一片。

寄件人的电话号码一栏是空白。

此人无电话？

还是讳莫如深？

戴着白手套的指头呈方形，在寄件人地址这一栏的几个字下面，从左向右移动：

福建省莆——

此处有水渍，"莆"之后的第一个字往后隐退，被一条溪流（木兰溪？）淹没了。一滴水落在第二个字上，画出了一个银色的圈子，只剩下长长的一竖的最后部分，冲出了这个逐渐化开的水滴。接着，字迹重新变得清晰：

江口镇老油坊

寄件人姓名一栏填写的第一个字，由于水渍的漫延，像是一个"永"字，其左边的一撇，右边的一捺（所有的小学一年级学生练习毛笔字最早书写的一个字，每个小学生写过无数次的两个基本笔画）成了两道漫长的细流，向下蜿蜒流淌。

而寄件人的名，只有一个字，也已经被另一滴水渍吞噬，好像落入了一个没有边际、没有轮廓的圆之中，消失不见了。

然后，这张包裹单的研究者们感觉到挨了一拳。

或者说，听见了一个看不见的人的讥笑声。

肇事者有意挑战人们的智力。他在寄件人签名一栏，没有留下字迹，而是盖了一个红色的章。这是一个图形章，无字，只有一个神秘莫测的图案：一条横线，穿过印章，似一负重的扁担，两头微微上翘。横线上，近左端，有一个方块；横线之下，近右端，有两个连在一起的方块。

如果把这条横线视为一个舢板，那么，横线上的方块像是艄公的小船舱，而它的影子——孤独的船舱唯一的同伴是自己的影子——落在水中，成了横线下的两个方块。

久久地凝视水渍漫延的包裹单，这枚印章上的图形，会让人想到躺在沙滩上的一只舢板的残骸，蜘蛛用细沙环绕着被遗弃的船，船舱逐渐变成了化石，把自己的影子投射在沙滩上。

纸箱上的透明胶带被一双戴着白手套的手细心地揭下，放在一个乳白色的塑料盒里，贴上了标签，注明揭下的时间：1999年9月15日10点20分。纸箱打开了，薄膜防震的塑料取走之后，出现了一只高保真的音箱。

只有一个音箱——而人们习以为常的高端音响设备，从来都是一对音箱，加一个功放。

这只音箱的牌子是"Avance"，包裹单上寄件人注明的是它的中文名称：皇冠。产地：丹麦。他还可以骄傲地加一个附注，音响发烧友朝思暮想的世界十大名牌之一。

和方方正正的传统音箱不同，这只皇冠的音响箱体，前后左右上下六面，都呈流线弧形。乐声可以顺着平滑的曲线，毫无阻碍地蜿蜒流淌。它的材质是高密度的纤维板，但是用了一层云杉木皮包裹（世界上高档小提琴的面板就是用的这种木料）。音箱的油漆闪闪发光，它采用的是工序复杂的小提琴烤漆方式，外表打磨得光滑如镜，随着光线的变化，一会儿红色，一会儿橙色，一会儿金色。

这只皇冠音响的背板，也是高密度纤维板。但上面贴的不是云杉，而是和小提琴的背板用料一样，是画有虎纹的枫木。背板揭开的一瞬间，有如珠宝商人打开一个黑皮盒子时一样，人们眼前突然出现了首饰般冷峻的寒光，里面是三只精致剔透的扬声器，大小不同。最小的一只，是高音单元，直径约八公分，位于最上方，被取了出来，它的振膜是丝质的，在白色手套的手指之间颤抖不已。振膜的中央，有一尖尖的用于声音定向的锥形物，像一颗亮晶晶的子弹，落在地上，打破了周围的寂静。这只扬声器迅速被分解成了铁片、铁芯、磁铁、后壳、垫片、弹波、分音器、端子、锦丝线、电线……音圈上面的防尘罩被取了下来，音圈被解开了，变成了一道长长的、弯弯曲曲的铜色铝线。

里面什么也没有。

高音单元取走之后，留下了一个小小的洞穴，里面有一些淡黄色的、像人造棉似的吸音材料，也全部被掏了出来，还是什么也没有发现。

第二只扬声器——位于音箱中部的那一只——是中音单元，比高音单元稍大，直径约十二公分。像上一只扬声器一样，它被取了下来，进行拆除和分解，变成了一堆闪闪发光的零件。它的振膜不是丝质的，而是一种薄薄的有机材料，被放在天平上称了重量，并与高音单元的丝质振膜进行了比较。空穴里的吸音材料——数不清的，一团一团的人造棉——全部被掏了出来，堆放在桌上，在看似静止不动的空气中随着室内空调的嗡嗡声，缓慢地飘动、旋转。

现在轮到位于音箱下部的低音单元了。难以想象的是，分解这只扬声器，与前两只相比，简直没有费一点时间。那些可以叫出名字，或者无法叫出名字的零件刚刚裸露在外，这时，发生了一件事，让整个分解检查工作停了下来。

从这只低音单元取下的空穴里——它是三只扬声器中最大的，直径达十八公分，所以，这个空间也更大，黑洞洞的，似乎深不见底——落下一些白色的粉末。

对，落下的不是淡黄色的人造棉团，而是像廉价的滑石粉一样的粉末。

每当意外的喜悦或重大的发现降临时，人们往往一下子反应不过来。

没有人动弹。

也许是一种新的吸音材料？白色的粉末，像雪一般，纷纷扬扬，很快，在皇冠音箱的前面，铺了薄薄的一层。

还在继续往下落。

一名缉毒人员伸出手指，蘸了一点，用舌尖舔了一下。

"是可卡因。"

细雨霏霏，透过挡风玻璃上有规律地滑动的雨刷，可以看见公路的右边有一个山坡。警车减慢了速度。一座石房子蹲伏在轮廓柔和的、灰色的山坡上，上空飘着一缕缕绵长的薄雾。石房子前一株警察们都无法叫出名字的树，似乎飘忽在雾中，影影绰绰。

八个没穿制服的缉毒警察裹着雨衣，脸戴黑色面罩，荷枪实弹，分成四组，弓着腰，借助着灌木丛的掩护向石房接近。

石房子更近了。一座无法摧毁的房子，永远不会被大火吞噬。墙是一块块黑色的岩石堆积而成，一张又一张青石板，搭在一根根原木排成的斜面上，组成了屋顶。透过射击的瞄准器，可以看见屋顶的石板上结成的一层鸟粪，或是石灰状黏液的硬壳。石房子不大，也许就三十平方米左右，它被荆棘茅草密密地包围着，作为隐藏在山里的一个制毒点，十分理想。

警察们简直不敢相信自己的眼睛，就从这些荆棘和藤本植物中，钻出了一个人。

第一眼很难判断这个"毒枭"嫌疑人的准确年龄，既可能是八九十岁，也可能是六十五岁。他戴着一顶大竹笠，穿着一件蓑衣，短裤，赤足，令人想起迪斯尼乐园中的时光老人。

小队长做出不要开枪的手势，带领缉毒警察尾随而去。

泥泞的小路软得像海绵，警察们的高帮皮鞋每走一步，地面的水就发出下吸的声音，很响亮，但嫌疑人并没有回头。不知他是耳聋，还是已经飘然走在另一个世界。

他来到山坡背后的一口池塘边，池塘周围长着茂密的竹林，水显得蓝幽幽的，像深山里瀑布形成的一个水潭。细雨落在池塘水面上，落在静静漂浮的竹叶上，不少的竹叶一半已经腐烂，另一半溶入水中，散发出一股淡淡的沼气的味道。塘边有一块搁在松木桩上的青石板，贩毒嫌疑人走了上去。

密密的竹子间出现一道缝，伸出了一支枪，对准了他。雨滴落在乌黑的枪管上。

谁也没想到，嫌疑人一边慢慢地解开裤带，像电影中的慢镜头，一边转过身，背对池塘，在青石板上蹲了下来。

池塘的寂静被打破了。一道细小的瀑布直泻而下，接着，大便坠入水中。回音袅袅，在池塘上空游荡。

缉毒警察纷纷拉下面罩，掩上鼻子，窃窃私语。

一时间水中的鱼虾蚂蟥一片动荡，游来飞去。

排泄结束后，嫌疑人似乎没有使用手纸的习惯，他做了一个高难度的、对身体的柔韧性要求甚高的杂技动作：在保持蹲式的同时，头向后微仰（笠帽有细绳系于脖上，而没有坠水），背向后弯成一张弓的形状，整个身体的重心下降、再下降……直至臀部触及水面，入水片刻，又稍稍抬起出水。然后，他似乎很享受凉水带来的快感，将臀部的位置再次放低，进入水中，如此反复数次，方才站起身来，系上裤腰带。

嫌疑人从原路返回他的石房子，而警察们却在池塘边等待队长用手机联系缉毒总部，要求核实丹麦皇冠音箱的寄件人的住址姓名。

这时，从石房子那边传来了第一句乐声。这是定音鼓的声音，像是犹犹豫豫的敲门声。一个优雅的女士来到门前，带着试探性，敲了四下，不响了。接着，一阵弦乐的齐奏。之后，定音鼓再次敲响，更加温柔，简直像是优雅轻盈的脚步声来到门前。四下敲门声更像是等待者的想象和期望。柔美的小提琴出现了，不，小提琴深情地唱了几句，独奏者完全沉醉在诗情画意的氛围中，越拉越慢，真的醉了，这时又是四声定音鼓。这声音像是溅射而出，山坡、树林、池塘，在一片寂静中发出回音。乐队的声音在一个相反的方向低声地吟唱，定音鼓出其不意地在一个高音上出现了，有人敲了四下，然后，静了下来。

这是贝多芬的D大调小提琴协奏曲，作于1806年——贝多芬难得的"典雅"时期——第一次在开头就使用定音鼓。作曲者似乎被情意款款的敲门声迷住了，他闻到了几乎是触手可及的香气，一发而不可收。第一乐章里，定音鼓敲响了七十次。而最后一次鼓声响起时，简直像一颗温柔的心，怦然而动。

十分不幸，这四声定音鼓，与警察用枪托撞击门扉的声音重叠在一起，后者多么像贝多芬的第五交响乐的开头的敲门声。——众所周知，那可是十分粗暴的命运之神不期而至的声音。

其实，石屋没有用红岩修建的门槛、门辙、门托，就连以木为材质的也没有，它只有一道竹篱笆似的门扉，形同虚设。警察的枪托才敲了四下，就歪歪斜斜地倒在一边。

这座石屋建于1986年底，它的前身是一座草堂，先后做过教堂、孤儿院、油坊。当年的草堂规模不凡，至今还可以看见它的红岩条石建成的墙脚基石。石屋就是利用它做的地基。红岩条石的周围，还是一片黑色的焦土，见证着三十一年前那场吞噬了草堂的大火。

为了取得制空权，缉毒警察中时迁一类的登屋高手，已经上了房，揭开了屋顶的石板。可怜呀，这石屋的主人当初买不起木料，只能用粗细不一的竹子滥竽充数，做成屋椽、檩条、拉条，承负着石板的重量。警察的身体趴在上面，加上他们携带的现代武器，整个屋顶嘎嘎作响，似乎随时都可能坍塌。火炉上方那个上小下大的方斗——平时烟气可以通过它进入设在屋顶的石板之间的天窗排出去——随着屋顶上的缉毒英雄身体的挪动开始摇晃。厚厚的烟炱顿时撒落下来，在屋子里飘扬。方斗之下，火炉之上，在横梁上挂着的一个铁通钩，钩上悬有一黄铜烧水壶，也随之摇摇晃晃。铁通钩由两根铁条组成，上面有一个鲤鱼状的铁板控制升降。鲤鱼早已被这一阵地震吓住了，死板地僵在半空中。

床也是用青石板搭起的。床前有一个用石头垒成的茶几，正中放了一只瓦钵，可以看见曾经一分为二、又用桐油石灰糊好的一道疤痕。瓦钵中是吃剩的野茼蒿，炒过的，绵厚的、富有肉感的叶子，所剩无几。床脚有一个音箱，在这个简陋原始的石屋里，华丽得刺眼。

贝多芬小提琴曲的第二乐章——小广板，抒情诗一般的慢乐章，温柔如水。小提琴让人感受到"天鹅绒发音"的魅力，正从这个音箱蜿蜒而出，沿着流线弧形的箱体平滑的曲线，在石屋里流淌。

此音箱有三个扬声器，按体积大小，从上到下排列成一行。丹麦皇冠。

警察们顿时明白了，为什么他们破获的秘密寄运毒品的音箱不是像平常的高端音响一样，是一只而不是一对。

它和那一只有犯罪经历的皇冠一样，在安放低音单元的空间藏有一公斤可卡因吗？

警察们迫不及待，甚至连音乐也忘记关掉，就找来了嫌疑人的菜刀，噼里啪啦地硬撬音箱的背板，却撬不动。不过，画有虎纹的枫木贴条，采用复杂的小提琴烤漆工艺处理过的丹麦高密度纤维板，在砍柴用的小斧头的淫威下，立刻缴械投降，轰然一响，音箱被劈成两半。

三只扬声器中，首先被取出的是低音单元。音箱下部出现了一个黑洞：在这儿，对，仿佛在这个深不可测的空间中，而不是从它上方的两个喇叭里。贝多芬的小提琴继续吟唱着，一个朴素而天真的主题：月下风吹过莆田平原，白云投在大片水田上的影子在不断地移动。美人在洒满月光的小道上走来。

没有白色的粉末从空洞里落下。

警察的手伸了进去，正好小提琴响起一串颤音，仿佛演奏者在黑暗中被吓出了一身冷汗。

缉毒人员的专业手套抓出一大把淡黄色的人造棉吸音材料。

中音单元和高音单元都被拆了下来，也没有找到一粒白粉或可疑物。

没有厨房，也没有柴灶，石屋的正中，对着歪歪斜斜倒在一旁的竹篱笆门，地上挖了一个圆形的火坑，此刻里面几块燃烧殆尽、白灰色的煤炭，发出幽幽的微光。

嫌疑人的食指和伸开的拇指像两根火钳，扒开滚烫的灰烬，找到了一个已经烤熟的芋头，拇指和食指夹起这个千百年来隐士或深山中的禅师赖以为生的主要食物。

（谁在幼年时没有听说过，某某隐士在终南山，正要吃一个烤好的芋头，突然入定；待他醒来，芋头已在碗中变成了一个霉迹斑斑的小石头，其间六个月过去了。）

两根粗大的、弯弯曲曲的血管，穿过拇指和食指之间由七个深褐色的老年斑组成的北斗星座，形成两条交叉的褶皱，然后，拐了一个弯，又携带着数以百计的细纹，向着无名指方向蜿蜒而去。

嫌疑人开始运气，看得见他的肋骨在犹如一张皱布的皮肤下起伏。他对着夹在食指和拇指间的芋头吹了一口气，芋头上的厚厚一层白灰飞了起来，落在他白色的眉毛上、头发上，落在他脸上一道道交错重叠、犁沟般的皱纹里。

队长："多大年龄了？"

嫌疑人听力尚存，但不能言，他用手势回答。

队长："八十九岁？"

嫌疑人点头。

队长："什么时候开始哑的？"

嫌疑人用手势回答。

队长："三十一年了？从1968年开始就哑了？"

嫌疑人微微一笑，点头。

队长："人们的音箱都是一对，你的皇冠怎么只有一只呢？"

嫌疑人没有反应。

队长："告诉我，另一只皇冠音箱在哪儿？"

嫌疑人摇手。

队长："不知道？还需要提醒你吗？"

他拿出一张包裹寄单。

队长："认一认，这个印章是你的吗？"

包裹单上水渍斑斑，在寄件人签字一栏上，盖了一个红色的印章，无字，是个图形章：一直线横贯其中，线的两端微微上翘。靠近左端，横线之上有一方块；靠近右端，在横线之下，有两个连在一起的方块。

队长："有人猜测，这是一条小舢板，前面的方块是它的船舱，后面的方块是船舱的倒影。"

嫌疑人摇头。

队长："那你的解释呢？"

嫌疑人张开嘴，露出仅有的三颗牙。

队长蒙了，不解地看着嫌疑人。

队长："什么意思？"

老人拊掌大笑良久。他笑得前仰后翻，像个五岁的小孩。

他的笑声惊起了停留在石屋顶上的麻雀。

他再次将嘴大张，又用手指一个一个地数仅存的三颗牙齿。

和图形章一样，上面靠左，有一颗，而下面靠右，是两颗连在一起的牙齿。

石屋子不大，但几乎每一件物品，都有这个奇怪的图形章的印迹。

有把木头已经朽旧的梯子，可以想象，当嫌疑人年龄许可之时，每当石屋子漏雨，就靠这把木梯登上屋顶，挪动石板，后来年纪太大，也就不再使用。遇到外面暴雨，石屋里下着小雨，只能在漏雨处放脸盆、水桶，甚至是碗盘来接水。原来的五根木棍构成的梯级，只剩下三根，中间两根缺失，已失去使用价值。尽管如此，当警察的手套抹去尚存的三根木棍上的蛛丝和厚厚一层尘土后，这个昔日不仅是用刀雕刻的，而且又用红漆特意勾勒了线条的图形章，便清晰地跃入人的眼帘。

水桶上也刻上了，不过，不是刻在桶底，而是刻在木桶的提把正中。由于每天至少二至三次，这个提把被系上井绳，沉入水井，载水后（由于内壁桶木颜色深浅不一，可以推断，嫌疑人进入高龄后仅能盛水及一半的高度），又晃晃悠悠地升至井坎。长年累月，日复一日，井绳的摩擦使这个图形章模糊不清，三个小方块已经有两个消失了。

一个搪瓷的洗脸盆，那可是60年代的古董啊！宽宽的盆边上，昔日鲜艳夺目的葵花图案已经褪色，有的地方的搪瓷已经脱落，裸露出大团大团的铁斑。盆的中央部分，画了一面迎风招展的红旗，三个代表工农兵的人物，其中工人和解放军是男的，而女人是农民，怀抱一大束麦秆，头上包一白巾，手举一把镰刀，但由于年代久远，弯弯镰刀昔日长长的、闪着寒光的刀刃早已不见踪影，她手中只剩下一把光秃秃的刀把。远远看去，有一块红色油漆，闪闪发光，近看才可以辨认出一个用油漆画出的图形章。

警察注意到，石屋里没有镜子。也就是说，嫌疑人每天早晨将井水倒入盆中，一边洗脸，一边看着自己满是皱纹的面孔随水荡漾，随着水抖动，他张开嘴，仅存的三颗牙，一颗在上，两颗在下，也随着水抖动。搪瓷盆中那个红色的图形章也随着水抖动，渐渐两个图画重叠了，融合在一起了。

石屋里的家具寥寥无几。除了石床外，一把木凳，一张竹制马架子躺椅，一个放洗脸盆的木架，一个带抽屉的木柜，两个用杂木条板钉在一起、把装杂货的木箱重叠在一起的，充作桌子。它们有如出自同一个母亲的几个孤儿，全都带着同样的胎记——那个奇怪的图形章。

门旁的地上，躺着一根锄把，锄头本身早已不知去向，但锄把尚存，大概是晚上起风时用来抵住竹篱笆门用的。在锄把的中央部分，雕刻的图形章引起了缉毒队长的注意。虽然是同样的一个图案，但是每根线条看上去刚劲有力，明显是用双刀刻出的。在这个图案下，刻有日期：1968年。

他一字未说，却拿出笔记本，写下这么几句话：

老头在讥笑我吧。图章所刻，不是齿形。1968年，他不过五十七岁，怎么会只剩三颗牙呢？

石屋里几乎每一件物品都刻上了图形章，不，只有一件例外，皇冠牌音箱。

结论并不难。这个音箱进入石屋的时间不长，石屋主人一时间被音乐迷住了，还来不及刻上图形章。不，也许音箱来自另一个人，而这个人本身就是图形章所代表的一切。

一束手电筒的强光，像一台微型的聚光灯，缓缓地扫过石床下的每一寸空间。蜘蛛网完好无损，在手电筒的照射下闪闪发光。到处是散乱的鼠粪，可以想见到了夜间，这里是一支骁勇顽强的鼠军的活动场所，用它们的尖叫声、厮打声、追逐奔跑的声音，为贝多芬的音乐加入了黑暗王国的音响效果。手电筒的光在一个蜂巢的上面停留了一下，蜂巢是空空的，早已干瘪；不知何年何月鼠军曾经拖回这个猎获的战利品，盛宴之后留下的残骸。

这时，手电筒照亮了一个漆成棕色的木箱。

全体在场的缉毒人员，情不自禁地模仿美国侦探片中的特工，纷纷击掌相庆。科学警察拿出了尼康相机，一连串闪光照亮了石床下的黑暗王国。

当队长把木箱打开的一瞬间，他不由自主地回想起第一次揭开皇冠音箱背板时的感觉；有如珠宝商人打开了一个黑皮盒子，眼前突然出现了首饰冷峻的寒光。

四张不同长度的锯片；

三把不同型号的凿刀；

一整套刨刀：平刨、横刨、边刨……宽者达三寸，最窄的不过半公分；

两把锤子；

六把不同大小的锉子。

警察们的喜悦一扫而空，没有毒品，是一个平常的工具箱。

乍眼一看，是木匠的工具箱，但不见木匠最具标志意义的工具：墨斗。此外，任何木匠都不会使用的，只能在篆刻印章的店铺里可以见到的一整套十二把雕刀，在箱里熠熠发光。在每一件工具的木柄上，都可以找到那个奇怪的图形章。警察们将之与锄把上的图形章做了比较，线条的力度相似，皆为双刀刻出，它们明显属于同一时期。

队长眼睛突然一亮，工具箱的角落里，在一张满是油垢的擦拭布的下面，某个圆形物隆起着。

他揭开这块脏布时，一下子迷茫了，眼前出现了一件用途不明的物体。其大小有如一个成年人的拳头，主体是一个剖开的葫芦，葫芦的颜色并不是刚摘下的白色，而是赭黄中带红，中央部分开有一个口，开口处插了一个竹制的笔管，似人脸上长出一鼻，管里放一竹簧片，簧片薄如蝉翼，应该是用锉子数日精心锉出来的。葫芦的周围，绑上了一圈长短不一的芦苇管，每根管上亦有开口，并插上了细微到几乎难以察觉其存在的簧片。

如果不是在葫芦主体的"竹鼻"上，那个奇怪的图形章——是的，它真是无处不在——带有新凿的痕迹的话，谁也不会想到一个年近九旬的老翁，竟可以制作出如此玲珑剔透的作品。

这个图形章与1968年的章相比，力度显然减弱了，线条也不是双刀刻出，而是用雕刀的刀尖崩出来的。

葫芦的底部是镂空的，准确地说，它有双层底，最下面的底部，精雕细刻，如古代建筑的窗格，而葫芦的圆肚部分，是一幅尚未完成的作品。队长的直觉没错，用来创作这幅作品的工具——一根点燃的香，香头上插一细针，用针在葫芦上雕出——香已熄，但余温尚存。细针雕出部分不多，但整体用铅笔在葫芦上打了草稿，可以看出是一株大树，树形令人立刻想起石屋门前的那株警察们叫不出名字的怪树，树下坐着一个老人，他的身旁有一个小孩子在拉提琴。

队长拿了纸笔，递给嫌疑人。

队长："它是什么？"

嫌疑人站起身来，双臂模仿翅膀，做振动状，嘴里发出鸽子的叫声。

众警察依然不解。

嫌疑人将它系在一条细绳上，举臂挥舞。

它开始在老人的头上旋转。初，声音细微，几乎听不见，似乡间电话线的嗡嗡声。

他没有停止挥舞手上的细绳，但换了姿势，不再是在头上旋转，而是在他的左边。

逐渐的，似乎从左边来了一道强劲的西北风，它发出了响亮的鸣叫声。

老人的手臂越转越快，它的鸣叫声在石屋里呼啸，盘旋而上。

老人停止手臂的转动，大气不喘，屋里静静的，警察们倾听着耳边的袅袅回音，久久反应不过来。

队长："鸽哨？"

嫌疑人拿起笔在纸上写了一个字——

永。

缉毒队长不愧是临时抱佛脚的高手。他从图书馆里借回了王世襄的《鸽哨》，彻夜攻读，直至天明。然后换了一身中式褂子，平底布鞋，包了一辆福州的出租车，自称是来自京城的鸽哨迷，出现在了莆田鼓楼下的鸽市。不消半个时辰，已结识了几个当地的鸽哨藏家，还去了他们的家里，亲眼见到了几十年前的永记鸽哨。天哪！永木匠最早的一只鸽哨，完成于宣统元年。

到了20世纪末最后一两年，收藏热席卷中国，永记鸽哨亦成为众多收藏家追逐的热门货，与江加走的木刻偶人共享"闽南二绝"的美名。一枚最简单、朴素，只有葫芦本体（甚至葫芦内没有隔成两格，无法发不同的音），不带一支芦苇管的"老永哨"价已逾万。真正具有永记哨特色的，由多支芦苇管环绕葫芦，鸽子上天后，数十哨齐鸣，价值超过市中心闹市区的一套公寓。

队长还在他的小本上，煞有介事地记下了藏家们对老永哨和小永哨的比较：父子签名的特点，艺术审美趣味的差异，哨音音高的配置等等。

各位藏家在永声是何时重新开始制哨这一点上，颇为一致：1977年。

第一位藏家回忆道："前一年的十月'文革'结束，中国的基督教教会和莆田鼓楼的鸽市几乎在同一天重获新生。当时的这两个地方，人山人海，来者摩肩接踵，挤得水泄不通。其时，永声——对不起，我们以前一直叫他'永牧师'，就是'文革'中，我们背地里也悄悄地尊称他'牧师'——他的白木香树，被烧掉后，又发出新芽，长大成材，我们叫它'永声树'。但是，自从出了那件事以后，我们就只能叫他的名字了，因为他不再是牧师了。1977年，他不过六十六岁，自草堂大火后，已整整九年，他始终对人不作一语。九年，比抗战还多一年！其实，莆田城里谁不知道他是能言而不言啊！谁会相信，九年过去了，他见人还是举一'哑'字，不言。最不可思议的是，他不领教会一分钱，也不吃社会补助，一个人继续住在江口的石屋子，制作鸽哨度日。只是每制一哨，他不再签名'永'字，而是刻一个奇怪的、至今无人能解的图形章。由于年龄，他已经无法双刀刻出线条，而只能用刀尖崩出印章中央的那道微微弯曲的'扁担'，而且，这个署名的位置也越来越偏，最后快挤进哨鼻里了。"

第二个收藏家数年来专收永记鸽哨，永声的图形章鸽哨尤丰，达一百二十枚。他出生于涵江的一个基督教家庭，幼年时，古牧师在涵江的牧师大院已经关闭，院里那个远近闻名的洗礼池也早已干涸。美国南方浸礼派退出了福建，于是父母带他来到江口草堂，由永牧师为之洗礼。解放后，他在江口中学当生物老师，与莆田五中的鹤来有不少关于教学业务上的交流。"文革"时，他也被揪了出来，当了"牛鬼蛇神"，与永牧师常常跪在同一个斗争台上，中学校门前、陈家公祠、太和桥上……

"我们的膝盖在地上跪出的坑，数也数不清。"

考虑到这位藏友和永声的这段关系，考虑到他的回忆可能被作为知情人的证词，队长不再使用笔记本，而是打开了他的微型录音器。

"根据一般人的看法，1968年油坊失火是永牧师哑疾的主要原因。是啊，他是我的洗礼牧师，我已经给我的儿子女儿交代清楚了：如果我比永牧师先走，我只指望一个教会的人来为我的灵魂祝祷，那就是永牧师。

"我接着往下说。一把大火把油坊烧了，房子是永牧师亲手所建，是他在这座草房里成立了孤儿院，是他在这座草房里布道、洗礼、主持年轻人的结婚仪式……但是后来变成了油坊。油坊是他的地狱，他在里面劳动改造了多少年！地狱烧了，有什么关系？怎么会为之成了哑巴！说不定，他每天晚上悄悄地祈祷，请求上帝快快毁了这座可怕的地狱，来一场风暴或地震……

"不，真正改变他的，是断手投身开水锅。他受到的刺激太大了。你可以想象，亲眼见到这种场面的人，每天晚上不做噩梦才是怪事！他把断手的自杀看成是自己的责任。毕竟，因为他——同是油坊的难友——鹤来才认识了断手。事实是鹤来要离婚，断手想不通。

"而在永牧师的心中，断手跨入油坊的这一刻起，他就跟着断手走上了不归路。

"1968年冬天，有一天，我和学校的几个'牛鬼蛇神'去拉了砖回来，又被派去江口镇革命委员会扫厕所。我遇见了永牧师，他每天都要去那儿扫厕所。趁人看不见时，我向他问好，他却不答，完全不像他平时的为人。打扫完了之后，公社的一个革命小将又来说，革委会大院的草好深了，快去拔野草。我们一起拔草，我就在他旁边。我悄悄地问他，是不是病了，他用镰刀在地上画了一个字：哑。为什么，我问道。他又拿起镰刀，用力太大，手有点抖，他又在地上画字。我刚晃了一眼，还没看清楚，有红卫兵在近处走动，我赶快把头转开，待我再转头去看时，地上的字已经被永牧师用拔起的杂草和泥土遮掩了。

　　"后来，在这个地方，杂草越堆越高。红卫兵就叫我们点把火烧了。一边烧，他们又拿了些垃圾、木条、废纸等等，扔在火堆上。到了吃饭的时候，永牧师和我们学校的'牛鬼蛇神'就走了，我是最后一个离开的，一直等到这堆大火快熄灭时，天已经黑了。我悄悄拨开灰烬，埋在下面的火星一下子飞了起来。永牧师用镰刀在地上画的痕迹还在吗？早已不见踪影了，土都烧焦了。"

　　队长："一般人怎么看他？"

　　鸽哨藏家："莆田人？不敢说。我接触的人多是基督徒，他们虽然不把永牧师看作一个圣徒，但从来没有忘记他。"

　　队长："可以举个例子吗？"

　　鸽哨藏家："既然你有这样的雅兴，我就给你讲一个故事，是永牧师的外孙告诉我的。"

　　队长："鸽哨上那个在树下拉琴的孩子吗？"

　　鸽哨藏家："是他。"

　　"他的名字叫拉拉，姓金，跟着他的继父姓。继父是个东北人，朝鲜族，一个能歌善舞的民族。不过拉拉的音乐天赋和朝鲜族没关系。他是一个右派的儿子，还没出世，父亲就走上了不归路。"

　　"为什么取这么一个名字？拉拉？"

　　"据说他母亲生他的时候，老听见医院对面的医生宿舍里有人拉提琴。一个初学者在做音阶练习吧，反反复复就拉一个音，1234567i中的6。每次都拖得很长、很长，和她生产时的呻吟声、痛苦的喊叫声混在一起。

"等我算一下：草堂油坊大火是1968年，拉拉是毛泽东去世那一年，1976年的年底来到这里的。他来的时候，只有八岁，他外公六十五岁，他在石头屋子里住了差不多一年。

"那一年的冬天，有一天，我在江口镇上遇见邮递员老张。我去买豆腐，老张的老婆开了一个豆腐店。老张说，他刚去给永牧师送了一封信，他当时看了一眼信封就不动了，像中风似的。

"毛主席是9月份走的，10月'四人帮'就倒了，永牧师也就不参加强迫性的劳动改造——每天到江口镇上去扫地扫厕所了。

"但是，教会还没有恢复，还没有人敢到山坡上的石头屋子去拜访他。走在路上，也没人敢跟他打招呼。谁会寄信给他呢？他唯一的亲人——其实，与他并没有真正的血缘关系——是莆田城里五中教书的女儿。但是自从'文化大革命'开始，也就是说，已经有十来年，她就和他彻底划清了界限，没有来看过他。

"后来才知道，这封信还真是鹤来写的。她以前是中国鼎鼎有名的复旦大学毕业的。'四人帮'被打倒了，中国恢复了高考，但老师不够，不少的老教授都在'文革'中被整死了。怎么办呢？只有把以前的老学生召了回去。拉拉的母亲正好遇上这个机会，必须马上到上海去。她的朝鲜族丈夫要跟她一块儿去。她给永牧师写了一封信。上海是个大城市，一时半会儿没法给小孩子上户口，解决入学问题。她问永牧师可不可以照顾她的儿子。

"永牧师答应了。他写了回信，寄给鹤来。过了几天，拉拉就来了。那天正是圣诞节。中国圣诞节不放假，而且，一般大众也不知道什么圣诞节。他妈妈把他送到莆田南门，找到一个人力车夫。我们莆田没有三轮车，车夫是用自行车载人的。自行车的行李架改装了，捆绑了一块竹垫，坐几十里路屁股也不会太难受。拉拉就是坐着自行车，被一个车夫带到江口的。他的小书包里面有几本谱子，还带了一把小提琴。

"据说，小孩子走上永声树的小山坡时，牧师已经拿出多年不用的工具，开始做一个鸽哨。当天晚上，他们俩一老一小，在石头屋子里过了圣诞节。我后来听孩子说，外公蒸了一条咸鱼，用自己种的丝瓜和西红柿煮了一个汤。

"这孩子还从来没听说过圣诞节。吃咸鱼时，哑巴外公也没在纸上写圣诞节是基督教的节日，反正写了他也看不懂。八岁的孩子能识几个字？可是第二天早晨醒来，在他的黑灯芯绒鞋面、白塑料底的布鞋里，他发现了一个鸽哨。那时，他并不知道这是圣诞老人的节日礼物。

"老先生已多年没有摸过制哨的工具了。人家叫我是哨痴，不谦虚地说一句，我可以算是'小永'哨的头号收藏家：共四十六枚。最后一枚制于1931年，由桂圆壳做成的哨：九个桂圆壳分三排，立于托板之上。托板下的那个支架，是用兽骨制成，透雕了一个十字架的图案。此后，永声便去了南京读神学院，两年后回来当牧师，建孤儿院，不再制作鸽哨，只在闲暇之余，偶尔为鹤来制一两枚，曾被女儿作为定情物送给断手。断手投沸水自尽时，也和他一起从这个世界上消失了。所以，从文物收藏的角度看，他为外孙制作的这个圣诞礼物，意义非凡。从1931年至1978年，几乎半个世纪，他还能重回当年的巅峰吗？

"我仔细地研究过这只鸽哨。首先，它和一般鸽哨的区别在于它不是用葫芦作材料。是吧？你在鸽市看见的哨子，大大小小，哪一只不是将一个细腰葫芦切断，然后将切口扩大，装一竹片做哨口？不，永牧师这支哨是全竹制成，要求的工艺很细：不光是哨口用竹挖成，就是它的发音主体，也是用两块竹板拼成一个椭圆体，如一圆肚。也就是说，必须刮掉竹皮，然后将竹肉一丝一缕地去掉，只剩薄薄一层肉壁，即竹黄。只有这样，制成的鸽哨才能体轻如纸。鸽子带着它，能连飞几十里地而不疲乏。

"我想，他一定是从鹤来的信中，知道外孙自幼学习提琴。他特意改用全竹，因为全竹做成的鸽哨，声音更高、更细、更加犀利、穿透力更强，换句话说，更加接近小提琴的音色。

"当天，牧师带着他的外孙来到我家。我一见鸽哨，就明白他的来意。马上到鸽棚里，选了一只好鸽子，让他试哨。我看他的鸽哨是七个哨口的，人称'七星'，我也就选了一只背上碎花有如麦麸、与麻背相近，两翅上各有七个白点的，人称'七星麸背'的名贵鸽种。圣诞节吧，为鸽佩戴哨时，他没用棉线，而是选了一根鲜艳的五彩丝线。他眼睛还行，稳稳地用针引线，在鸽正中两根尾翎之间平穿而过。拉拉像看着一个魔术师，十分崇敬地注意着外公的一举一动。当外公让他用手为丝线打结时，他高兴极了，丝线很光滑，他抓了几次才牢牢抓住。

"永牧师将鸽哨的哨鼻插入两匹尾翎之间的缝隙之中，待哨鼻的小孔在尾翎下露出之后，用一根五公分长的铅丝，穿过小孔，弯成圆圈。于是，鸽哨固定扣穿的程序也就结束了。

　　"'七星麸背'上天之后，一件完全不曾预料到的事情发生了：鸽哨没有发出声音。四周安静极了，鸽子在我们头上盘旋了一圈。连最微弱的声音也没有。永牧师当时脸色苍白，不敢正眼看他的外孙，汗水顺着脸上一道道刀刻般的皱纹往下滴。'一定是哨口太斜了，发不出声音。'当鸽子在天空中飞得看不见时，我沮丧地下了结论。

　　"正在这时，从高空传来了一声尖细的哨声，打破了四周的寂静，悠扬似小提琴。接着七管同鸣，简直是一支小小的弦乐队在合奏。效果太奇妙了！仰首望天，只见一片白云，不见鸽的身影。而鸽哨声透过白云一阵阵传到我们的耳边。这不就是我们古人神奇描画的鸟道！举足下足，不沾一点，缥缈无着，飞过无痕，去留无迹，只留一阵余音。

　　"下面是拉拉讲的一个故事，关于那一年除夕之夜的故事。是我先问他除夕吃的什么，然后他就讲了起来。这是一个奇怪的孩子，小小年纪，居然可以讲一个很长的故事。我从来没有听见过一个孩子常常用一些比喻，像一个小天才，比如，他说到永牧师的石屋时，你猜他怎么形容的？他说：'好像是住在一口水井之中。'屋子里一股烤鱼头的味儿，屋正中的那个火坑里的炭火发着光。但是深夜醒来，只有水井里青苔的味道。

　　"除夕晚上，实在太安静了，连风声也听不见。他说，什么地方！真不像是人住的！必须逃走，回莆田城里去。他开始计划要带走的书包、乐谱、提琴，他盘算着，半夜三更，什么交通工具也没有，自行车的车夫也没有，只能从江口步行到城里，也许得一直走到天亮吧。那么怎行呢！正想到这里，他听见石屋外有声音。他开始以为是在做梦。据这孩子说，他常常做一种与脚步声有关的梦，醒来梦里见到什么，也记不清楚。但是记得起在梦里总有脚步声，很像贝多芬小提琴曲开头时的那几声定音鼓。孩子想，一定是小偷。他没有点灯，躺在黑暗中听着，脚步声走近了：穿的是塑料拖鞋。拉拉自幼习琴，耳朵灵敏极了，连那两只拖鞋的区别都听出来了，右脚的后跟比左脚磨损得厉害。此人是个跛子吗？莆田人一年四季，只要不在政府部门上班，都是随随便便地穿着拖鞋。不过，拉拉还是没想到，怎么出门偷东西还穿拖鞋呢，这小偷也太不把被偷者当一回事了吧。

"他悄悄地下床，找到手电筒，但不敢朝外面走。他害怕。他走回石床，开亮电筒，小心地用手推推外祖父。老头子继续呼呼大睡。疑似跛子的塑料拖鞋的声音再次从石屋外传了进来。令拉拉迷惑不解的是，脚步声在门前的白木香树下徘徊了一阵，就匆匆离去了。小孩子纳闷中间，又听见了不同的脚步声：这次不是一个人，起码有两三个人，赤脚，是快步跑来的。夜很静，脚踩在小路的石板上，都听得清清楚楚。也许，刚才的那个跛子是打前站的侦察兵。现在真正的小偷出马了！和上次一样，这几个人的脚步声在白木香树前停了下来，不过时间很短，就停了几秒钟，也没走向石头屋子，就急急忙忙地跑走了。石板的回音，嗡嗡地响了一阵，又静了下来。

"拉拉向竹门走去。他向外边看，人已经看不见了。他推开竹门，看见山坡下起雾了。我们这儿的冬天带有夜雾。我常来找牧师下棋，有时，某一盘棋厮杀数小时，一直下到半夜。而且，牧师有时一步棋会想很久很久。雾慢慢地爬上山坡，一直爬到摇摇欲坠的竹门前。竹门是打开的，夜雾进了门，不是弥漫开来，而是低低的，沿着地面，在石屋里慢慢移动。爬到他的身边时，才散开了一点，变得浓了一点，向上升至桌上油灯的高度，把灯吞噬了，只剩下一团光晕。

　　"我们可以想象，孩子站在石屋的门前，月亮白白的，像城里的灯一样挂在淡蓝色的天空。山坡下的雾爬了上来，雾中有几个人影晃动，还有人来。他赶快躲进屋里，把竹门一下子关上了。整间屋顿时回到朦朦胧胧的黑暗之中。说到这里，我想起孩子叙述时说的一句话：'门一关，马上降了八度音阶。'他还说，'好像人站在海底，传来的脚步声音就像透过水波传入耳中。碗柜上放着提琴的黑皮盒子，也是一片水光闪闪。'这孩子天赋实在太高了。

　　"透过门扉竹片间的竖缝，可以把外面的动静看得一清二楚：这次来了四个人，看上去是一家三代。一个老人，两个中年人，还有一个孩子。他们只有一把手电筒，而且电池也快用完了，所发出的光是一片昏黄。那个女的一路走，一路剥手中的核桃，发出一连串清脆的、如音乐般的爆裂的声音。她把剥好的核桃塞到小孩子的嘴里。

　　"夜雾中的这一家人，走得很慢。因为持手电筒的是那个老者，所以光就不断从孩子的脸上转移到他的父母的脸上。被照着的人还老是眯缝着眼，好像是被一股炫目的光束照个正着，他们的嘴张着，喘着气，不敢说话。昏黄的手电筒的光，给他们脸上戴上了一张金黄色的面具。拉拉忽然看见，那个中年男人从衣服沉甸甸的口袋里，掏出一块石头。他把石头放在儿子的手中，然后，又掏出另外两块，一块给了父亲，另一块给了妻子。最后，还在另一个沉甸甸的口袋里，又找出了一块石块，他自己拿在手中。

"他们会攻击石屋吗？会一个接一个地冲过来，把手中的武器扔向石屋吗？外祖父做了什么事，得罪了他们吗？

"老头用手电筒去照手中的石头时，石头像是抹了厚厚一层金色的颜料。而小孩子举起胳膊时，手中的石头在月光下发出银光。他们在白木香树前停下了脚步。他们几乎同时拿着石头，弓下了腰。拉拉还以为他们要用石头去敲击裸露在地面的树根呢。真没想到，当他们重新站直时（互相冲着对方有金黄面具的脸，会心地微微一笑），他们手中的石头已经放在地上。每个石头的下面，还压了一张纸片，纸片像蝴蝶的翅翼一样，在古老的虬根上扇动。上面，树叶的叶片闪闪，让拉拉想起了母亲的樟木箱里一张贵重的织锦。

"离他们不远，地面上，也在覆盖着苔藓的树根上，也有纸片在一块石头下四下飘动。接着，拉拉又发现了同样的纸片，压在另外几个石块之下。手电筒照亮时，它们就像蝴蝶的翅翼，带着淡紫和粉红。手电光熄灭了，纸片的颜色也变得柔和了、暗淡了，是淡紫色的。

"我一听就明白了，一定是前面来的跛子和三个赤足人留在树下的。

"整个晚上，就这样，来了一批又一批，有一家人来的，也有单独来的。总的说来，女性比男性多，甚至有纺织厂那些单身未嫁、年龄较大的女工，她们是成群结队地来到白木香树下。男女老少，有的打着手电，有的连手电也没有，摸黑走上来的。有的早就准备好了石块，也有的走上坡以后，才在四周打着手电东找西找。

"拉拉完全看傻了。来的人络绎不绝，他只好等呀、等呀，等到天快亮了，也就是说，马上就是大年初一了，终于没有人了，他方才打开门，走了出去。他说，这株树的周围，密密麻麻地铺了一层石块：青色的、灰色的、白色的、淡紫的……每一块石头都那么美，你以为是早晨的光线让它们这么美吗？你以为是五彩缤纷的天空的颜色，和这些石头玩着诡谲的魔术游戏吗？你以为是谁擦洗掉这些石头外面的污垢和尘土，把它们清洗得干干净净，清晰地展露出它们美丽的纹路吗？不。

"每一个石块下，放了一张或一沓纸币，大小不一，一元、两元、五元、十元、二十元……那时——1978年——最大额的人民币是二十元。既没有五十元的，也没有一百元的。"

永声从缉毒队长手中接过一张照片。他的拇指和食指捏紧它时，手上的皱纹随之起伏不已，凸起的血管消失了。他眯起眼来看着照片上的图像。

这是一张黑白照片，但是岁月已经将一种褐黄的颜料，掺了水，稀释了，在照片上均匀地涂抹了一层底色，可以在粗粝的影像颗粒之间看出时代的鸿沟和裂痕。一道月光似的灰白色灯光落下时，被站在舞台正中的一个孩子吸引了，或者更准确地说，是被孩子手中的提琴所吸引，被琴身上几道银色的条纹状的伤痕所吸引了。那是四根熠熠发光的金属弦。这个孩子左手的一根手指，是食指吧？正在揉弦的一瞬间，显得特别地长，像大理石一般的光滑，能感觉到尖尖的指头的颤抖。

乍一眼看去，这个孩子像一个童话中的小侏儒，被关在一个丝绒的首饰盒中。只有贴近了，才能渐渐分辨出他身后使用各种乐器的一个黑色的人群，还有那个身穿燕尾服、酷似甲壳虫的乐队指挥。

缉毒队长："这是我们在抓捕你的外孙时，在他的住所里发现的照片。"

永声翻过照片，背后写着：

1982年，哥本哈根国际小提琴比赛。

演奏曲目：贝多芬D大调小提琴协奏曲。

获得一等奖：丹麦皇冠音箱一对。

缉毒队长："我还可以补充一下。我们查阅了那一年的哥本哈根小提琴比赛的资料，你的外孙成功地通过了第一轮：他拉的是巴赫d小调组曲中的莎拉班德舞曲；帕格尼尼随想曲的第二十一号；莫扎特G大调小提琴协奏曲第一乐章；全是脱谱拉的。半决赛时，他拉的是德彪西的奏鸣曲。"

永声重新将照片反过来。他的目光在孩子的右手上——不，是在他的琴弓上——停了下来。

缉毒队长："你的心很细，晚生几十年，一定是一个缉毒英雄。由于拍照的角度，你看不清楚琴身，但是你发现琴弓不一样了，弓杆的弧度、颜色和以前的不一样了。是的，你没看错，你的外孙到北京进了中央音乐学院附中，他的第二个继父——一个法国老教授——送了他一把意大利琴。由于教授的叔叔是制作琴弓的名手，这只琴弓是法国的。他的弓根，就是孩子抓着的弓的尾部，用乌木制作，里面的螺丝跟弦幅有多大，是根据孩子的手形特制的。可惜照片上拍不出来，在弓杆的底部，有制作者的名字，是孩子的法国继父的叔叔，而不是你的那个神秘的三齿印章。"

缉毒队长说完时，停了好一会儿。此时石屋里伴随着他们两人的每一次呼吸，显得越来越宁静。缉毒队长从永声手中把那张照片拿了过去。

缉毒队长："那是你的外孙首次在国际比赛中获得大奖。当年一对皇冠音箱，价值不菲，可以换在莆田城中心的一套公寓。他把这套音箱送给了他的外公。这个昔日著名的提琴童星，一度在一个交响乐团做首席小提琴手，后因吸毒被捕、拘留，失去了工作。三个月前，回到莆田，拿走一个皇冠音箱，用你的名字，寄出了可卡因三千五百克，并在寄货人一栏，盖上了你的印章：那个所谓的三齿印章。"

缉毒队长没有正眼去看对方，他的目光停留在照片上。从小提琴美丽的涡卷形的琴头，挪向把琴身与琴头相连的琴颈。他似乎看见孩子的左手在琴颈上前后滑动，然后是美丽的曲线构成的琴肩，一直到乐器中间一个细腰身的轮廓。他有一种感觉，仿佛照片中某种东西在躁动，他好像听见了一声低沉、绝望的叹息，或是一声呻吟。

他听见有人说话。

他突然想起，谁说过，这间石屋像水井。对，是提琴童星说过的一句话。

果然，此刻他听见的声音，不像是对面这个形态枯槁的老人的嘴里传出的，而像是从一口水井深处传来的声音：

"与拉拉无关，犯罪的人是我。"

尾
声

永声（制鸽哨高手，读过金陵神学院，莆田县第一个中国牧师，江口孤儿院的院长，油坊打油工）还有十五分钟可以存在。2001年7月18日，福建省中级人民法院以贩运毒品罪判处他死刑。考虑到他九十岁高龄和牧师的身份，死刑的执行方式，采用了当年正在中国南方数省内试点的药物注射。

　　8月16日上午10点整，一个身穿白大褂的执法人员，走进了停放在莆田县监狱大院中心的一辆行刑车。这个执法人员个子矮小，瘦瘦的，年约三十岁，外貌看上去却像一个古代的先知。他小心翼翼地将捆绑在刑床上的永声的衬衣袖子卷起来，与平时的一次静脉注射一模一样，在老牧师毫无感觉的情况下，把与注射泵相连的针尖推进了肘窝下面露出的血管。

　　小个子离开行刑车之后，麦克风里传来了总指挥的一声命令：

　　"执行！"

　　行刑车外的司泵员——由那个个子矮小、瘦瘦的注射人员兼任——启动电源，按下"注射"键。药物开始进入永声的体内。

　　当我们说他还有十五分钟可以存在时，是指从开始实施注射至法医最后验证心脏的停止跳动。而在正常情况下，当注射的硫喷妥钠——一种发作极快的巴比妥酸盐，注入一克左右，即可使人在四十秒内丧失意识。死刑时一般用五克，十秒内使人完全失去知觉——进入身体三分钟后，人即处于脑死亡阶段。第十分钟时，由医生宣布犯人意识完全丧失，进行第二次注射。注射的药物是可以迅速导致肌肉麻痹和呼吸衰竭的巴夫龙。第三次注射——氯化钾——在第十五分钟时进行，使心跳最后完全停止。

（十年之后，凡在中国境内执行的注射死刑，使用的药物都是由司法部和最高人民法院统一配给。然而，2001年时尚属试行阶段，各地执法机构有权根据自己的预算，购买药物。这一年，福建地区的硫喷妥钠严重缺货，经过莆田县医院麻醉科的建议，由省人民法院批准，改为一种名叫咪达唑仑的强镇静剂，作为死刑时第一次注射用的药物。）

关于这个细节，犯人永声并不知情，更不可能去理解隐藏其中的意义。

他既没有感觉到针尖的刺入，也没有听到"执行"的命令声。几秒钟之间，达到他大脑的，不是药物，而是小提琴的声音。

"我还活着。"他对自己说道。

他凝神屏息地听，外面人声嘈杂，像是一个坐满了观众的剧场。

他听见有人在调琴。

还用说吗？那是第一小提琴手用手指在弦上拨弄定调子的声音。他一听见这些弦声——拉拉曾告诉过他，哪一根是E

弦，哪一根是G弦……——就想起了拉拉给他的哥本哈根比赛的录音。

童年时的拉拉常常在石屋门前的白木香树下练琴。每次开始练习之前，孩子打开琴盒，先拿出琴弓，给琴弓打上松香，再把弓拧紧，让弓更直。然后，他转动着小提琴，开始调音。他当时那把琴比一般的琴要小。永声曾用一个鸽哨高手的手指，抚摸过它涡卷形的琴头，细长的、慢慢下滑的琴颈，抚摸过琴肩圆滚滚的轮廓，直至柔和的、弓形的琴背。

不过，这已经不是童年那把琴的声音了，他换了一把琴。缉毒队长说过，拉拉是带着一把意大利琴，参加的哥本哈根的小提琴比赛。琴弦拨弄时，音色比较暖，更圆润，更有共鸣。

永声感觉到小提琴被架在拉拉的脖子上，紧贴着他的下巴。一绺绺长长的黑发，被吹得贴紧了额头。琴弓放了上去，一把出自法国高手的琴弓。琴弓往下压的力量，连一根根粗糙的弓毛也让永声感觉到了。第一次颤动从琴弦，传到了两个F形的孔，整个琴抖了一下。

"天哪！他不会要拉柴可夫斯基的协奏曲吧？"

早在童年，拉拉不仅可以演奏柴可夫斯基的作品，也练习过西贝柳斯的协奏曲。他还告诉外公，这是小提琴曲子中最难的两首。但永声从来就不曾喜欢过。

幸好，此时拉拉还没有演奏，只是拉着空弦，似乎久不摸琴（他不是也被抓进监狱了吗），需要熟悉一下他的琴的回音和持续的时间。他一连拉了几遍三个八度音阶，从琴的底部音区，直至最高频率。终于，传来了四下定音鼓的声音。那是拉拉用嘴模仿的，他的特技。永声眼里充满了泪水，仿佛认出了一个久别的老朋友，是贝多芬小提琴协奏曲。脚步声又重复了一次，还是四下，在门前停下了，一个温柔女士的脚步声。玛丽亚。

"上帝啊，"永声祈祷起来，"时间是属于你的，赐给我十分钟，让我起码听完第一乐章吧。"

究竟有多长时间没有向上帝祈祷过了？永声也记不清了。应该说，是在断手自杀之后吧。断手的离去，把他的信仰带走了，甚至把他与人交流说话的愿望也带走了。即使在"文革"结束之后，他完全可以重操牧师旧业，那时他刚六十多岁，可以重登讲道台，他也无法忍受自己从小就使用的语言。任何一个字，不管是普通话，还是莆田话、闽南语、福州话，都被油坊大锅里沸水的蒸汽严严实实地包裹着。他决定以制鸽哨为生，最初不过是为突然到来的外孙做一个礼物，后来才发现它完全可以取代人声。鸽哨在空中发出的声音，比人的语言丰富、纯洁，时粗时细，时而雄浑，时而又重新变得尖细，而且声音长短不一，由于风向和高度的差别，从未重复过，宛如连绵不断的喊叫声，持续、起伏，直至无穷。

上帝也许听见了永声的祈祷。

第一乐章已经进入了中间部分，也就是说，三分钟——规定的药效是让人三分钟内进入脑死亡——已经过去了。拉拉的提琴继续深情地歌唱着，速度稍微慢了下来。第一乐章里有很多美妙的延留，拉拉似乎完全沉醉在了某种遥远的回忆之中。永声也跟着他的琴声，一同走到了木兰溪畔：拉拉入住江口石屋的第二年，祖孙二人曾经沿着木兰溪，步行了几天。因为那一年的初春，永声收到了一个包裹，寄件人是广州的暨南大学外国语教研室，里面有一个装有玛丽亚骨灰的木头盒子和一封简短的信。信上说，玛丽亚已在"文革"后期因病去世，曾留下遗嘱，要求将骨灰寄给莆田的一个学生，由后者将骨灰带往木兰溪的源头笔架山，撒入水中。第一天祖孙二人溯流直上，步行了五十余里。沿途，倒流的海水已经退潮，露出河边的沙滩。沙滩在太阳下迅速变得很硬。而傍晚涨潮时，潮水迅速上升，淹没沙子的速度比狂奔的祖孙更快。河边的沙石小路也在一瞬间消失得无影无踪。后来，永声找到一个农民，付了一笔钱，拉拉就坐在农民的自行车的行李架上，随着车的咣啷声，一直到了木兰坡。在木兰坡旁边的一个树林里，永声一边收集烧火的树枝，一边把拉拉抱在怀里。那情景实在太像永声自己十四岁时的一次遭遇了。他的祖母快死了，他跟着父亲去寻找樟木，为自己做婚床，晚上也是睡在篝火旁。第二天就开始爬山了，但直到第三天的傍晚，当他们抬起头来，才终于看到了笔架山的巨大轮廓：在一条长达数里的山脊上，每一座山峰的形状都清晰可辨，在暮光中闪烁着一条金边。第四天，他们继续沿木兰溪往前走，河道越来越窄，沼泽的气味——清凉黏稠，出奇的浓郁——越来越浓。有时水浅得像山溪，祖孙两人索性走入水中，水刚没及脚脖子，凉凉的。后来，水突然变成一道激流，在一片树林中消失了。最后，他们在一条山涧前停下了。完全出乎意料，木兰溪——那可是横穿兴化平原，浩浩荡荡数百公里的大江啊！——竟发源于如此隐秘的一条小涧。他们从那儿走过，差点与之失之交臂。山涧边有一根下沉的、歪歪斜斜的电线杆，当地人称为"老柱子"，看上去像是一只沉没的船只的桅杆。电线杆上的红色油漆已经变淡，西斜的阳光突然照射到它的顶端，把它照耀得像一只点燃的蜡烛。这是一个撒骨灰的好地方。永声叫外孙拉琴奏乐，自己则从背篼里取出骨灰盒，抱在怀中，爬上了摇摇欲坠的电线杆。

贝多芬的小提琴曲——那时，拉拉的琴声可是判若两人：朴素、自然，拉出的是一种相当纯净、清瘦的音响，有一种晶莹剔透之美——顿时在山间回荡。

不料刚要接近电线杆的顶端，永声正要打开骨灰盒时，突然，电线杆——缠绕着黑色水藻和贝壳织就的腰带——由于重心的变化，慢慢地向水中倾斜，几乎是一寸一寸地迫近水面。最后，河水发出深沉的声响，柔和的余声袅袅不散，持续了一分钟，让人以为是坠入了深渊。是永声连人带盒，落入了水中。骨灰盒已随水漂走，永声奋力游了十余米，无奈水凉刺骨，只好作罢，眼睁睁地看着骨灰盒在水面上消失不见了。他打着寒战，拖着一身透湿的衣裤走向岸边，没想到竟踏入一片泥沼之中。与当年他在酉阳山中，提着日本步枪，追杀玛丽亚的那一片沼泽何其相似啊！他甚至闻到了玛丽亚身上的稀泥和半人半鱼的气味。天下起雨来，小提琴的琴声停止了，取而代之的是雨点落在泥沼里，犹如落在腐烂的泥滩上，发出沉闷的响声。雨落在远处的声音，模糊一片，使周围显得更加静寂。第一乐章行将结束之时，已经反复出现过的定音鼓的声音，又出现了。一种弥漫性的安详，扩散到四周的山林，把祖孙两人包围了。

据英国《每日邮报》2014年4月30日报道，美国俄克拉荷马州一名死囚在接受了一种新型药物注射死刑后血管破裂，痛苦挣扎了四十分钟后，因心脏病发作而死亡。

该囚犯名叫克莱顿·洛基特，今年三十八岁，因强奸一名妇女并目睹同伙将其活埋而被判死刑。他于4月29日接受该州的新型三针组合药物注射。第一针后十分钟，他被宣布失去意识。在接下来的三分钟里，躺在轮床上的克莱顿·洛基特出现了痛苦扭动，紧咬牙关并拼命撞枕头的症状，之后血管破裂，情状惨烈。俄克拉荷马州最高狱政官员最终叫停了行刑。

据当地媒体称，行刑十三分钟后，洛基特试图坐起来，还说："哪里出问题了。"洛基特的代理人戴维·欧特利说："见证这样的情景真是恐怖。事情全乱套了。"名为吉娃·布兰斯提特的见证人告诉微软全国广播公司的记者称，洛基特躁动不安地扭来扭去，看起来非常痛苦。她说："他的身体蜷起，牙关紧闭。几次他含糊地说着话却不知所云。"

行刑始于晚上6点23分，狱政官员开始注入第一剂镇静剂咪达唑仑，这是俄克拉荷马州使用咪达唑仑作为死刑注射用药的第一剂。医生宣布洛基特于6点33分失去知觉。按照规定，一旦犯人被宣布失去知觉，按该州死刑执行草案规定，可以注射第二剂麻痹剂。规定的第三剂为氯化钾，它能使心脏停止跳动。然而，克莱顿·洛基特却因为行刑过程中的差错，最终死于心脏病。

戴维·欧特利说："他们应该预见未经审核的

死刑草案可能出现的问题。很明显，事情从头到尾都出现了问题。中止行刑显然对犯人没好处。"俄克拉荷马州共和党州长玛丽·法林随后下令，让州狱政局"全面复查今晚事件发生的过程和原因"。

时间到了。

如果这次药物注射死刑不是发生在2001年，而是在十年之后，不，甚至是在五年之后，那么，停留在县监狱大院的那辆行刑车就不会是从县医院租借来的一辆救护车。捆绑永声的铁床，也不会是医院病房中常见的一张带轮的金属床。省法院会派一辆专门的死刑执行车。福建省自2005年后拥有一辆这样的车：车内有点像长途列车的软卧包厢，顶上一盏小灯，正中放有一铁床。和精神病院的病人一样，死刑犯手和脚被橡皮套固定在铁床上。壁上有电脑显示屏，可以看见死刑犯在注射后的脑电波的变化情况，从有规律的波动，变为几条直线。脑电波的前后变化被清晰地印在纸上，不仅以后将作为死刑报告的一个组成部分，也是执刑人员实施第二次注射的依据。

但是，这一天执行永声死刑的人，并不是专业的刽子手，而是来自莆田市医院的一个年轻麻醉师。（需说明一下，在这之前，莆田地区的死刑都是枪决，而执刑队是由武警部队中选拔的神枪手组成。这些枪法精湛的职业军人对医学，尤其是人体解剖学一窍不通。既不可能在犯人的手臂上找到一支静脉，也不可能完成任何注射。而监狱里虽有三名医生，四名护士，但都以剥夺人的生命是违背医学工作人员的基本准则为由拒绝了。）于是，这一次执行死刑，在发生了用咪达唑仑代替硫喷妥钠的变故之后，又出现了新问题，那个来自莆田市医院的小个子麻醉师，由于身兼二职——注射和司泵，在完成了第一次注射之后，找到执刑指挥官，要求双份报酬。这一要求被当众拒绝。

愤愤不平的麻醉师故意违反药物注射死刑的基本要求，在注射咪达唑仑后第十分钟，并没有对永声的大脑乃至全身情况进行检查，就再次按下"注射"键，让第二次注射的药物——巴夫龙——进入永声的身体。巴夫龙是一种非去极化的肌肉松弛剂，在神经肌肉末端的交叉点阻止乙酰胆碱的传送。这会导致肌肉纤维的收缩和呼吸肌的麻痹。

贝多芬小提琴协奏曲的第二乐章开始了，定音鼓没有出现，取而代之的是加了弱音器的小提琴。以前，我听过不知多少遍，其实，在贝多芬的这部作品中，我最喜欢的就是第二乐章。我曾经在白木香树下，听外孙反复练习其中的乐句和缠绵的装饰音。有时一边听着，觉得琴声时而沿着裸露在地面的根须扩展远去，时而沿着树干飘浮在层层叠叠的树枝之间，虬枝横空，然后，升至墨绿色的、钟罩般的树冠。我那时觉得它平静、舒缓，像是一首朴素、深沉的冥想曲。但是，此时此刻，感觉却不一样，不知是因为药物的作用，还是拉拉的风格变化，那些童年时代引以为骄傲的华丽的揉弦都消失了。我觉得是一首虔诚的赞美诗：仿佛看见自己——多么年轻啊，颀长优雅的身体——迈上讲道台，低下头，静穆笼罩着会众，在众人祷告前，我唱起了赞美诗。

神圣的父，自从那一天你把拉拉重新送回到我的石屋，我就已经把这次祷告在脑海里演习过无数遍了。这是感激和喜悦的祷告：你让我像《圣经》中的雅各一样。雅各晚年得以见到他所钟爱却失去的儿子时，说了一句话，如果我没有记错，那是在《创世记》第48章，多少节却记不清了。以色列对约瑟说："我想不到得见你的面，不料，神又使我得见你的儿子。"

不知道我的背诵有没有错，也许全文是这样的：

"以色列道：'领过来，我要给他们祝福！'他老了，两眼昏花，看不清东西。约瑟把孩子领到爷爷跟前，让他亲吻拥抱。以色列对约瑟叹道：'本来我已不指望见着你了，可是不，连你的子嗣，上帝也让我看到了。'"

拉拉的母亲是再也不会回来了，我确实没有想到会在有生之年重见拉拉。我带着他，去给他的外祖母上了坟。我们到莆田城的南门汽车站坐长途公共汽车，一直坐到樟林村。那个地方，还很穷，年轻人差不多都跑光了。好不容易找到一个老太太，向她打听鹤铃的坟。她向拉拉要了十元钱，才给我们指了一条破烂不堪的泥土路。她说顺着这条路一直走就可以走到。果然，走了两三里地，我们找到了黄家的坟地。那儿荆棘丛生，长着很高的荒草。拉拉在荒坡上喊了好久，终于来了几个农民，要了四十元钱，用镰刀把荒草砍掉了，露出了七八个坟。其中有一个坟上，墓碑不是用石头做的，而是一块木牌立在坟上，木牌上刻着一个很大的"十"字，还上了红色的油漆。由于时间的关系，红色的油漆已经变黑了，但毫无疑问，这就是拉拉的外祖母的坟，她是作为牧师的妻子，被埋在这里。

当天晚上我们坐车回莆田城，搭的是最后一班车。不知为什么，拉拉显得很狂躁，坐立不安，在过道上走来走去。车还没到城里时又抛锚了，他凶狠地用拳头捶打车门，叫司机给他开门。门一开，他就冲入黑夜之中，不见了。过了一会儿，车修好了，重新发动起来。我们的车快到莆田城，已经进了环城大道时，已经很晚，快半夜了，看不见别的车辆，什么也没有，只有一个黑色的人影在空旷的马路上狂奔。我们的车追上时，我简直不敢相信自己的眼睛，是拉拉！他的头后仰着，他的长发，由于出汗，湿漉漉的，贴在脸上。那张脸在路灯下显得很可怕。司机停下车，问他上不上来，他头也不回，继续一个人狂跑。当时我不知道他出什么事了，现在想起来，明白他那天晚上是毒瘾发作了，一定要跑到城里去找毒贩子买毒品。

从那天晚上起，我时常一闭上眼，他在马路上狂奔的样子就会出现在我的眼前，我止不住直打哆嗦。他受了多大的折磨呀，光是看他跑的时候如何大张着嘴就知道。我永远记得路灯照耀下，他的那张嘴，看得见嘴里的牙齿，当时我心想，是骷髅的牙齿，不是人的牙齿，更不是我外孙的牙齿。

两天后，拉拉不辞而别，趁我在躺椅上睡午觉时走了。他带走了一只皇冠牌音箱。由于这孩子自幼没有父亲，性格有些古怪，素来天马行空惯了。我也没有仔细想，他拿那音箱去干吗。至于我的图形章，是在警察给我看他填写的寄货单时，我才知道，他还偷走了我的印章。

其实，能算是偷吗？既然印章上的图形——我曾和缉毒队长开玩笑，说那是我仅存的三颗牙齿——就是他父亲的木屐的图像——仙游卖肉人特有的木屐，前面的那个小方块是木屐的鞋帮，下面的两个方块，是木屐下面的两块小木。

耶稣就用比喻说："你们中间，谁有一百只羊失去一只，不把这九十九只撇在旷野，去找那失去的羊，直到找着呢？找着了，就欢欢喜喜地扛在肩上，回到家里，就请朋友邻舍来，对他们说：'我失去的羊已经找着了，你们和我一同欢喜吧。'我告诉你们：一个罪人悔改，在天上也要这样为他欢喜，较比为九十九个不用悔改的义人欢喜更大。"①

忽如一夜春风来。

提琴奏出一段如游丝一般滑爽的主题，充满了欢乐情绪。运弓的节奏也变了，每个音都在轻盈地跳跃着，在灿烂的阳光中闪闪烁烁。

我会心地一笑：上帝听见了我的祈祷，贝多芬作品从安静的第二乐章，进入到最后一个乐章。

第三乐章可以说是一首轻快而辉煌的回忆曲，天哪，我居然看见父亲了。他在树林中，仰着头，观察着一株大树墨绿色的树冠。他要为儿子的婚礼做一个架子床，选中了这株大树。斧头当当地砍入树干，声音在树林中咔咔回响，我听见了一阵鸟的翅膀的扑打声，像是布店的伙计撕开一匹丝帛的声音。两只丘鹬飞到阳光中，看得见它们长长的鸟喙，铁砧色的，像钢铁一般冷静，鸟喙的下部微弯，透出粉红色的光。颈部的羽

---

① 典出《圣经·新约·路加福音》，第15章，第4-7节。

毛、胸部的羽毛上镶着棕褐色的条纹，带着淡紫和粉红，仿佛是阳光的一道道阴影，先投射到它们的身上，又延伸到地面上，拉长。它们还没飞走的意思，水汪汪的大眼睛看着我，我的视线也不愿离开它们，直至父亲捡起一块溅射在地的木片，放在我的手中。丘鹬的黑眼睛挺大的，也看着这块木片。我的手心感觉到木的微温。父亲的声音和树颠一起晃动着：把这木片放在地上，百步之内，苍蝇蚊子不飞。我拿起木片，对着阳光看。丘鹬也投来好奇的目光，它们的眼睛里闪动着棕色的光，接着又黯淡了，颜色变柔和了，呈暗紫色。我的手上，浅绿带黄的木片上的圆纹像琥珀般闪亮，上面有光在流动，是光的影子在动。树梢一片颤动，树枝也随之晃起来。丘鹬飞了起来，翅膀的拍打声，小提琴的三连音、四连音、五连音，分得很清晰。

我的耳边响起了另一阵翅膀扇动的声音，那是一只公鸡。大火之后的第六年，那一年的冬天，莆田地区下起了数年不遇的大雪。记忆中上一次的大雪，还是祖母去世那一年了。雪铺了一地，密密地覆盖了大火烧过的焦土。石屋尚未成形，只是几块石头，和一堆烂砖头。每天晚上，我在镇革委会劳动改造回来，极度疲乏，抱一把干草，铺在乱石之间，和衣倒头便睡。一个早晨，雪停了，当我醒来，什么也看不见，灰蒙蒙的。我用手揉揉眼睛，雪花落了下来，劳动时穿的一件工作服，罩在薄棉袄外，像玻璃一般坚硬。过了一会儿，冻僵的身体慢慢复苏，四周的景色也挣脱昏沉沉的雾霭，显出了清晰的轮廓。太阳升起来了，一片冰天雪地之中，阳光显得晶莹清澈。一切凝结了，静止了，只有一个红色的鸡头在晃动，而且是以极高的频率在晃动。

小提琴声伴随着公鸡头部的摆动，奏出一段快捷的跳跃的音符。

我看见一只公鸡正用脚爪在冰雪中刨动，还不断地拍动翅膀，为自己助力，脖子之间的乱蓬蓬的毛抖动着，不知是它的鼻孔冒出的热气，还是它像人一样累得大汗淋漓。我好像觉得它被包围在一片蓝色的雾气中。我想起来了，那儿曾是白木香树屹立在山坡上的地方。我起身向那只公鸡走去。由于雪色的反衬，被鸡爪刨出的泥土呈黑色。

雪光反射在公鸡潮湿的翅毛上。像慢镜头一样，公鸡羽毛飞扬，抖动着身子，两脚一阵乱刨，跟着脚爪刨起的和冰雪结合在一起的泥土慢慢地升起，犹如黑色的雪片，落下，又升了起来。

我做梦也没想到，在大火烧过的地方，先前长出的荆棘和乱藤之间，被公鸡刨出的一块小小空间里，露出了白木香树古老的树蔸。

树蔸周边的树皮还没有死，形成了一个圆圈。我蹲下来，用手指掘土。这个圆圈的中心，是烧焦的朽木和泥土的混合物。在这些混合物里，冒出了一个极为纤细的芽苗。

我拿来一把锄头，顺势往下挖，发现了一处大火烧过的残桩。最初我以为是被化为灰烬的大树的老根，挖出一看，才发现是株真正的白木香树苗——纺锤形的芽苗呈弯曲状，长近六十公分。

我的眼睛潮湿了，这株六年前被火焚烧的大树残根上，萌发出了新的生命。

阳光照耀着公鸡的鸡冠。公鸡一定是为白木香树根系的顽强坚韧惊异不已吧，它的头部发出了红色的灯笼般透明的光亮。它的这种红褐色的毛发，一直延伸到胸前，像一片浓密的红色的箭头和斑点，在惊异之中立了起来，露出了胸前的白毛。它的眼圈的颜色从金黄变为烈火般的火红，眼珠却是深邃的褐色。

老树经历了太多的沧桑和生死变故，被大火打进了地狱却能忍辱负重，隐藏在地下深处，又萌出新枝，终于，生命复始。

贝多芬这个作品的第三乐章的最后，是留给独奏小提琴一个简短紧凑的华彩，把音乐推向尾声光辉灿烂的高潮。

我一听就知道，上帝留给自己的时间，只有不到一分钟了。

突然，我想起了拉拉临走前夜说过的一段话，那是在拉拉和我一起听了一遍他数年前的录音之后。石屋里漆黑一片，只有炉中的炭火——炉灰中有一个烤芋头——幽幽地闪亮。

"我拉了几百次、上千次这首D大调，却一直不明白，历史上堪称最完美的音乐作品，为什么在结尾时，犯了一个不可思议的、即使是业余音乐家也不会犯的低级错误：最后一个乐章的华彩乐段，结束在降A大调的音上。天哪，所有的人，就连白痴也知道，离正确的D大调的音相去太远了。是他的耳朵出了问题吗？不，他这首曲作于一生中最充实的阶段，耳聋是在很多年之后才突然降临。不，贝多芬不追求完美，他追求的是生命。只有不完美，他的音乐才充满了生命。既是生命，就不能完美。"

我躺在行刑床上，恍然大悟：

"这孩子！他不就是告诉我，外公啊，你人生的最后一段，就像这段走了调的华彩。它是错误的，却超越了音乐，达到了独特的美。"

正好在这一时刻，死刑的临时执行者，那个年轻的麻醉师，第三次按下了注射键。注射泵在那一瞬间将高浓度的氯化钾溶液推进了我的体内。

钾是一种电解质，于人体中百分之九十八存在于细胞内。细胞外的百分之二可以导致细胞电势的活动。可口服（最安全），也可静脉注射，但有严格的剂量限制。正常静脉注射的剂量，是每小时10-20mEq，输入得很慢。因为让细胞内外的电解质浓度平衡需要时间。而这次由注射泵注射的大剂量（100mEq）的钾影响心肌的电传导，血钾过多使心脏细胞的电势低于正常水平（带正电），如果没有负电势，心脏细胞则不能得到刺激并引发收缩……年轻的麻醉师在他短短的医疗生涯中，已见过病人死于血钾过多的病例（仅次于肾衰竭）。在医学界十分有名的这种病例中，病人通常迅速死亡，虽然一秒钟之前看起来还好好的。

石屋前的白木香树，已经又长成了一株巍巍然的大树，屹立在江口的山坡上。往年的秋天，树上结满的荚果，像松果一般，落在地上，厚厚一层。整个秋天，荚果爆裂的声音，不绝于耳，一直延续到冬季。但这一年的秋天，由于暴风雨，结的荚果寥寥无几，到了我的死刑之日，竟只剩下一两个。我感觉到了最后一个荚果从树上掉在地上的轻微的震动。荚果深褐色的外壳裂开了，露出了属于一对种子的空间：约两公分的一层薄膜，如蝉翼一般，在凛冽的寒风中瑟瑟缩缩，轻微地起伏。生物学上称此为"翼膜"，自白木香树的荚果中的种子的两端分别长出。翼膜紧紧地缠绕着种子的末端。

全世界，此时只有我一个人，清晰地看见了悄然蛰伏在树下的种子；它将纤细弯曲的柄展开，以径直向上的姿态，翘首以待。

它的四周，是秋天腐败的落叶，随风起伏的蒿草。树上有鸟，传来了几声鸟叫。是布谷鸟吧，已是中午了，金色的阳光在树叶间嬉戏，把叶子染成淡淡的柠檬色。树梢在颤抖，那儿的叶子在阳光中变得十分透明。

突然，翼膜颤动了，晃了一下、两下，种子在移动跳跃着。它飞了起来，然后，随意地翻了一个筋斗，简直是一个华丽的空中杂技。接着，它稍微偏向一侧，在空中飘忽游移，翼尾轻轻摆动，调整着方向。它似乎并不着急寻找降落点，而是放慢了速度，漫无目的地滑翔。天空是蓝色的，它反射出了细盐般的光泽。转眼间它已经在高处盘旋了，随后又是一个空中筋斗，向着另一方向飞去。

我把自己呼吸的节奏，调节到了在阳光中折转翻飞的白木香树种子的节奏。

图书在版编目（CIP）数据

永声树／戴思杰著. － 北京：北京十月文艺出版
社，2016.9
ISBN 978-7-5302-1544-9

Ⅰ.①永… Ⅱ.①戴… Ⅲ.①长篇小说－中国－当代
Ⅳ.①I247.5

中国版本图书馆CIP数据核字（2016）第005483号

永 声 树
YONG SHENG SHU
戴思杰 著

出	版	北京出版集团公司
		北京十月文艺出版社
地	址	北京北三环中路6号
邮	编	100120
网	址	www.bph.com.cn
发	行	新经典发行有限公司
		电话（010）68423599
经	销	新华书店
印	刷	三河市三佳印刷装订有限公司
版	次	2016年9月第1版
		2016年9月第1次印刷
开	本	880毫米×1230毫米 1/32
印	张	11.5
字	数	246千字
书	号	ISBN 978-7-5302-1544-9
定	价	36.00元

质量监督电话 010-58572393
如有印装质量问题，由本社负责调换。